KB067282

영원의 모양으로 찻잔을 돌리면

영원의 모양으로
찻잔을
돌리면

존 프럼
소설집

래빗홀
RABBIT HOLE

차례

노아의 어머니들

노아 언더우드, 디아스포라 네트워크 연대에서 한 발언

제 생일은 8월 17일입니다. 진짜 생일은 아니에요. 그날은 아버지가 저를 처음으로 품에 안았던 날이죠. 저에겐 세 가지 다른 생일이 있어요. 저는 그날의 비극으로부터 살아남은 아기 중 하나입니다. 그날의 비극으로부터 살아남지 못한 아기 중 하나입니다.

타이틀

노아의 어머니들, nBBS 미니 다큐멘터리

Mothers of Noah, A Mini Documentary Film by nBBS

제임스 E. 언더우드, 퇴역 군인

현지 기준으로 8월 19일에 찍힌 유명한 동영상이 있지. 아프간인으로 보이는 남성이 철조망 너머의 미군에게 아기를 건네는 장면이 찍힌 동영상이야. 사실, 그 뒤로도 비슷한 장면이 몇 번인가 카메라에 담겼지만 가장 널리 퍼진 건 19일의 것이지. 나도 그때 카불 공항에 있었어. 당시 아프간에는 미국인 1만 명이 남아 있었고, 우리 부대는 제일 나중에 그 나라를 떠날 예정이었거든. 우리는 미국과 동맹국 시민들의 안전한 대피를 위해서 공항을 경비했어. 현지인들이 무작정 공항으로 밀려들어 왔으니까 말이야. 그런 난리 통에서 질서를 유지하는 것은 쉬운 일이 아니었어.

어떤 곳에선 겨우 1미터 사이를 두고 탈레반과 대치했지. 탈레반은 아프간 국민에게 보복하지 않겠다고 말했지만, 그걸 믿는 사람은 아무도 없었어. 실제로 도처에서 이미 크고 작은 보복이 일어났지. 탈레반에 적대적이었던 이들은 친미, 친서방 부역자들로 분류되어 블랙리스트로 지정되었어. 한마디로 제거 대상이었던 거야. 탈레반에 반대 목소리를 내던 언론인들과 탈레반에 대항했던 전직 군인들이 이미 차례로 즉결 처형당했고, 그들의 가족까지 자기 집에서 살해당하거나 체포됐어.

그날 공항으로 도주한 사람 중 적지 않은 이들이 미국과 어떤 식으로든 연관이 있었지. 대사관에서 일한 적이 있다든가, 하다못해 미군에게 해적판 DVD를 판매한 적이 있다든가 하는 식으로 말이야. 《포브스》지의 어떤 기사에 의하면 우리 나라가 아프간에서 2조 달러(약 2000조 원)가 넘는 돈을 쏟아부었다고 하더군. 매일 3억 달러(약 3000억 원)를 20년 동안 하루도 쉬지 않고 사용한 거야. 그렇게 막대한 돈을 퍼붓는 동안, 8만 명이 넘는 현지인들이 미국과 어떤 식으로든 협력 관계를 맺었지. 그런 사람들은 탈레반에게 부역자로 몰리는 것을 두려워했어. 그래서 공항으로 몰려들 수밖에 없었던 거야.

노아 언더우드, 대학원생

스물다섯 살 때, 저를 길러주신 어머니가 돌아가셨습니다. 오랜 암 투병 끝에 말이죠. 저는 어머니와 매우 가까웠어요. 독립한 이후에도 자주 전화 통화를 하고, 가끔 둘이서 함께 여행하기도 했죠. 우리 어머니는…… 매사에 긍정적인 분이셨어요. 제가 어떤 실수를 저지르든 인내심을 가지고 저를 지지하고 격려해주셨죠. 한번은 친구랑 스포츠카를 몰래 훔쳐 타려고 했다가 현장에서 체포된 적이 있어요. 그때 어머니는 불같이 화를 내셨지만, 한편으로는 얼마든지 실수를 만회할 기회가 있다면서 끝까지 저를 포기하지 않을 거라고 말씀해주셨죠. 저는 문제가 많은 아이였어요. 해서는 안 될 짓만 골라서 하는 그런 멍청한 놈이었죠. 지금은 남들이 뭐라고 하든 피부색이나 인종 따윈 그저 겉모습에 불과하다고 생각하지만, 당시엔 제가 마치…… 있어서는 안 되는 곳에 끼어들었다는 그런 느낌에 사로잡혀 있었습니다. 제가 살던 동네는 백인들만 바글거리는 부촌이었으니까요.

우리 집이 처음부터 부자였던 건 아니에요. 외할아버지가 돌아가신 후 어머니가 유산을 상속받은 덕분에 그 동네로 이사할 수 있었던 거죠. 백인 천지였던 건 제가 다니던 학교도 마찬가지였어요. 유색인종은 거의 찾아보기 힘들었죠. 저는 그곳 주민들보다는 그곳으로 출퇴근하는 가정부나 유모, 정원사와 피부색이 비슷했습니다. 실은…… '유모'가 제 별명이었어요. 한창 시절 내내 말이죠. 바로 이웃에 사는 어린 사촌 동생들을 돌보곤 했는데 그 일 때문에 그런 별명을 얻게 된 겁니다. 사촌 동생들은 모두 백인이었거든요.

……어머니의 질책과 격려 덕분에 저는 방황을 끝낼 수 있었습니다. 어머니는 언제든 기댈 수 있는 가장 친한 친구이자 유일한 가족이나 마찬가지였죠. 제가 방황하는 동안 아버지는 뭘 하셨냐고요? 아버지는…… 지금은 많이 좋아지셨지만, 그때는 상태가 좋지 않을 때가 많았습니다.

제임스 E. 언더우드, 퇴역 군인

가끔 사람들이 우리 아들이 바로 그 유명한 동영상 속의 아기냐고 묻더군. 내가 바로 그 군인이냐는 질문과 함께 말이지. 그런 질문을 들을 때마다, 그냥 그렇다고 대답해버렸어. 원래 일어난 일을 설명하고 싶지 않았으니까. (침묵)

내가 노아와 처음 만난 것은 8월 19일 이전이었어. 그 동영상이 찍히기 며칠 전의 일이지. 그때는…… 그러니까…… 그래, 막 해가 지고 난 뒤였어. 우리 분대가 경비를 맡던 구역으로 사람들이 몰려들었지. 하나같이 겁에 질린 표정이었어. 등 뒤에는 탈레반이 앞쪽에는 높은 벽이 버티고 있으니 그럴 수밖에. 우리는 철조망이 둘러쳐진 벽 위에서, 최루탄을 던지고 위협사격을 가했지. 벽 아래 있던 피난민 몇몇이 옷가지로 밧줄을 만들어서 벽에 걸치기 시작했으니까. 그 사람들 사정이 딱하긴 했지만, 공항이 아수라장이 되는 일은 막아야 했어. 바로 전날에는 담을 넘은 사람들이 활주로로 몰려가 비행기에 매달리는 일까지 벌어졌거든. 끝까지 바퀴에 매달려 있던 몇몇이 이륙한 비행기에서 떨어져 추락사했지. 상황이 그렇다 보니 우리는 경계를 강화할 수밖에 없었던 거야.

탄창을 갈아 끼우고 있을 때, 히잡을 쓴 여자가 갓난아기를 철조망 위로 내밀었어. 그렇지만 우리가 맡은 구역은 벽이 워낙 높아서, 그 유명한 동영상 같은 장면이 연출되긴 힘들었지. 시간이 지날수록 더 많은 사람이 벽 아래 모여들더군. 아주 바글바글했어. 바짝 경계하는 와중에, 갑자기 뭔가 우리 쪽으로 그러니까, 철조망 위쪽으로 날아왔어. 그건 아기였어. 그것도 갓 태어난 아기 말이야. 다행히 우리 중 하나가 아기의 다리를 붙잡았지. 아마 그 아이의 부모도 부역자로 몰릴 처지에 있었을 거야. 그러니 자식만이라도 살리고 싶었을 테지. 나라 밖으로 빠져나가지 못하면 온 가족이 몰살당할 게 빤한 상황에서 아기만이라도 살리고 싶었던 거야.

잠시 후에, 다른 이들도 아기를 던지기 시작했어. 몇몇 아기는 운 좋게 철조망을 넘었지만…… 그렇지 못한 아기가 더 많았지. 철조망 근처에도 가지 못하고 다시 사람들 위로 떨어진 아기들은 차라리 운이 좋은 편이었어. 어중간하게 철조망 위에 걸린 아기들은……. (침묵)

그 철조망은 농가에서 쓰이는 그런 평범한 물건이 아니었어. 감히 벽을 넘으려고 시도하는 놈들을 저지하기 위한 강화된 면도날형 철조망이었지. 일정한 간격으로 날카로운 칼날이 촘촘히 박힌 그런 물건이었어. 제대로 걸리면 살을 깊고 넓게 베면서 쉽사리 놓아주지 않지. 가시철조망보다 쉽게 피부나 혈관을 찢고 순식간에 과다출혈에 이르게 할 수 있는 위험한 물건이야. 한번 생각해봐. 갓 태어난 아기가 그 위에 던져지면 무슨 일이 일어날지를. (긴 침묵)

……안타깝게도 그런 아기가 있었어. 사실 한둘이 아니었지. 벽 아래서 부모들이 통곡하는 소리가 들려왔지. 우리 분대장은…… 냉혈한도 그런 냉혈한이 없었는데…… 늦은 밤 숙소로 돌아가는 길에 돌연 울음을 터뜨리더군. 근육질 터미네이터 같은 그 양반이 마치 갓난아기로 돌아간 것처럼 처량하게 울어대는 거야. 아기처럼 울어댄 건 나도 마찬가지였어. 그날 결심했지. 우리가 구해낸 아기 중 하나를 기르기로 말이야. 나는…… 그리 좋은 아버지는 아니었어. 좋은 아버지가 되기에는…… 너무 많은 걸 목격했던 거야. 아니, 이건 그냥 핑계일 거야. 분대장은 누가 봐도 아버지 역할을 훌륭히 해냈으니까.

노아 언더우드, 대학원생

어머니가 돌아가시기 이전에는 친어머니나 친아버지에 대해 생각하지 않으려고 노력했었죠. 친부모님을 떠올리는 건…… 저를 길러주신 부모님을 배신하는 것처럼 느껴졌거든요. 우리 부모님이 아프간 이야길 금지했던 건 아니었습니다. 오히려 그 반대였죠. 하지만, 우리 부모님이 아프간 이야기를 입에 담을 때면…… 당신들의 얼굴에 짙은 그림자가 드리우곤 했어요. 저는 부모님을 슬프게 하고 싶지 않았고, 제가 먼저 아프간 이야기를 꺼낸 적은 한 번도 없었죠.

제임스 E. 언더우드, 퇴역 군인

다행히도 어떤 아기들은 부모와 빠르게 재회할 수 있었어. 높으신 분들이 빠른 결정을 내린 덕분에 말이지. 비자 소지 여부와 상관없이 아기와 떨어지게 된 부모들을 공항 안으로 들여보내주기로 했던 거야. 전해 들은 이야기로는 그 결정 때문에 어떤 부작용이 있었다더군. 아기를 몰래 훔쳐 통행권처럼 사용하는 사람들이 나타났다는 거야. 그 소문이 사실인지는 아직도 잘 모르겠어. 나는…… 그런 일이 일어났다고는 믿고 싶지 않았어. 세상이 그렇게까지 타락한 곳이라고는 생각하고 싶지 않으니까.

노아 언더우드, 대학원생

돌아가시기 며칠 전에 어머니가 말씀하셨어요. 제가 늘 친부모를 마음속에 품고 있다는 걸 오래전부터 알았다고요. 더 늦기 전에 이제라도 친부모를 찾아보라고 말씀하셨죠. 절 낳아주신 부모님을 찾기 시작한 것은 어머니의 유언 때문이었습니다. 어머니를 잃어버린 슬픔을 달래려면 무언가 매달릴 일이 필요했기도 하고요. 한편으로는 저를 낯선 미군의 손에 건넬 수밖에 없었던 친부모님의 행방이 궁금하기도 했죠. ……그러니까 안전하게 잘 계신지가 궁금했어요.

제임스 E. 언더우드, 퇴역 군인

아들에게 경고했지. 십중팔구 비극과 조우하고 말 거라고. 그날 공항에 몰려온 사람은 대부분 부역자의 낙인이 찍힐 사람들이었으니까. 사실 그게 다가 아니었지. 나는 아들이 그날 있었던 일을 알지 못했으면 했어.

노아 언더우드, 대학원생

저는 아버지의 경고를 무시하고, 친부모님을 찾는 일에 매달렸습니다. 설령 비극과 마주하더라도, 저를 낳아주신 분들에게 어떤 일이 벌어졌는지를 알고 싶었죠.

그 일에 착수한 지 얼마 지나지 않아서, 친부모님의 행방을 찾는 건 거의 불가능하다는 사실을 알게 되었죠. 8월 19일과는 다르게, 제 생일인 8월 17일에 관한 자료는 극히 드물었으니까요. 그러니까 제 말은 아버지가 저를 받아낸 현장을 담은 자료가 드물었다는 뜻이에요. 그날의 일이 찍힌 사진이 몇 장 있었지만, 하나같이 해상도가 너무 낮아서 별 도움이 되지 않았습니다. 그러다 어느 인터넷 커뮤니티 게시판에 제 사연을 올렸어요. 물에 빠진 사람이 지푸라기라도 잡는 심정으로 말이죠.

그레이스 오웰, 전직 사진작가

그날 목격한 광경을 사진 속에 생생히 담아냈을 때…… 저는 직감했습니다. 이건 퓰리처상 감이 확실하다고. 드디어 긴 무명 생활에서 벗어날 때가 온 거라고. 영국으로 돌아오자마자, 사진을 현상했죠. 가장 마음에 든 사진은 옅은 연기를 배경으로 아기가 철조망 위에 떨어지기 직전의 사진이었어요. 다음 순간 아기에게 닥칠 운명이 예상되는 그런 사진이었죠. 저는 현상한 사진들을 약혼녀에게 보여줬어요. 흥분한 목소리로 이제 고생은 다 끝났다고, 이제부턴 바닥에서 위로 올라가는 일만 있을 거라고 말했습니다. 그때…… 약혼녀가 이렇게 말했어요. 너도 인간이냐고. 어떻게 그런 말을 할 수 있느냐고. 그 비참한 사진을 팔아서, 남의 비극을 팔아서 위로 올라가면 행복해질 것 같냐고 묻더군요. 약혼녀의 말에 정신이 번쩍 들었어요. 저는 약혼녀에게 절대로 사진을 공개하지 않을 테니까 나를 떠나지 말라고 사정사정했죠. 제가 또다시 빗나갈 때면 그러지 못하도록 나를 붙잡아달라고 하면서요. 약혼녀는…… 자기도 너무 흥분했다면서, 사진은 공개해야 한다고 말하더군요. 세상이 그날 일어난 비극에 관해서 똑똑히 알아야 한다면서요. 자기는 다만, 사진을 대하는 제 태도가 문제라 생각했고, 사진 그 자체에는 문제가 없다고 생각했다는 겁니다. 저는 고민 끝에 사진을 공개하지 않기로 했죠.

제 허영심이 또다시 폭주할 것만 같았거든요. 제가 찍은 만큼 생생하진 못하지만, 그날의 기록이 담긴 사진 몇 장이 인터넷에 돌아다니기도 했고 말이죠. 화질이 형편없어서 기록으로서의 가치는 떨어지지만요. 저는 죽기 직전에 사진을 공개하기로 했어요. 그러는 편이 저의 썩어빠진 마음을 속죄하는 길이 될 거라고 생각한 거죠. 약혼녀와는 어떻게 됐느냐고요? 결국, 헤어지고 말았죠. 참 좋은 사람이었는데, 제가 몇 가지 바보 같은 실수를 저질렀거든요. 아마 젊어서 그 사진을 공개했다면 훨씬 더 큰 실수를 저질렀을지도 모르죠.

노아 언더우드, 대학원생

오웰 씨 덕분에, 갑자기 친부모님을 찾기 위한 단서가 늘어났어요. 오히려 너무 많아서 어디서부터 시작해야 할지 모를 지경이었죠.

그레이스 오웰, 전직 사진작가

노아의 팔에 난 상처를 보고 나서 직감했어요. 아, 얘가 그때 그 아이로구나, 하고 말이죠. 그날 아수라장 속에서 묘한 일이 일어났습니다. 두 어머니가 거의 동시에 아기를 던진 거죠. 그 직전에 바닥에 떨어졌던 최루탄이 연기를 뿜어내는 와중에 벌어진 일이었어요. 흐릿한 연기 너머로 한 아기가 철조망을 넘어가는 모습이 보였죠. 하지만 그리 쉽게 넘어가진 못했어요. 아기의 팔이 그 망할 놈의 철조망에 스쳤거든요. 아기의 피부가 종잇장처럼 찢어지면서 허공에 피를 흩뿌렸습니다. 다른 아기는…… 철조망 위에 떨어지고 말았죠. 저는 그 광경을 사진에 담았어요. 미친 듯이 셔터를 눌러대며 그 극적인 순간을 담아내려고 했죠. 그런 다음엔 아기를 던진 두 어머니에게 차례로 다가가 플래시를 터뜨렸어요. 그러다 깨달았죠. 두 어머니의 표정을 보고 나서 말이에요. 그 둘은 자기 자식이 철조망 위에 떨어졌는지 아니면 철조망 위로 넘어갔는지 확신하지 못하고 있었어요. 희망과 절망이 뒤섞인 표정으로 벽 너머를 올려다보는 모습을 보고 나서, 그 사실을 알았죠. 다음 순간, 미군이 다시 위협사격을 가했습니다. 혼란을 틈타 누군가가 또다시 밧줄을 벽에 걸치려고 했거든요. 곧이어 등 뒤에서 총소리가 들려왔고요. 정확히 어느 쪽이 그랬는지는 모르겠어요. 어쩌면 탈레반이 군중을 향해 발포했을 수도 있고, 미군이 발포했을지도 모를 일이죠. 미군과 탈레반이 벽 하나를 사이에 두고 여기저기서 대치했으니까요. 어쨌든 바로 근처에서 총소리가 들려오자, 벽 아래쪽에 있던 사람들이 흩어지기 시작했어요. 그런데 벽을 올려다보던 두 어머니는 사람들에게 떠밀리면서도 필사적으로 벽 쪽으로 다가가려고 하더군요. 저는 그때 벽에 딱 붙어서 두 어머니를 차례로 찍던 터라, 사람들에게 떠밀리지 않고 카메라에 피사체를 담을 수 있었죠.

그 두 어머니는 철조망 위에 떨어진 아기가 자기 아기인지 확인하고 싶었던 겁니다. 하지만 불가능했어요. 마지막까지 벽 아래쪽에 있던 사람들은 연기가 걷히기도 전에 괴한들에게 끌려갔으니까요. 나중에 알게 된 사실이지만, 그때 탈레반은 정보기관에서 일하던 고위급 인사와 그 가족을 찾고 있던 모양이더군요. 두 어머니 중 하나가 바로 그 가족이었다고 들었습니다.

노아 언더우드, 대학원생

아버지와 아버지의 동료들을 만나서 오웰 씨의 이야기를 교차 검증했어요. 사진이야 얼마든지 위조할 수 있으니까요. 오웰 씨의 말이 거짓말처럼 들리진 않았지만, 조심해서 나쁠 건 없다고 생각한 거죠. 인터넷에 제 사연을 올린 이후에 괴상한 사람들이 접근해 오기도 했으니까요. 아무튼, 그때 현장에 있었던 분들과 이야기를 나누고 나서 내린 결론은, 오웰 씨의 주장에 신빙성이 높다는 거였어요.

조셉 오, 퇴역 군인

내 기억으로는 그때 두 아기가 공중에서 부딪쳤어. 아마 각도에 따라서는 좀 다르게 보일 수도 있었을 거야. 처음엔 둘 다 철조망 위로 떨어지는 줄 알았지. 그러다 한 아기가 다른 아기에게 부딪히면서 추진력을 얻은 거야. 당구대 위의 당구공들이 부딪히며 서로를 밀어내는 것처럼 말이야. 희생된 아기가 불쌍하지만…… 한 명이라도 살아남았으니 다행이라고 생각해.

브라이언 페일린, 퇴역 군인

아니. 내 생각은 좀 달라. 그때 아기들이 서로 부딪치지 않았다면 둘 다 살아남았을 거야. 둘 다 철조망을 거의 넘어서고 있었으니까. 그래, 분명히 그랬을 거야. 나는 학창 시절 내내 외야수였어. 아기가 공은 아니지만, 포물선의 모양을 보고 둘 다 살아남을 거라고 확신했지. 살아남지 못한 아기는…… 그냥 운이 없었다고 할 수밖에. 처음엔 노아에게 이런 말을 하고 싶지 않았어. 그런 이야길 들어서 좋을 게 없다고 생각했으니까. 그런데 그 녀석은 끈질기게 내 입을 열려고 했어. 듣기 좋게 포장된 이야기가 아니라 진짜 내 생각을 알고 싶다면서 말이야. 그래서 내 생각을 말해주었지. 세상엔 어쩔 수 없는 일 천지니 죄책감을 가질 필요는 없다는 말과 함께 말이야.

노아 언더우드, 대학원생

그때 현장에 있던 분들의 증언은 미묘하게 달랐습니다. 마치 구로사와 아키라의 〈라쇼몽〉이라는 영화처럼 말이에요. 음…… 〈라쇼몽〉은 좀 과장된 비유 같군요. 〈라쇼몽〉의 등장인물들은 각자 완전히 다른 이야기를 하면서 자기 말이 진실이라고 주장하니까요. 제가 전해 들은 이야기들은 완전히 다른 버전은 아니었고 미묘하게 차이가 있을 뿐이었죠. 하지만 저에겐 그 미묘한 차이가 커다랗게 다가왔어요. 누군가를 희생시키고 살아남았다는 버전과 그렇지 않은 버전이 있었으니까요. 갓난아기에 불과했던 제가 어찌할 수 있던 일이 아니었다고 제 자신을 설득하려 했습니다. 하지만 불시에 죄책감이 고개를 쳐들곤 했죠. 사실…… 요즘도 그래요. 잠을 청하려고 자리에 누울 때나, 세면대 앞에 서서 이를 닦을 때, 면도날 철조망 위로 추락하는 아기의 모습이 눈앞에 떠오르곤 합니다.

마리암 아미니, 통역사

어떻게 노아를 알게 됐느냐고요? 미국 유학 시절에 사귄 친구가 노아를 소개해줬어요. 취업 준비생이었던 저는, 노아가 제시한 수고비가 얼마인지 전해 듣고는 두말하지 않고 의뢰를 받아들인다고 말했죠. 그땐 정말 달러가 절실했거든요.

저는 어떻게든 다시 아프간에서 벗어나고 싶었어요. 어렵사리 유학을 떠났었지만, 판사로 일하던 아버지가 숙청당한 뒤 고국으로 돌아가야 했었죠. 더는 유학 비용을 감당할 수 없었으니까요.

우리 아버지는…… 강제 결혼을 거부한 어린 여자애를 무참히 살해하고 나서 몇 번이나 범한 청년에게 사형을 선고했어요. 하지만 오히려 그 일로 목숨을 잃은 건 아버지였어요. 그 청년의 아버지가 정부 고위층 인사였기 때문에 재판도 없이 즉결 처형을 당하신 거예요. 사실 저는 어지러운 고국으로 돌아가는 게 겁이 났어요. 유학 비자가 끊겨서 불법체류자 신세가 되더라도 그대로 미국에 남고 싶었지만, 어머니의 신변이 걱정돼서 서둘러 귀국했죠.

노아 언더우드, 대학원생

오웰 씨가 찍은 사진은 꽤 선명했어요. 제 어머니일지도 모르는 두 분 중 한 분은 얼굴 전체가 사진에 담겨 있었죠. 옆모습뿐이긴 했지만요. 사진 속의 얼굴은…… 오웰 씨가 말한 것처럼 희망과 절망이 뒤섞인 복잡한 표정을 짓고 있었습니다. 다른 한 분은 니캅으로 얼굴을 가렸지만, 눈과 눈썹 그리고 코의 일부는 확실하게 찍혔죠. 그 부위만으로는 신원을 특정하기 힘들 것 같았지만, 본인이나 친척들 혹은 가까운 지인들이라면 충분히 알아볼 수 있을 거라는 생각이 들더군요.

오거스트 밀러, 국제 사립 탐정

네, 기억합니다. 중동계로 보이는 청년 하나가 찾아와서 자신은 어린 시절에 미국으로 입양됐다며 낳아준 부모를 찾고 싶다고 했죠. 어느 나라 출신이냐고 물었더니 아프간이라고 하더군요. 미안하지만 의뢰를 수락하긴 힘들 것 같다고 말했죠. 아프간은 제가 소속된 국제 사립 탐정 네트워크에서 배제된 몇 안 되는 국가 중 하나였거든요. 어떤 식으로든 그쪽과 공식적인 관계를 맺으면, 우리 미국이 자랑하는 신애국자법에 엮여서 골치 아픈 일에 휘말릴 수 있으니까요. 정 원한다면 그쪽에 밝은 사람을 소개시켜줄 수 있다고 했지만, 비용을 듣더니 그냥 돌아가더군요.

노아 언더우드, 대학원생

그 탐정이란 사람이 부른 소개 비용은 터무니없는 액수였어요. 그래서 아버지의 동료들에게 적당한 사람이 있느냐고 물어봤죠. 다들 입을 모아 칭찬하는 전문가가 한 분 계셨어요. 퇴역 군인인데 아프간에 인맥이 닿는 아프간 전문가라더군요. 당장 그분을 찾아가서 착수금을 건넸죠. 그런데 그 뒤로 연락이 끊겨버렸어요.

조셉 오, 퇴역 군인

그 친구를 가장 적극적으로 추천한 건 바로 나였지. 전장에서도 전장 밖에서도 가장 믿을 수 있는 그런 동료였으니까. 하지만, 전쟁이 그 친구를 바꿔놓았어. 다른 친구들에게 그랬던 것처럼 말이야. (침묵)

노아에게 받은 돈은 죄다 도박에서 잃어버렸다더군. 나는 다른 동료들이 십시일반으로 돈을 모아서 노아에게 건넸어. 그 사기꾼 녀석이 미처 쓰지 못한 돈을 찾아냈다고 그 아이를 속였지. 그 착한 아이는 돈의 출처를 알았다면 받으려고 하지 않았을 거야.

노아 언더우드, 대학원생

그 돈은 어머니의 목숨값이었어요. 사망 보험금으로 받은 돈이었으니까요. 그 돈의 대부분을 한꺼번에 날려버렸을 땐 비참한 기분밖에 들지 않더군요. 그런데 조셉 아저씨가 절반 정도를 찾아주셨어요. 나중에야 아버지를 통해서 돈의 출처를 알게 되었고, 지금도 매달 돈을 갚고 있죠.

마리암 아미니, 통역사

노아는 아프간을 방문하는 진짜 목적을 말해주지 않았어요. 진짜 직업도 감추었죠. 그때 노아는 대학원에 갓 진학한

풋내 나는 영화학도였지만, 자기를 기자라고 소개했어요. 저는 딱히 노아를 의심하지 않았어요. 26년 전에 공항에서 일어났던 일을 취재한다는 말이 꽤 그럴듯하게 들렸으니까요. 실제로 당시의 일을 조명한 기사나 다큐멘터리 영화가 크게 조명받기도 했고요. 그런 분위기 탓에 저는 그저 노아가 역사에 관심이 많은 기특한 젊은 기자라고만 생각했었죠.

노아 언더우드, 대학원생

마리암이 아니었다면 어디서부터 시작해야 할지 감도 잡지 못했을 거예요. 마리암이 현지에서 유능한 전직 경찰을 소개해준 덕분에, 일이 빠르게 진척될 수 있었죠.

마리암 아미니, 통역사

카불 공항의 입국장에서 플래카드를 들고 노아를 기다리고 있는데, 땀에 흠뻑 젖은 청년이 저에게 다가와 손을 내밀더군요. 노아는 사진과는 좀 달랐어요. 사진으로 봤을 땐 통통한 체격이었는데, 눈앞에 나타난 건 멸치같이 바싹 마른 청년이었죠.

노아 언더우드, 대학원생

살이 빠진 건 카메라 임플란트 시술의 부작용 때문이었어요. 왜 그 시술을 받았느냐고요? 저는 감독님처럼 영화를 전공했어요. 임플란트형 카메라를 몸속에 박아 넣은 건, 모든 여정을 기록하고 싶었기 때문이었죠. 아프간에 도착하자마자 카메라 같은 촬영 기기를 압수당하는 건 정해진 수순이었어요. 지금도 그렇지만 외국인은 카메라가 달린 휴대폰조차 소지할 수 없었으니까요.

현지에서 카메라를 조달하지 않았느냐고요? 네, 그랬죠. 일단 공항에서 벗어나면 카메라 같은 촬영 장비를 구하는 건 그렇게 어렵지 않았어요. 사실 저는 아프간 사람들 속에 있으면 외국인처럼 보이지 않으니까 눈에 띄는 행동을 하지 않는 한 크게 문제가 될 건 없었죠. 하지만 다시 미국으로 돌아갈 때 모든 영상 장비를 압수당할 게 뻔했어요. 제가 현지에서 카메라를 조달한 건 어머니 후보들을 속이기 위한 위장막이었죠.

아무튼 촬영한 기록을 들고 귀국하려면 임플란트형 디바이스가 꼭 필요했어요. 보안 검사대를 통과할 때는 안구 뒤쪽에 삽입한 장치가 적발될까 봐 겁이 나더군요. 의사 말로는 최신형 검사 장비가 아니면 괜찮다고 했어요. 아프간엔 아마 최신형 검사 장비는 없을 거라고도 했고요. 보안 검사대 앞에 서니까 뒤늦게 '아마'라는 말이 거슬리더군요. 만약에 적발되면 그대로 추방되는 건 물론이고, 최악의 경우 안

구째 적출되고 말았을 거예요. 실제로 어느 나라에서 그런 사례가 있었다고 들었고요. ……다행히 카불 공항의 검색 장비는 최신형이 아니었어요.

촬영한 영상으로 아프간의 실상을 알리는 다큐멘터리를 제작한다는 목표가 있었지만, 한편으로는 개인적인 일이기도 했어요. 생모를 찾는 여정을 기록해두었다가, 언젠가 결혼해서 아이들을 낳으면 보여주고 싶었어요. 그러니까…… 집안의 역사를 기록해두면 멋지겠다고 생각했던 것 같아요. 그 생각 때문에 끝내 한쪽 눈을 잃게 될지는 몰랐죠. (웃음)

하지 파잘 후세이니, 전직 경찰 간부

그래, 내가 바로 노아의 어머니들을 찾아낸 사람일세. 처음엔 내가 찾는 여자들과 노아의 관계에 대해서는 알지도 못했지. 그 청년은 아프간을 찾은 진짜 목적을 감추고 있었으니까. 예상과는 달리 니캅을 입은 여자, 그러니까 '후보 2'를 먼저 찾아냈어. 해외에서 도입한 것으로 의심되는 최신식 안면인식 기술 덕분이었지.

코로나 사태 이후로 마스크를 쓴 사람의 얼굴을 식별하는 기술이 크게 발전했다고 하지. 세계 각지에서 마스크를 쓰고 독재와 억압에 저항하는 시위가 일어나면, 기업들은 그 상황을 기술을 개선할 시험대로 사용한다고도 들었어. 생각해

보면 끔찍한 일이야. 인간을 이롭게 하려고 만들어진 기술이 사람을 색출하고 숙청하는 일에 쓰이다니……. 이런 일을 방치했다간 '기술의 발전'은 우리의 자유와 숨통을 조이는 올가미가 되고 말 거야. 아무튼, 예전 동료들에게 몇 푼을 찔러주고 며칠 기다리니까 결과가 나왔어. 눈썹 모양과 눈매뿐만 아니라 손등의 반점도 어머니 후보 2를 특정하는 데 도움이 되었다더군.

그 놀라운 안면인식 기술은 후보 1을 찾는 일엔 별 도움이 되지 않았어. 거기엔 어떤 이유가 있었지……. 어쨌든, 후보 1을 찾기 위해서는, 창고에 처박혀 있는 서류 더미를 한 장 한 장 뒤지는 고전적인 방식에 매달려야 했어. 이 나라에선 전자문서화 작업이 더디기만 하니까.

어떤 서류에 접근하려면 미국 청년에게 전달받은 돈보다 세 배는 많은 뇌물을 여기저기에 찔러줘야 했지. 왜 그런 수고와 비용을 들였느냐고? 마리암의 아버지가 내 딸을 위해서 정의를 실현해줬으니까. 범인이란 자식은 가석방되었지만, 탈레반 정권 핵심층의 가족이 1심에서나마 유죄 판결을 받은 것은 처음이었지.

마리암 아미니, 통역사

노아의 어머니 후보 2와 만난 것은 카불 외곽에 있는 어느 호텔의 카페에서였어요. 저는 그때 그 만남의 진짜 의미를 알지 못했지만요.

노아 언더우드, 대학원생

먼저 만났던 건, 사진 속에서 니캅을 쓰고 계셨던 분이었어요. 하디아. 그게 그분의 이름이에요. 하디아 씨는 제가 내민 사진 속의 인물이 자신임을 확인해주었죠. 입고 있었던 니캅은 시중에서 파는 물건이 아니라 친척이 만들어준 물건이라고 했어요. 머리를 한 바퀴 둘러싼 문양을 보니 친척 아주머니의 솜씨가 틀림없다면서, 똑같은 문양을 수놓은 히잡과 니캅의 사진을 보여주었죠.

마리암 아미니, 통역사

노아는 하디아 씨에게 진실을 털어놓지 않았어요. 어머니를 찾는 입양아라는 말은 빼고, 다큐멘터리를 찍는 기자라고만 자신을 소개했던 거죠.

저도 노아의 말을 그대로 믿고 있었고요. 노아와 저는 그 바로 전날에 '부모님 찾기'와는 별로 관계없어 보이는 사람을 두 명이나 만나서 인터뷰했죠. 그 뒤로도 그런 일을 되풀이했고요. 노아는 어머니를 찾는 동시에, 진짜로 현지 실상을 알리는 다큐멘터리를 찍고 있었으니까요. 그 바람에 저는 노아가 부모님을 찾아서 아프간에 왔다고는 미처 생각하지 못했죠.

하디아 씨와 처음으로 만났던 그날, 노아가 옛날 사진을 몇 장 내밀면서 그날의 일을 이야기해달라고 하더군요. 그 사진들은…… 아기를 던지는 어머니들의 모습을 담고 있었어요.

노아 언더우드, 대학원생

하디아 씨에게 철조망 너머로 던진 아기의 성별을 물었죠. 그저 지나가는 말처럼. 만약 하디아 씨의 아기가 딸이었다면, 자연스럽게 다른 한 분이 제 어머니가 되니까요. 하지만 하디아 씨의 잃어버린 아기는 아들이었습니다. 하디아 씨는 자기 아들이 살아 있다고 믿었어요. 아들이 이국땅에서 건강히 지내길 바라면서 매일 신께 기도를 올린다고 하셨죠. 그뿐만 아니라 그날 목숨을 잃은 아기를 위해서도 매일 기도드린다고 하셨어요.

하디아 씨는 거의 동시에 철조망 너머로 던져진 다른 아기의 성별도 알고 계셨습니다. 아기를 던진 그날, 하디아 씨는 다른 어머니와 함께 탈레반에게 체포되었다고 했어요. 공항에 들어가려고 시도했던 다른 사람들과 함께 말이죠. 그때 하디아 씨는 다른 어머니와 트럭 짐칸에서 몰래 이야기를 나누었는데, 그때 다른 아기의 성별도 알게 된 거죠. "내 아기가 살아 있길 바라듯이 당신의 아기가 살아 있길 바랍니다." 하디아 씨가 그렇게 말하자, 다른 어머니가 두 아기를 위해 매일같이 기도를 올릴 거라고, 당신도 그러길 바란다고 말했다고 했어요. 두 분은 통성명하기 전에 각기 다른 트럭에 옮겨 타야 했고, 그 뒤로 다시는 만나지 못했다고 했죠.

……제가 신분을 속인 건, 그 만남의 진짜 목적을 감춘 건, 두 어머니를 위해서였어요. 생각해보세요. 평생 자식이 살아 있길 바라던 분들에게 사실을 말했는데…… 제가 살아남은 아들이 아닌 것이 밝혀진다면, 얼마나 슬퍼할지를요. 얼마나 절망할지를요. 두 어머니 후보 중 한 분은 절망을 맛봐야 했어요. 제가 원하든 그렇지 않든. 그래서 저는 신분과 그 만남의 진짜 목적을 속일 수밖에 없었습니다.

마리암 아미니, 통역사

하디아 씨의 남편은 정권이 바뀔 때 숙청당했던 사람 중 하나라고 했어요. 외신 언론에 소속된 기자였는데, 탈레반의 여성 인권 탄압을 서방에 알렸던 일이 눈 밖에 나서 제거당하고 말았던 거죠. 불행 중 다행으로 하디아 씨는 친척의 도움으로 풀려날 수 있었어요. 친척 중 하나가 탈레반 고위층과 인맥이 닿아 있던 모양이에요. 한 집안에 반탈레반 운동을 하는 사람과 친탈레반 활동을 하던 사람이 섞여 있는 건 그렇게 드문 일도 아니었어요. 그만큼 혼란스러운 시기였으니까요.

하디아 씨는 풀려나자마자, 그 벽으로 달려갔어요. 공항 관계자들에게 그날 그곳에서 목숨을 잃은 이들이 어디에 묻혔는지 물었지만, 누구에게도 제대로 된 답은 듣지 못했다고 했죠. 하디아 씨는 미국으로 건너간 아기의 행방을 수소문할까 하다가 그 생각을 접었어요. 철조망을 무사히 넘어 미국으로 건너간 아기가 자기 자식이 아니란 사실이 밝혀진다면, 자식이 살아 있다는 희망을 영영 잃어버리게 되니까요.

노아 언더우드, 대학원생

제가 미국으로 돌아가면 후원자를 찾아줄 수 있느냐고 묻더군요. 기자 신분이라면 자선가나 후원 단체와 어렵지 않게 연락이 닿지 않겠냐면서 말이죠. 하디아 씨는 조기 결혼 등의 이유로 정규 교육에서 소외당한 아프간 여성들과 소녀들에게 교육을 제공하는 시민 단체에서 일한다고 했어요. 탈레반 첫 집권기에 시작된 단체로, 그 당시 아프간의 몇몇 곳에서 비밀 학교를 운영했죠. 비밀 학교가 뭐냐고요? 그때도 탈레반은 여학생들에겐 교육을 허용하지 않았어요. 그러니 몰래 무허가 시설을 운영해야 했죠. 안타깝게도 탈레반이 재집권한 이후, 조금씩 개선되던 상황이 다시 악화된 터라 외부의 지원이 절실하다고 했어요. 조금이라도 더 많은 사람에게 교육의 기회를 제공하기 위해서는 말이죠.

하디아 씨의 이야기를 들으면서 마음 한편이 무거워졌어요. 당연한 말이지만, 저에겐 후원자와 연결해줄 인맥 같은 건 없었으니까요. 괜한 기대를 하게 한 것 같아서 미안한 마음이 들더군요. 혹시 이 다큐멘터리를 보고 계신 분 중에 후원에 관심이 있는 분은, 구글에서 'Donate for Afghanistan Education'이라고 검색하시면 후원이 필요한 단체를 찾으실 수 있을 겁니다.

마리암 아미니, 통역사

노아는 다양한 차를 맛보고 싶다면서, 이런저런 차를 계속해서 주문했어요. 그 바람에 저랑 하디아 씨도 반쯤 억지로 다양한 차를 마셔야 했죠.

노아 언더우드, 대학원생

마리암과 하디아 씨가 거의 동시에 화장실로 향했을 때, 저는 하디아 씨의 유리잔을 비닐 팩에 넣었어요. 그러고는 주방으로 가서 새 잔을 몰래 집어 왔죠. 웨이터에게 잔을 새로 가져다 달라고 부탁하면, 테이블에 놓여 있던 잔 하나가 사라진 점을 이상하게 생각할 것 같았거든요. 그 유리잔은 다음 날 잘 포장해서, 독일에 있는 유전자 연구소로 보냈죠.

마리암 아미니, 통역사

자리로 돌아오니까 먼저 와 있던 하디아 씨가 시집을 읽고 있었어요. 영미권에서는 잘랄루딘 루미라고도 불리는, 잘랄 아드딘 무하마드 루미의 시집이었죠. 잃어버린 아기 생각이 날 때면 그 시집에 실린 〈갈대 피리의 노래〉라는 시를 읽으며 마음을 달랜다고 했어요.

노아 언더우드, 대학원생

사실 가장 화장실이 급한 건 저였지만, 유리잔을 바꿔치기하느라 볼일을 참고 있었죠. 겨우 할 일을 모두 마치고 화장실에 다녀오니, 하디아 씨와 마리암이 현지 말로 무슨 시에 관해 이야기를 나누고 있었어요. 제가 설치한 번역 앱은 성능이 뛰어났지만, 제3세계의 오래된 시는 제대로 번역하지 못했죠. 비밀을 간직한 갈대가 슬퍼한다는 뭐 그런 내용이었는데, 부정확한 번역 탓에 그땐 내용이 잘 와닿지 않았어요.

마리암 아미니, 통역사

두 번째 인터뷰는 하디아 씨의 집에서 진행되었어요. 하디아 씨가 동료와 함께 사는 아담한 단층집 주택이었죠. 그때 노아의 행동이 좀 부자연스럽게 느껴졌어요. 허락을 받고 나서 집 안을 이리저리 기웃거리며 벽에 걸린 액자 속의 사진을 둘러보는데…… 그 눈빛이 뭐랄까, 어딘가 애절하게 느껴졌어요. 노아에게 괜찮냐고 물었더니 돌아가신 어머니 생각이 난다고 하더군요. 노아는 입양아라는 사실을 감추기 위해서 아프간계 미국인 가정에서 자랐다고 말한 적이 있어요. 저는 그 말 때문에 노아가 생모를 그리워하고 있는 줄은 꿈에도 몰랐죠.

노아 언더우드, 대학원생

하디아 씨의 집에서 여러 사진과 마주쳤죠. 하지만 안타깝게도 어린 아기의 사진은 없더군요. 만약에 그런 사진이 있었다면 제 어린 시절 사진과 비교해볼 수 있었을 텐데 말이죠.

아무튼, 집 안에 장식된 사진은 하디아 씨와 남편분의 것뿐이었어요. 난리 통을 겪으면서 겨우 건진 사진이라고 했죠. 제가 찾던 아기 사진은 없었지만, 저는 하디아 씨와 남편분의 사진을 유심히 바라봤어요. 혹시라도 제 얼굴과 닮은 곳이 있는지 궁금했으니까요. 하디아 씨는 이미 실물로도 봤지만, 사진이라면 천천히 관찰할 수 있었고요. 기분 탓인지 실제로 그런지 모르겠지만, 남편분의 입매가 제 입매와 어딘가 닮은 것 같았어요. 웃고 있지 않을 때도 입꼬리가 위로 약간 올라간 느낌이 비슷했거든요. 하디아 씨와는…… 닮은 점이 거의 없었지만, 저는 어떻게든 닮은 점을 찾으려고 필사적이었죠.

하지 파잘 후세이니, 전직 경찰 간부

다른 후보를 찾아내는 건 쉽지 않았어. 겨우 실마리를 찾아냈나 싶으면, 막다른 길에 다다르곤 했지. 나는 판사님께 받은 은혜를 되갚기 위해서라도 끈질기게 추적을 거듭했어. 그러다 결국 그 여성을 찾아낼 수 있었지.

마리암 아미니, 통역사

노아의 또 다른 어머니 후보인 아델라 씨와는 아프가니스탄 북부의 발흐라는 곳에서 만날 수 있었어요. 발흐는 알렉산더 대왕의 정복지 중 하나였던 탓에 서방에는 '박트라'라는 그리스식 이름으로 알려져 있죠. 조로아스터가 태어나고 묻힌 곳이자 시인 잘랄루딘 루미가 태어난 곳이기도 해요. 아델라 씨는 발흐 외곽의 농장에서 거주하고 있었죠. 사실 그 농장은 아편을 만드는 데 쓰이는 양귀비를 재배하는 곳이었어요. 부끄러운 일이지만 아프가니스탄은 세계 최대의 아편 생산국이에요. 시기에 따라 차이가 나지만, 헤로인의 원료가 되는 아편의 전 세계 유통량의 8할 정도가 고국에서 생산되곤 하죠.

노아 언더우드, 대학원생

설마 반군이 운영하는 양귀비 농장의 보안 검사가, 공항보다 엄격할 줄은 꿈에도 몰랐습니다. 나중에 알게 된 사실이지만 반군이 운영하는 농장은 정부가 심어놓은 프락치 색출을 위해 보안이 철저하다고 하더군요. 그에 비해 공항을 포함한 정부 시설들은 탈레반 집권 이후에도 제대로 청산되지 못한 부정부패로 인해 낡은 장비를 사용하고 있었고요. 그때 저는 임플란트 디바이스의 전원을 끄지도 않고 보안 장치를 통과했는데, 경보가 마구 울리면서 강력한 전자기 펄스가 발사되고 말았죠. 그 바람에 안구 뒤쪽에서 끔찍한 고통을 느껴야 했고요. 사실, 그 정도로 그친 건 천만다행이었습니다. 운이 나빴다면 뇌가 통째로 녹아내렸을 테니까 말이죠.

하지 파잘 후세이니, 전직 경찰 간부

내가 동행하지 않았다면, 그 청년은 그날 목숨을 잃었을 거야. 농장주는 청년을 산 채로 묻어버리고 싶어 했지. 더는 반군의 활약을 조명하기 위해 취재하러 왔다는 말을 믿으려 하지 않더군. 외국에서 온 기자가 아니라 정부가 보낸 프락치라 의심했지.

마리암 아미니, 통역사

정말 바보 같은 짓이었어요. 하마터면 목숨을 잃을 뻔했으니까요. 후세이니 씨가 반군에 가담했다는 사촌까지 팔아가면서 농장 사람들을 설득한 끝에, 겨우겨우 병원으로 데려갈 수 있었죠. 의사 선생님은 조금만 늦었어도 위험했을 거라고 하더군요.

하지 파잘 후세이니, 전직 경찰 간부

입원 절차를 밟으려고 청년의 가방에서 신분증을 찾다가 그 서류를 발견했어. 친자감정 의뢰서 말이야. 노아는 서류를 이메일로 접수했는데, 서류에 서명하려면 일단 인쇄해야만 했던 거지. 마리암과 나는 그 서류를 보고 나서야, 청년이 아프간을 찾은 진짜 목적을 알게 되었지.

노아 언더우드, 대학원생

후세이니 씨와 마리암은 화를 내기는커녕 저를 동정해줬습니다. 처음부터 사실대로 말했다면 좋았을 거라고 하더군요. 그랬다면 임플란트 디바이스를 달고서 양귀비 농장을 방문하는 게 얼마나 위험한지 알려줬을 거라면서요. 몰래 DNA를 채취하는 일도 도왔을 거라 했죠.

마리암 아미니, 통역사

노아는 두 어머니 후보 중, 누구도 실망하게 하고 싶지 않았다고 답했어요. 그러려면 최대한 아프간을 찾은 진짜 이유를 감추어야만 했다고 말했죠. 그런 말을 나누는 와중에, 노아의 표정이 갑자기 어두워지더군요.

하지 파잘 후세이니, 전직 경찰 간부

그때 노아의 표정이 굳어버린 건, 또 다른 어머니 후보 아델라 씨 때문이었어. 아델라 씨가 자신을 만나러 농장을 찾아온 청년이 무사한지 궁금해서 병실로 찾아왔던 거야.

마리암 아미니, 통역사

저는 낮은 목소리로 노아에게 이렇게 속삭였죠. "후보 1은 아마 미국말을 모를 테니까 걱정할 필요 없을 거야."

그러자 아델라 씨가 유창한 영어로 끼어들었어요. 유감이지만 미국말을 할 줄 안다고, 진실을 알아야겠다고 말씀하셨죠.

하지 파잘 후세이니, 전직 경찰 간부

아델라 씨는 끔찍한 고문을 받았지. 그 몹쓸 고문 때문에 얼굴이…… 형태를 알아볼 수 없을 정도로 엉망으로 변해버렸어. 그러니 안면인식 기술로도 찾아낼 수 없었던 거야. 그녀를 찾아낸 건 은퇴한 경찰들의 네트워크 덕분이었어.

마리암 아미니, 통역사

아델라 씨의 이야기를 통역하는 건 괴로운 일이었어요. 다시 그 이야길 떠올리는 지금도 마음이 편치 않네요. 아델라 씨는…… 그날 카불 공항에서 체포되어 모진 고문을 받았어요. 탈레반은 정보기관의 고위급 인사였던 남편과 그 동료들의 행방을 찾아내려고 혈안이었죠. 반텔레반 세력이 커지기 전에 싹부터 잘라내고 싶었던 거예요.

아델라 씨는…… 모진 고문을 견디다 못해 결국 남편이 숨은 곳을 털어놓고 말았어요. 남편과 가까웠던 동료들의 이름과 인상착의도 모조리 털어놓았고요. 끝까지 버틸 생각이었지만, 몇 주나 이어진 고문에 자백유도제까지 맞으니 정신이 속절없이 무너져 내렸던 거죠. 아무리 고문 때문에 내뱉은 말이라 해도, 아델라 씨는 자신을 용서할 수 없었어요. 자신으로 인해 남편과 남편의 동료들이 목숨을 잃은 건, 부정할 수 없는 사실이었으니까요.

하지 파잘 후세이니, 전직 경찰 간부

죄책감과 함께 고향으로 돌아간 아델라 씨는 친척의 도움으로 뒤늦게 치료를 시작했어. 하지만 치료가 너무 늦어버린 데다 그마저도 제대로 된 치료가 아니었어. 그래서 끝내 얼굴을 되찾을 수 없었지. 그녀는 매일 밤 찾아오는 끔찍한 고통을 달래려고 아편에 의지했다가 그만 중독자가 되고 말았어. 그러다 아편을 쉽게 얻을 수 있다는 말에 혹해 양귀비 농장에서 일하기 시작했고. 농장에서는 아편을 얻기는커녕 매질을 당하며 노예처럼 일해야 했다고 하더군. 탈출할까 고민도 해봤지만, 더는 갈 곳이 없었지. 그녀는 누구보다 성실하게 일하면서 농장에 꼭 필요한 일꾼으로 조금씩 인정받기 시작했어. 나중엔 자신에게 매질했던 사람의 손목을 잘랐다고 했지. 개인적 복수는 아니었나 봐. 몰래 물건을 뒤로 빼돌리다가 걸렸던 모양이더군. 차라리 그게 개인적 복수였으면 하는 생각도 들더군. 손목이 잘린 그 놈팡이는 여자와 아이를 개처럼 다뤘다니까.

마리암 아미니, 통역사

아프가니스탄에서는 마약중독이 흔한 일이에요. 오랜 전쟁에 시달리다 보니 우울증을 앓는 사람들이 도처에 널렸죠. 그러니 손쉽게 구할 수 있는 아편과 헤로인에 손을 대는 거예요. 어떤 부모들은 어린아이의 울음을 달래는 데 아편을 쓰기도 하죠. 그게 얼마나 위험한 일인지 자각하는 사람은 드물어요. 제 고국에서는 마약은 그저 감기약 같은 평범한 것이 되어버렸죠. 긴 전쟁의 후유증 중 하나예요…….

노아 언더우드, 대학원생

아델라 씨는 자발적으로 DNA를 건네주셨어요. 저는 복잡한 기분으로 머리카락 뭉치와 뺨 안쪽을 긁어낸 면봉을 받아 들었죠. 그녀가 말했어요. 다른 어머니 후보에게도 진실을 들려주라고. 결과에 절망할지 모르지만, 잃어버린 자식을 애도할 권리를 앗아 가지 말라고.

아델라 씨의 말에도 일리가 있었습니다. 하지만 두 어머니에게서 희망을 앗아 가는 일이 과연 옳은지 확신이 서지 않았죠.

마리암 아미니, 통역사

노아의 고민을 끝낸 것은 한 통의 전화였답니다. 그건 하디아 씨로부터 걸려온 전화였어요. 하디아 씨는 아무리 생각해도 노아가 자신을 바라보는 눈길이 잊히지 않는다고 했어요. 그때 하디아 씨는 직감했다더군요. 노아가 자신을 찾아온 이유가 따로 있다는 것을요. 무언가를 애타게 갈구하는 노아의 눈빛이, 마치 어미를 찾아 헤매는 아이를 연상케 했던 거죠. 하디아 씨가 묻더군요. 노아가 이 땅에 온 건 부모를 찾기 위해서가 아니냐고. 그때 저는 노아에게 상황을 설명하고 휴대폰을 스피커 모드로 바꾸었어요.

노아 언더우드, 대학원생

하디아 씨는 이미 알고 계셨어요. 제가 왜 그 나라로 찾아갔는지를. 저는 그저 하디아 씨가 이미 아는 사실을 되풀이해서 말했을 뿐이죠. 하디아 씨는 만사를 제쳐두고 발호로 찾아왔습니다. 그즈음, 독일에서 친자감정 결과가 도착했죠.

마리암 아미니, 통역사

저는 노아를 도와 내용을 읽지도 않고 이메일의 첨부 파일을 인쇄했어요. 그러고는 새하얀 봉투에 밀봉했죠. 노아도 저와 마찬가지로 내용을 읽지 못하더군요. 무의식중에 누가 노아의 어머니인지 표정에 드러낼까 봐, 둘 다 겁이 났던 거예요. 우리의 표정을 보고 누군가가 실망하지 않기를 바랐던 거죠.

하지 파잘 후세이니, 전직 경찰 간부

두 어머니 후보의 앞에서 결과를 공개해달라고 했던 건, 바로 그 두 어머니였어.

마리암 아미니, 통역사

두 분은 슬픔도 기쁨도 모두 함께 나누기로 했다고 말씀하셨죠. 약속 장소는 병원 옥상에 있는 카페였는데, 아델라 씨가 먼저 와 계셨어요. 아델라 씨는 루미의 시집을 나직한 목소리로 읽고 있었죠. 하디아 씨가 읽던 바로 그 시집이었어요.

노아 언더우드, 대학원생

저는 아델라 씨를 방해하기 싫었습니다. 마치 기도하는 것처럼 조용히 눈을 감고 시를 읊고 있었으니까요. 아델라 씨를 지켜보던 마리암이 제게 다가와, 그 시가 하디아 씨가 아들을 생각하며 읽는다던 바로 그 시라고 말해주었죠. 저는 내용이 궁금해졌습니다. 그래서 나중에 그 시를 번역해줄 수 있느냐고 물었고요. 추가 보수를 주겠다고 약속하면서요. 그랬더니 마리암이 이미 오래전부터 암기하고 있는 시라면서 즉석에서 영어로 번역해보겠다고 제안하더군요.

마리암 아미니, 통역사

영어로 번역하기 좀 까다로운 시이지만, 일단 시도해볼게요. 그때 어떻게 번역했는지는 잘 기억이 나지 않네요. (웃음)

이별의 괴로움을 부르짖는 갈대의 이야기를 들어라.

갈대밭에서 잘려 나온 나의 슬픔을 모두가 슬퍼한다.

내 사랑의 아픔을 이야기하기 위해서는 이별로 조각조각 난 가슴을 가진 이가 필요하다.

자신의 뿌리에서 잘려 나온 모든 이는 뿌리와 연결되어 있던 처음 그때로 돌아가기를 소망한다.

갈대는 갈대밭에서 잘려 나온 모두와 친구가 된다.

갈대의 이야기가 우리의 시야를 가린 장막을 걷는다.

갈대와 같은 독과 해독제를 본 적이 있는가?

갈대와 같은 열정과 그리움을 본 적이 있는가?

그 시를 읊고 나서는 루미의 철학을 대표하는 또 다른 시를 읊었죠.

오라, 그대가 누구든 오라.

무신론자, 불을 숭배하는 자, 죄로 가득한 자여.

여기로 오라, 이곳은 절망과 고통의 문이 아니니.

비록 백 번도 넘게 맹세를 깨뜨렸을지라도

그대는 내게로 오라.

자막

본 다큐멘터리의 한국어 번역본에서는, 《루미 시집》(정제희 옮김, 시공사, 2019)에 수록된 시를 인용하였다.

노아 언더우드, 대학원생

마리암이 번역한 건 시의 일부였습니다. 하지만 그 일부만으로도 루미의 시는 저를 홀리고 말았죠. 특히 갈대에 관한 그 시는…… 제 안의 무언가를 건드렸어요. 듣다 보니 저도 모르게 울컥하는 기분이 들더군요. 어쩌면 어머니 후보인 두 분 모두 같은 시를 좋아한다는 점이, 그런 우연이, 그 시를 특별하다고 생각하게 했는지도 모르죠. 그런데 알고 보니, 그 시를 쓴 잘랄루딘 루미는 중동 전역에서 월트 휘트먼만큼이나, 아니 그보다 훨씬 더 유명한 시인이라고 하더군요. 〈갈대피리의 노래〉가 포함된 《마스나비》라는 시집은 잘랄루딘 루미의 대표적인 시집이었죠. 그러니, 두 분이 같은 시인의 같은 시를 좋아한다는 게 그렇게 대단하고 운명적인 일은 아니었던 겁니다. 하지만 여전히, 저는 그 시에 무언가 특별한 것이 있다고 생각합니다. 어쩌면 제가 갈대밭에서 잘려 나간 갈대이자 무리에서 낙오된 어린 짐승이기 때문에 그 시에 공감한 건지도 모르겠군요.

하지 파잘 후세이니, 전직 경찰 간부

나도 그날 그 자리에 초대받았지. 노아의 여정이 어떤 식으로 끝맺어질지 알고 싶었지만, 노아가 봉투를 열기 전에 자리를 뜨고 말았어……. 그 자리에 앉아 있으니 딸아이가 죽었다는 소식을 전해 들었던 때가 떠오르더군. 수화기를 손에 든 채로 낯선 목소리에 귀를 기울였던 그때……. (침묵) 그 소식을 전해 들은 그날, 세상이 영원히 바뀌고 말았어. 다시는 내가 알던 원래 세상으로 돌아갈 수 없었지. 나는…… 그날의 일이 떠오르자 감정이 격해져서 도저히 그 자리에 있을 수가 없었어.

노아 언더우드, 대학원생

카페에서 어머니 후보 두 분과 만나기 전날, 마리암이 사진을 몇 장 보여줬어요. 아델라 씨의 집에서 몰래 촬영한 사진이었죠. 저는 궁금했습니다. 제 어머니일지도 모르는 아델라 씨가 어떻게 살고 계신지 말이죠. ……깔끔하기만 했던 하디아 씨의 집과는 달리, 아델라 씨의 집은 엉망처럼 보이더군요. 마리암은 아델라 씨가 종종 불안 증세를 보이는 것 같다고 말해줬어요. 고문과 마약중독의 후유증으로 정상적인 삶을 되찾지 못했던 거죠.

……엉망진창인 집 안 사진을 보니까, 망가져버린 아델라

씨가 아니라 하디아 씨가 제 어머니였으면 하는 그런 마음이 저도 모르게 고개를 쳐들더군요. 정말 이기적이고 역겨운 생각이었죠. 아델라 씨는 그저 큰 아픔을 겪었을 뿐인데, 저에겐…… 그런 아픔을 껴안을 자신이 없었던 건지도 모르겠습니다. 저는 그 역겨운 생각을 떨쳐내고 싶었지만, 그게 잘 안 되더군요.

하디아 씨와 남편분의 사진을 바라봤을 때는, 어떻게든 저와 닮은 점을 찾으려고 노력했어요. 그런데…… 아델라 씨 부부의 사진을 봤을 때 저는……. (긴 침묵)

그때 저는, 저와는 다른 점을 찾으려고 그 어느 때보다 필사적이었습니다.

마리암 아미니, 통역사

노아는 그저 봉투를 바라보기만 했어요. 도저히 그걸 열어볼 엄두가 나지 않았던 거죠. 두 어머니 후보는…… 테이블 위에서 손을 마주 잡더니, 이제 그 봉투를 뜯어도 괜찮다고 말하면서 노아를 격려하셨어요. 하지만 노아가 겨우 마음을 정하고 나서 봉투를 뜯으려 하자, 약속이라도 한 듯이 두 어머니가 동시에 울음을 터뜨리고 말았습니다. 울먹이는 목소리로 조금만 더 시간을 달라고 하셨죠. 마주 잡았던 두 분의 손이 떨리면서, 입도 대지 않은 찻잔에서 차가 흘러넘치기 시작했어요. 저는 테이블 위를 적시며 퍼져나가는 찻물을 하염없이 바라만 봤습니다. 넘쳐흐른 찻물처럼 저도 감정을 주체하기 어려웠으니까요. 한참을 그러다가 후세이니 씨처럼 그 자리에서 벗어나려고 했지만, 그럴 수가 없었죠. 노아가 저를 붙잡더니 자기 대신 봉투를 열어달라고 부탁했으니까요.

노아 언더우드, 대학원생

그때 저는 마리암에게 대신 봉투를 열어달라고 했죠. 손이 떨려서 도저히 봉투를 열 수가 없었거든요. 하지만 겁에 질린 마리암의 표정을 보고 나서 곧 생각을 바꾸었습니다. 마리암에게 못 할 짓을 하는 것 같다는 기분이 들더군요.

마리암 아미니, 통역사

노아는 저에게 잠깐만 기다려달라 말하고는, 어디론가 사라져버렸어요. 한참을 기다리다가 노아를 찾으러 가려고 할 때쯤, 노아가 숨을 헐떡이면서 자리로 돌아오더군요. 노아의 손에는 주방에서나 쓰는 커다란 라이터가 들려 있었죠.

노아 언더우드, 대학원생

저는 봉투를 불태워버렸습니다. 마리암과 두 어머니 후보는 놀란 눈으로 타들어가는 봉투를 바라만 보았죠. 제가 말했습니다. 제가 바로 그날 철조망 위에 떨어져 죽은 그 아기라고. 그와 동시에 철조망을 넘어 미군의 손에 넘겨진 그 아기라고.

마리암 아미니, 통역사

다음 순간, 노아는 두 어머니 후보에게 다가가 이렇게 말했어요. "그러니까 두 분 모두가 저의 어머니세요." 그러고 나서 두 어머니의 뺨에 차례로 입을 맞추고 팔을 크게 벌려 껴안았죠.

노아 언더우드, 디아스포라 네트워크 연대에서 한 발언

제 생일은 8월 17일입니다. 진짜 생일은 아니에요. 그날은 아버지가 저를 처음으로 품에 안았던 날이죠. 저에겐 세 가지 다른 생일이 있어요. 저는 그날의 비극으로부터 살아남은 아기 중 하나입니다. 그날의 비극으로부터 살아남지 못한 아기 중 하나입니다. 저는 그날 태어났고 또 그날 죽었습니다.

저에겐 어머니가 셋 있습니다. 한 분은 저를 길러주셨고, 두 분은 저를 낳아주셨습니다. 두 어머니는 저를 위해 오늘도 매일같이 신께 기도를 올리고 있습니다. 저는 무신론자이지만…… 어머니들을 위해 매일같이 기도할 겁니다. 하루도 쉬지 않고.

내레이션

마리암 아미니는 노아의 도움으로 어머니와 함께 미국으로 건너왔다. 하지 파잘 후세이니는 딸 살해범의 가석방에 항의한 일로 숙청당할 위기에 처해 국외로 피신했고, 여러 나라를 떠돈 끝에 스페인에 정착했다. 한편, 노아의 두 어머니는 아프가니스탄에 남았다. 노아의 사연이 알려지면서, 미 정부의 특별 입국 허가를 얻었지만, 자발적으로 고향에 남은 것이다. 아델라 나시리는 양귀비 농장을 떠나 하디아 이스마일이 몸담은 시민 단체에 합류했다. 이어지는 영상은 노아의 임플란트 카메라에서 복구한 영상 중 일부와 노아가 건넨 휴대폰 영상의 일부이다.

노아 언더우드

(노이즈) 마리암, 미안한데 이 사진을 치워주지 않을래? (노이즈) 이걸 보고 있으면 내가 망가져버릴 것 같아.

마리암 아미니

노아, 너 그 라이터로 대체 뭘 하려고……. 아…….

아델라 나시리

بشنو این نی چون شکایت میکند

دنکیم تیاکح اهییادج زا

(노이즈)

دناهدیربب ارم ات ناتسین زک

دناهدیلان نز و درم مریفن رد

(노이즈)

قارف زا هحرش هحرش مهاوخ هنیس

قایتشا درد حرش میوگب ات

(노이즈)

이 시를 다시 듣고 싶다고?

너는 이해도 못 하는 말이잖니. (웃음)

노아 언더우드

하디아 씨가 아니, 어머니가 뭐라고 하신 거야? '굿바이'라는 말밖에 못 알아들었어.

마리암 아미니

어디에 있든 무엇을 하든 매일같이 아들을 위해 기도하겠다고 하셨어.

노아 언더우드

나도 그렇게 하겠다고 전해줄래?

마리암 아미니

……이제 그만 가봐야 해. 보안 검사대가 붐비니까 서둘러야겠어.

내레이션

본 다큐멘터리가 공개된 지 10년이 지났다. 많은 이가 출연자들의 후일담에 관해 문의해왔지만, 나 역시 그들의 소식을 제대로 접하지 못하고 있었다. 본 다큐멘터리 공개 직후 예전부터 제작하던 다큐멘터리와 관련된 일로 이란에서 긴 수형생활을 해야 했기 때문이다. 몇 달 전에야 한 출연자와 겨우 연락이 닿았고, 10년간 그들에게 생긴 변화를 알게 되었다. 이에, 본 내레이션을 통해서나마 그들의 후일담을 공유하고자 한다.

하지 파잘 후세이니는 유럽 전역에서 난민 구호 활동에 헌신하다가, 어느 극우 조직에 소속된 젊은이들에게 린치당해 사망했다. 노아 언더우드는 고국의 말을 익힌 후 다른 쪽 안구에 임플란트 디바이스를 삽입한 채, 현지의 실상을 고발하는 다큐멘터리를 제작하기 위해 다시 아프간으로 떠난 뒤 소식이 끊겼다. 하디아 이스마일과 아델라 나시리는 지난해 대규모로 번진 내전 사태 때 공습으로 사망했다. 마리암 아미니는 노아와의 사이에서 쌍둥이 딸을 출산했는데, 노아의 두 어머니에게서 두 딸의 이름을 따왔다.

노아 어머니들의 무덤은, 하루도 빠짐없이 꽃이 놓이는 저항의 상징이 되었다. 그녀들이 목숨을 걸고 비밀 학교를 운영했던 이력과 히잡 해방 운동을 비롯한 숱한 저항 운동에 함께했던 행적이 자극제가 된 것이다. 탈레반은 무덤가 일대를 쑥대밭으로 만들었지만, 제자들은 새 무덤을 세워 오늘도 꽃을 가져다 놓는다고 한다. 때론 붉디붉은 양귀비꽃이, 때론 솜털을 흩날리는 갈대꽃이 유해를 잃은 그 무덤가를 장식하리라.

영원의 모양으로 찻잔을 돌리면

제1장: 오류

생체 분해까지 4분 59초, 4분 58초, 4분 57초…….

망했다. 완전히 망했다. 4번 게이트에 4번 전송 부스를 배정받았을 때부터 어딘가 꺼림칙했다. 게다가 새벽 4시였다. 숫자 4가 세 번이나 겹친 걸 깨달았을 때 출장이고 뭐고 다 집어치우고 그냥 집으로 돌아갔어야 했다. 과학자이자 교육자로서 부끄러운 이야기지만 나는 징크스를 믿는다. 아침에 양말을 거꾸로 신으면 어김없이 일진이 사나웠고, 짙은 안개가 끼는 날에는 수업을 하다가 꼭 말을 더듬었다. 나의 숱한 징크스 중에서도 숫자 4는 늘 최악의 일을 예고하는 전조와도 같았다. 아내는 미신이나 다름없는 징크스를 믿는 나의 심리가 문제라고 지적하곤 했다. 이성적으로는 아내의 말에 동의한다. 하지만 과학자라고 해서 늘 이성적일 순 없지 않은가. 피와 살을 가진 인간이라면 누구나 심리적인 약점을 한두 가지쯤 안고 있는 법이다. 당장 아내만 해도 집필 중에는 동침을 거부하는 신조가 있다. 로맨스 소설 작가는 섹스에 굶주려야만 좋은 작품을 쓸 수 있다나……. 아내는 벌써 반 년도 넘게 단편소설 하나를 붙들고 있다. 반년 넘게 부부 관계를 갖지 않았다는 뜻이기도 하다. 결혼 생활에 문제가 생긴 것은 아니다. 알고리즘이 맺어준 우리는 서로에게 완벽에 가까운 성격적 이상형이라 할 수 있다. 세상 대부분의 커플이 그러하듯이. 하지만 우리 사이에는 단순히 알고리즘을 넘어선 무언가가 있다고 믿는다. 그 증거로, 우리는 권태를 방지하기 위해 주기적으로 별거를 하라는 알고리즘의 경고를 오래전부터 무시해왔음에도, 여전히 서로를 진심으로 아끼고 사랑해 마지않는다. 요사이 부부 관계를 멀리하고 있는 것은 그저 아내의 집필 습관에 따른 부차적이고 임시적인, 일종의 성적 자숙 기간에 지나지 않는다.

아내와 결혼한 지도 만으로 한 세기가 넘었으니 우리 부부는 백년해로(百年偕老)를 넘어 천년해로(千年偕老)를 향해 달려가고 있다. 아니, 맞춤형 생체 프린팅 성형술을 주기적으로 받으며 늘 젊은 몸을 유지하고 있으니 엄밀히 말하자면 천년해청(千年偕靑)이 올바른 표현이다.

하지만 《인간의 마음을 사로잡는 백스무 가지 몸매와 얼굴》에 소개된 황금 비율을 적용한 이 몸은 천 년은커녕 몇 분도 안 되어 사라질 것이다. 여기 이 좁고 어두컴컴한 개인용 전송 부스가 내 몸뚱이의 무덤이 될 것이다.

생체 분해까지 3분 01초, 3분 00초, 2분 59초…….

벽면 디스플레이에 표시된 숫자는 기계적인 말투의 안내 음성에 맞춰 계속 줄어들고 있다. 이제 3분도 안 돼서 나는 죽음을 맞이할 것이다. 아나토미아마이크로웨이브™가 세포 하나 남기지 않고 눈 깜짝할 사이에 내 몸을 분해하고 나면, 바닥에 흘러내린 끈적끈적한 점액질 용액만이 이곳에 한 인간이 있었다는 증거로 남을 것이다. 하지만 그 사소한 증거조차 곧 사라지게 된다. 산성 세제가 부스 안을 철저하게 씻어내고 소독할 테니까. 엄밀히 말해서 내가 진짜로 죽음을 맞이하는 건 아니다. 몸이 분해되는 순간, 내 모든 기억이 클라우드에 동기화될 테니 말이다. '진짜'라는 말이 나와서 말인데, 진짜 나는 달에 있다. 아마 지금쯤 전송 터미널에서 지하철을 타고 월면 도시 암스트롱으로 이동하고 있을 것이다. 그렇다고 내가 가짜라는 건 아니다. 달에 있는 나도, 지구에 남아 있는 나도, 모두 진짜 '나'라고 할 수 있다. 하지만 여기 있는 나는 오류로 생성된 폐기 처분 대상일 뿐이다.

전송 장치는 간혹 오류를 일으킨다. 대개의 경우, 우주 날씨의 악화가 그 원인이라 할 수 있고. 전파 전송 과정에서 태양흑점의 활동으로 인한 강력한 노이즈가 끼어들면, 전파가 엉뚱한 방향으로 굴절되거나 유실되어 오류 발생률이 증가하는 것이다. 그 때문에 우주 날씨가 좋지 않은 날에는 전송 서비스가 중단되곤 한다. 하지만 나는 기어이 오류에 휘말리고 말았다. 역시 날씨가 문제였을까? 하지만 기상청에 의하면 오늘의 우주 날씨는 매우 맑음이었다. 달에 있는 나와 동기화되면 당장 날씨부터 확인해야겠다. 혹시라도 예보가 어긋났다면, 기상청에 항의 전화를 넣을 것이다.

생체 분해까지 2분 10초, 2분 09초, 2분 08초…….

발바닥에 끈적끈적한 무언가가 달라붙었다. 아마도 누군가를 이루던 물질이겠지……. 전송 부스가 제대로 관리되지 않는 모양이다. 아무래도 이 전송 터미널에도 항의 전화를 해야 할 것 같다. 아니, 가만히 생각해보니 이 끈적끈적한 점액

질은 5분 전까지 나를 이루던 세포의 흔적이 틀림없다. 5분 전에 나는 바로 이 전송 부스에서 클라우드를 경유해 달로 전송되었다. 세포 하나하나가 전송된다는 것은 아니다. 전송되는 것은 내 몸을 이루는 생체 패턴 정보이다. 달에 있는 수신기는 지구에서 송신된 정보를 바탕으로 '나'라는 인간을 생체 프린트한다. 법률상 한 인간이 동시에 둘 이상의 개체로 존재하는 것은 금지되어 있으니, 목적지인 달로 전송되는 순간 전송 부스는 출발지인 지구에 있던 인간을 분해해버린다. 즉, 나는 5분 전에 이 부스에서 이미 한번 분해되었다. 하지만 망할 놈의 전송 오류로 인해 달과 지구, 두 곳에서 프린트되어버렸고, 이쪽에 있는 나는 겨우 5분 만에 폐기될 운명에 놓인 것이다.

처음 전송 오류를 경험한 건 초등학교 시절 달 뒷면으로 수학여행을 갔을 때였다. 그때만 해도 전송 오류는 지금보다 빈번했기에 나는 잔뜩 긴장한 채로 전송 부스에 들어섰다. 따지고 보면 전송 오류가 일어나든 일어나지 않든, 전송 부스에 발을 들인 순간 나라는 존재는 산산이 분해될 운명에 처한다. 전송 오류가 일어나면 한 번 분해될 몸이 두 번 분해될 뿐이다. 하지만 정상적으로 전송되면서 분해되는 것과 실수로 태어난 잉여의 존재가 되어 삭제되는 것 사이에는 심리적으로 크나큰 차이가 있다. 전송을 위해 분해되는 것은 장거리 이동을 위한 정상적인 분해와 재생성 과정의 일부이다. 하지만, 전송 오류 탓에 분해되는 것은 쓸모없는 부산물로 전락함을 뜻한다. 폐기 처분만을 기다리는 끔찍하기 짝이 없는 경험을 두 번이나 겪다니…….

달에 도착한 열한 살의 나는 무사히 전송된 것에 안도했다. 여행 첫날 밤, 나는 같은 반 친구 녀석과 함께 숙소를 빠져나와 달의 반대편으로 향했다. 암스트롱의 전설적인 발자국을 찾기 위한 모험에 나선 것이다. 도시 건설 과정에서 인류의 위대한 첫 발자국은 사라졌다는 것이 기정사실로 받아들여졌지만, 우리는 잃어버린 성배를 찾아내는 일에 흥분한 채로 복잡한 노선도를 확인하며 지하철을 갈아타길 반복하고 있었다. 저 멀리 지구에서 또 하나의 내가 극심한 공포에 빠져 죽음을 맞이했다는 걸 알게 된 것은, 이제는 이름도 기억나지 않는 어느 작은 역의 플랫폼에서 네 번째 환승을 위해 지하철을 기다리고 있을 때였다. 어떤 예고도 없이 백그라운드에서 이루어진 동기화는 고고학자 흉내를 내며 모험심에 사로잡혀 있던 한 소년을 돌연 죽음의 계곡으로 떨어뜨렸다.

지구에 남아 있던 나는 폐기 처분이 두려워 4번 전송 부스에 온몸을 부딪히며 소란을 피웠고, 마침 근처에 있던 정비공이 부스 문을 열자 정비공 다리 사이로 빠져나와 보안원들을 피해 도망쳐 다니다가 4번 게이트 환기구에 기어들어갔다. 나는 반나절 넘게 환기구에 몸을 숨기고 있었지만 그만 소변을 참지 못해 실례를 했다가, 냄새를 맡은 경비견이 천장을 향해 쉴 새 없이 짖어대는 바람에 결국 붙잡히고 말았다. 전송 부스로 연행되면서 나는 도살장에 끌려가는 어린 짐승처럼 극한의 공포에 사로잡혀 울부짖고 발버둥 쳤다.

일시에 주입된 충격적인 기억 탓에, 달에 있던 또 다른 나는 입에 거품을 물며 난생처음 발작을 일으켰고, 결국 두 소년의 작은 모험은 중단되었다. 그 후 나는 전송 장치에 트라우마가 생겼고, 종종 악몽을 꾸다가 발작을 일으키곤 했다. 악몽 속에서 4번 게이트의 4번 부스에 갇혀 열리지 않는 문을 주먹에 피가 나도록 두드리고 또 두드렸다. 숫자 4에 징크스가 생긴 것은 그때부터였다.

우리 부모님은 국제연맹을 상대로 소송을 걸었다. 잘못 복제된 또 하나의 내가 겪은 죽음에 관한 기억을, 수신자인 나의 동의도 없이 동기화한 것은 비인권적인 행위이며 동기화를 거부할 권리가 주어져야 한다는 것이 소송의 골자였다. 하지만 국제연맹은 소송 자체가 인권법 제2조, 일명 테세우스법에 위배된다며 소송을 일방적으로 무효화했다.

생체 분해까지 1분 04초, 1분 03초, 1분 02초…….

테세우스법은 고대 그리스의 역설 이야기에 대한 답이라고 일컬어진다. 고대 아테네인들은 미노타우로스를 물리치고 귀환한 영웅 테세우스의 배를 후세에 남기기 위해 조금씩 수선한다. 그 과정에서 낡은 부품들이 서서히 교체된다. 오랜 세월이 흐르자 배를 이루던 원래 부품은 결국 하나도 남지 않게 된다. 하지만 배는 테세우스가 타고 왔던 때의 모습과 정확히 일치한다. 이때 이 배를 과연 처음과 같은 배라고 할 수 있는가? 아니면 전혀 다른 배인가?

형태가 정확히 일치한다는 점에서 후대의 배는 원래의 배와 같다고 할 수 있다. 동시에 원래의 배를 이루던 물리적 성분이 모조리 사라지고 없다는 점에서, 후대의 배는 원래의 배와 다른 배라고 할 수 있다. 결국, 영웅이 탔던 배와 같으면서도 같지 않은 테세우스의 배는 논리적 모순을 일으키는 논증, 즉 역설에 빠지고 만다.

테세우스법은 이 역설에 대해 이리 답한다. 물리적 패턴이 동일할 경우 두 배는 같은 배라고. 테세우스법은 시대의 필요에 의해 등장한 법률이다. 비생체 프린팅에 이어 생체 프린팅이 막 등장한 시기에는 아직 지리적 제한에 관한 심리적인 저항이 강한 탓에 국가라는 지정학적 개념이 유효했다. 아직 국가가 존재하던 그 시절, 일부 진보적인 국가에서는 신기술을 활용한 특허 취득에 앞서기 위해 실험적으로 인간 복제를 무제한 허용했다. 하지만 그러한 실험은 실패하고 말았다. 인간은 자신과 동일한 존재에게 그리 관대하지 못하다는 보편적인 심리 현상이 관찰되었기 때문이다. 자신과는 다른 이질적인 존재를 차별하는 것은 고대로부터 내려온 인간 고유의 특성이다. 하지만 자세히 들여다보면 인간은 자신과 완전히 이질적인 존재는 내버려두는 반면, 고작해야 피부색이나 머리 색이 조금 다를 때는 그 사소한 차이에 주목하곤 한다. 즉, 자신과 닮은 존재일수록 역설적으로 사소한 차이점이 크게 부각되고 마는데, 복제되면서 서로 다른 줄기로 분기한 두 인간은 사소하고도 미묘한 차이점이 극대화되는 상황에 놓이게 된다. 가장 가까운 존재이기 때문에 오히려 가장 큰 적이 되는 아이러니를 두고 심리학자들은 '거울상 파괴 증후군' 혹은 '그림자 파괴 증후군'이라는 이름을 붙였다. 그러한 증상에 기반한, 원본과 복제 사이의 파괴 행위는 인간 복제를 무제한으로 허용한 진보적인 국가들을 마비시킬 정도로 확산되어만 갔다.

한편, 생체 프린팅 장비는 암암리에 복제되길 반복했고, 그 결과 인간 복제는 그를 금지한 국가에서마저 무분별하게 일어나고 말았다. 마치 솔로몬의 재판을 재현하듯 누가 진짜 부모인지를 놓고 다투는 일부터 소유권과 재산권은 물론 배우자에 대한 독점적 권리 등에 대한 다툼까지, 법정은 온갖 문제로 골머리를 앓아야 했다. 자신의 복제 혹은 원본을 죽이고도 자신은 여전히 살아 있으니 살인이 아니라고 태연하게 주장하기도 했다. 이러한 동일인격체 사이의 살해는 자살로도 살인으로도 해석될 수 있어 판사들은 노골적으로 재판을 기피했다.

혼란이 가중되는 동안, 생체 프린팅을 응용한 장거리 전송으로 인해 국가 수준의 대응이 불가능에 가까워지자, 느슨하게 유지돼오던 국제연합에 비할 수 없을 정도로 강력한 정치적 기구인 국제연맹이 대두되었다. 끝내 모든 국가를 흡수하여 역사상 처음으로 인류를 통합케 한 국제연맹은 테세우스법을 제정해 인간 복제에 따른 온갖 문제에 대응하기 시작했다.

테세우스법은 제2차 알래스카 공의회에서 확정된 삼위일체 사상을 이론적 근간으로 삼는다. 부모 격인 원본, 자식에 해당하는 복제, 데이터적 영혼이라 할 수 있는 클라우드에 백업된 의식, 바꿔 말하면 전부(電父), 전자(電子), 전령(電靈)은 본질적으로 하나라고 하는 것이 삼위일체 사상이다.

삼위일체 사상을 바탕으로 정립된 테세우스법에 따르면 어떤 이유로 한 인간을 복제할 경우, 복제하는 즉시 원본의 의식을 클라우드에 동기화하는 동시에 원본을 파기해야 했다. 원본과 복제와 클라우드의 의식 데이터가 모두 하나의 동일인격체인 만큼, 살아 숨 쉬는 한 개체만으로 실존적 가치가 충족되기 때문이다. 만약 어떤 이유로 두 개체 이상이 동시에 존재하는 경우, 하나를 제외한 나머지 전부는 불필요한 잉여에 해당한다.

테세우스법이 효과적으로 집행될 수 있었던 이유는 온몸의 생체 정보를 통째로 복제하는 1세대 기술에 이어 기억 데이터를 포함한 의식 패턴과 몸을 따로 분리해 복제하는 2세대 기술의 등장 덕분이기도 했다. 기존의 느슨한 규제로 인해 이미 여러 명으로 분열된 많은 이들의 의식을 2세대 기술 덕에 하나로 통합할 수 있었고, 동일인격체는 하나의 개체를 제외하곤 파기되었다. 또한, 2세대 기술은 단순히 장거리 이동을 위한 전송뿐만 아니라 성형이나 회춘을 위한 새로운 복제 시장을 열기도 했다.

삼위일체 사상은 무분별한 인간 복제를 근절하는 것에만 그치지 않고, 관련 기술 분야가 나아가야 할 명확한 방향성, 즉 '전부, 전자, 전령의 효율적인 통합과 관리'라는 청사진을 제시했다. 그 후 얼마 지나지 않아 생체 정보를 클라우드에 저장하는 기술은 점차 완벽에 가까워졌고, 인류는 사실상 죽음을 극복하기에 이르렀다.

자만이 극에 달하면 어김없이 재앙이 뒤따르는 법이다. 연산 장치는 실수하지 않지만 인간은 실수하기 마련이라서, 클라우드 5섹터에서는 30억 명의 의식이 담긴 저장 장치가 휴면 에러로 인해 완전 포맷되는 사태가 일어나기도 했다. 다중의 백업 장치가 있었지만 저가 설비로 시공한 부실 공사로 인해 끝내 복구되지 못한 피해자의 절반은 결국 영생의 시대에도 사망할 수 있음을 보여주는 본보기가 되고 말았다. 그 이후로 데이터를 철저하게 분산 저장하고 데이터 관리를 중앙 AI의 손에 맡기면서 더는 사망자가 발생하지 않게 되었다. 하지만 여전히 죽음을 경험하는 일은 가능하다. 바로 나처럼 전송 오류로 인해 폐기 처분될 운명에 처해진다면 말이다.

테세우스법은 인간 복제의 남용을 금지하는 엄격한 법이기도 하지만 의도치 않게 복제된 인간에게는 관대한 법이기도 하다. 설령 오류로 생성된 개체라고 해도 살아 숨 쉬는 인간의 의식을 백업하지 않고 분해하는 것을 엄격히 금지하고 있기 때문이다.

테세우스법 덕분에 실수로 생성된 잉여물에 불과한 나도 동기화 장치의 혜택을 받을 수 있다. 뇌 깊숙한 곳에 내장된 동기화 장치는 내가 죽는 순간 가동되어 나의 의식을 클라우드에 업로드할 것이다. 덕분에 나는 유사 죽음을 맞이하면서도 어느 정도 초연할 수 있다. 나의 모든 기억은 또 다른 나에게 계승될 테니까.

하지만 유년 시절의 끔찍한 기억 탓인지 나는 여전히 이 좁은 부스 안이 두렵기만 하다. 친절한 관리 시스템이 내 심리 상태를 관찰해 향정신성 의약품을 분사하지 않았다면 나는 벌써 바닥에 쓰러져 입에 거품을 물고 경련을 일으켰을 것이다.

달에 있는 나는 오늘 겪은 이 불쾌한 기억 때문에 족히 한 달 동안은 불면의 밤을 보낼 것이 틀림없다. 차라리 동기화 없이 조용히 폐기되는 게 달에 있는 나를 위한 최선일지도 모른다. 하지만 정말 그렇게 됐다간 나는 사시나무처럼 떨며 온몸의 구멍이란 구멍에서 눈물과 콧물에 더해 오물마저 쏟아내고 말 것이다. 진짜 죽음 앞에서는 저농도의 약물 따윈 아무런 도움도 주지 못할 테니까.

생체 분해까지 21초, 20초, 19초…….

아인슈타인이 옳았다. 시간은 상대적이다. 카운트다운이 이어질수록 시간이 엿가락처럼 늘어져간다. 어서 이 지옥 같은 시간이 지나가기를.

생체 분해까지 11초, 10초, 09초…….

전송 부스의 공식적인 명칭은 '테세우스의 배'이다. 나는 이제껏 수백 번 이상 이 망할 놈의 배를 타고 분해와 재생성을 거듭했다. 앞으로도 수천만 번을 더 이 배에 올라타야 할 테지만, 결코 이놈의 배에 익숙해지는 일은 없을 것이다.

생체 분해까지 03초, 02초, 01초…….

나는 눈을 질끈 감았다. 이제 출장은 사절이다.

제2장: 〈처용가〉

생체 분해까지 00초, -01초, -02초…….

이미 분해된 인간에게도 카운트다운이 들리는 게 정상인가? 감았던 눈을 떴지만 전송 부스 안에는 아무런 변화도 없다. 내 몸은 여전히 멀쩡하고 카운트다운도 마이너스 기호를 붙인 채 계속되고 있다. 디스플레이에 -20초까지 표시되었을 때 안내 방송이 흘러나왔다.

승객 여러분께 알려드립니다. 정전 발생으로 인해 현재 비상 전력으로 시설이 가동되고 있습니다. 전력이 정상 복구되기 전까지는 전송 서비스가 불가능하오니 불편하시더라도 자리에서 대기해주시기 바랍니다. 승객 여러분께 알려드립니다…….

망할. 지옥 같은 시간이 연장되었다. 분통이 터져 디스플레이 패널을 발로 걷어찼다가 등줄기를 타고 퍼져나가는 통증을 맛보며 엄지발가락을 움켜잡았다.

통증이 사그라들 무렵, 불행인지 다행인지 곧 전송 부스의 문이 열려 밖으로 나올 수 있었다. 급작스러운 정전 사태로 인해 시스템 일부에 문제가 생겨, 복구까지 만 하루가 소요될 예정이라는 안내 방송이 나온 것이다. 그 덕에 나는 당장은 폐기 처분을 면하고, 적어도 스물네 시간 동안은 자유의 몸이 되었다. 친절한 관리 시스템은 전송 부스의 문을 열기 전, 스물네 시간 안에 돌아오지 않을 경우 북극행 5년 형에 처해진다며 경고하는 것을 잊지 않았다.

각종 편의 시설이 있는 터미널에서 조용히 하루를 보내려던 나의 바람은 좌절되었다. 시설 점검을 위해 터미널이 하루 동안 폐쇄된다며 관리 시스템이 승객을 쫓아냈던 것이다. 나는 노숙하는 취미는 없었기에 터미널 최하층에 있는 지하철역으로 향했다. 달에 있어야 할 내가 갑자기 나타나면 아내는 깜짝 놀랄 테지. 벌써부터 아내의 표정이 기대된다.

지하철 개찰구에 엄지를 대자 빨간불이 들어오면서 오류 메시지가 떠올랐다.

승인 불가. 에러 코드 1181.

안내 데스크 직원에게 도움을 요청했지만 누가 다이아몬드 밥통인 공무원 아니랄까 봐 직원은 보란 듯이 사적인 전화 통화를 끊지도 않고 나무늘보처럼 느릿느릿 움직였다. 아내가 입버릇처럼 하는 말을 인용하자면, 죽음이라는 절대적인 마감이 사라진 인류에게는 나태와 권태가 미덕이 되어버렸다. 하지만 분통 터지게 느린 공무원을 보고 있자면 해도 해도 너무하다는 생각이 들 때가 많다. 그래도 이 안내 데스크 직원은 양호한 편이라 10분 만에 통화를 마치고 당장 지구가 망한다고 해도 멈출 것 같지 않던 손톱 손질을 우선 한쪽만 끝내는 것에 만족하고는 내 말에 집중하기 시작했다.

"승객님은 지금 달에 계신 것으로 나오는데요? 지문 도용 방지 서비스에 가입돼 있으셔서 지구에서는 지문 인식이 막혀 있습니다."

전송 오류 때문에 의도치 않게 잉여 인간이 된 상황을 설명하면서 지문 도용 방지 서비스를 해제해달라고 하자 직원은 난처한 얼굴로 이런 경우는 처음이라 대응이 어렵다고 했다. 하긴 전송 오류에 이어 정전 사태까지 발생해 잉여물이 한시적인 자유를 가질 확률이 얼마나 될까. 대응 매뉴얼이 없다고 쩔쩔매는 공무원의 심정도 이해 못 할 바는 아니다.

어쩌면 나같이 운 없는 사람이 있으리라곤 중앙 AI도 예상하지 못했다는 이야기일지도 모르니까.

난감한 기분으로 아내에게 픽업을 부탁하기 위해 스마트폰™을 꺼내려고 주머니에 손을 넣었다가, 이른 새벽부터 출장 준비를 서두르다 집에 두고 온 것을 깨달았다. 머피의 법칙은 영생의 시대에도 유효한 모양이다.

안내 데스크로 돌아가 스마트폰™을 렌탈하고 싶다고 사정사정했지만 공무원은 지문 인식이 막혀 있어 불가능하다는 말만 앵무새처럼 반복했다. 사물 복제에 이어 생체 복제가 가능해진 이후, 쉽게 복제되는 신분증이 사라지고 복제가 어려운 스마트지문™이 그 자리를 대신했다. 한마디로 지문 인식이 막힌 나는 유령과도 같은 존재가 된 것이다.

***

우리 집 도어락은 중앙 관리 시스템과는 상관없는 독립적인 샌드박스형인지라 나의 지문을 거부하지 않았다. 집에 도착하자마자 까치발을 하고 2층에 있는 아내의 서재로 잠입했지만, 그곳은 텅 비어 있었다. 아내는 집 안 어디에도 없었다. 산책이라도 간 걸까. 아내는 작업이 막히면 근처에 있는 공원으로 곧잘 산책하러 나가곤 했다. 거실 탁자에 놓여 있던 스마터폰™을 집어 들고 친구 위치 찾기 앱을 열자 아내가 있는 장소가 표시되었다. 집 근처 카페에서 브런치라도 먹고 있는 모양이다. 나는 찬장에서 시리얼을 꺼내 우유도 없이 허겁지겁 먹었다. 전송 터미널에서 집까지 내리 세 시간이나 걸어오는 바람에 혈당이 떨어진 탓이다. 시리얼 한 봉지를 통째로 먹어치우고 다시 친구 위치 찾기 앱을 열자 아내의 얼굴 아이콘이 집으로 향하고 있었다. 나는 아내를 놀라게 할 속셈으로 침실 옷장에 숨어들었다가 아내를 기다리는 사이에 깜빡 잠이 들고 말았다.

발표문을 준비하느라 며칠 동안 수면 부족에 시달린 상태에서 새벽부터 세 시간이나 걸었으니 몸이 녹초가 될 만도 하다. 한번 분해되었다 다시 생성되었는데 어째서 수면 부족의 영향이 남아 있냐고? 분해될 당시의 생체 정보를 저장했다가 그대로 재현하는 방식으로 생성되었으니 분해와 재생성 과정을 백만 번 거듭한다고 해도 피로가 사라질 리 없다. 물론 값비싼 수수료가 청구되는 옵션 몇 가지를 구입했다면 최상의 컨디션을 유지한 몸을 얻었겠지만, 나는 잘나가는 작가인 아내와는 달리 부자가 아니다. 아내의 돈도 내 돈이 아니냐고? 법적으로는 일정 부분 그럴지도 모르겠다. 하지만 아내의 돈에는 손대고 싶지 않다. 맞춤형 생체 프린팅 성형술은 VIP 회원인 아내 덕분에 배우자 특별 할인이 적용되어 사실상 무료로 받고 있을 뿐이다. 아내의 재산에 손대지 않으려는 건 내가 독립심이 강해서가 아니다. 오히려 그 반대라고나 할까. 아내는 차곡차곡 쌓이는 인세 덕분에 자릿수가 낮아질 줄 모르는 통장을 기꺼이 공유해주겠지만, 아내 덕을 보기 시작했다간 원래부터 게으른 나라는 인간이 얼마나 무용한 존재가 되어버리겠는가. 어렵사리 얻은 교수직을 망설임 없이 내려놓고 흥청망청 도박이나 하러 다닐 게 뻔하다. 젊은 시절, 만으로 한 세기 넘게 일확천금을 노리고 카지노를 기웃거리며 귀한 시간을 허송세월했던 나에게는 당근이 아니라 채찍이 필요하다. 한 집안의 공동 가장이자 교육자로서 부끄러운 이야기이지만 나는 여전히 게으름이란 놈에게 매번 지고 말아, 5년을 목표로 했던 연구를 벌써 15년째 물고 늘어지고 있다. 그나마 다행인 것은 동료 교수들도 나와 별반 다를 바 없다는 점이다.

영생의 시대가 도래한 이후, 나태와 권태는 공기와도 같은 것이 되었다. 오늘날 기준으로 누구보다 근면하다는 이들도 영생 이전의 사회 기준으로는 게으름뱅이로밖에 보이지 않을 것이다. 현대인들은 정도의 차이만 있을 뿐 너 나 할 것 없이 나태의 신 아이르기아의 자식들이다. 장벽 너머의 땅 게토에 모여 사는, 어느 유일신을 숭배한다는 광신도들을 제외하면 말이다.

게으름뱅이들이 모인 사회가 붕괴하지 않는 이유가 뭐냐고? 사회가 허용하는 나태에도 정도가 있기 때문이다. 집세가 밀리고 사회보장 보험료가 과도하게 연체되면 강제로 동결형에 처해진다.

지난해 통계로는 전체 인구의 10퍼센트에 해당하는 32억 인구가 동결형에 처해져 북극의 지하 시설에 안치되어 있다고 한다. 평균 이상으로 나태한 그들의 의식은 교화를 위해 얼마간의 훈련을 거쳐 강제 노역에 동원된다. 민원 전화 서비스에 동원되어 하루 스물네 시간 내내 온갖 불만 사항을 듣게 된다면 그나마 운이 좋은 경우이다. 운이 나쁘면 가상현실 게임 속 몬스터가 되어 유저의 레벨업을 위해 무참히 희생되는 일을 반복해야 한다. 채무액이나 죄질에 따라 최대 150년까지 복역하게 되는데, 내가 젊을 때 꽤나 가깝게 지내던 지인들도 적잖이 디지털 유령 신세가 되어 북극에서 강제 노역을 하고 있다.

한 번이라도 반짝이는 연구 성과를 내면 종신직이 보장되는 교수 집단 중에서도 특권을 악용해 대놓고 정도를 넘어선 게으름을 부리다가 교수직이 박탈되어 강제 노역에 동원된 자들이 적지 않다.

하지만 이공계 교수 중에서는 아직 북극으로 끌려간 이가 없다고 한다. 이공계에 몸담은 이들은 대부분 데이터 압축 효율이나 전송 속도 개선, 차세대 데이터 저장 방식 같은 현대 사회를 지탱하는 핵심 연구에 종사하다 보니 사회적 공헌도가 다른 직종보다 높은 편이다. 그런 이유로 이공계 교수 사회에서는 설마 이 분야까지 건드리지는 않으리라고 믿는 분위기가 팽배하다. 하지만 다른 분야에서 있었던 일에 비추어 보자면, 언제라도 중앙 AI가 칼바람을 불러일으켜 구조 조정이 일어날지 모른다. 최소한 반세기 동안 연구 논문 서너 개 정도는 제출해야 안전하다는 것이 요즘 이공계 교수 사회에 널리 퍼진 인식이기도 하다.

좁은 옷장에 쭈그려 앉아 선잠을 잔 탓에 몸이 뻐근했다. 스마트폰™으로 시간을 확인해보니 옷장에 들어온 지 30분 정도 지나 있었다. 그 사이 아내가 귀가한 모양이었다. 어느새 아내의 얼굴 아이콘이 집에 고정되어 있었으니까.

아내를 찾아 1층을 조심스럽게 탐색했지만 아내는 보이지 않았다. 2층 서재에서 작업을 하고 있을까. 나는 까치발을 하고 조심조심 2층으로 올라가기 시작했다. 아내는 달에 있어야 할 내가 여기 있으리라곤 꿈에도 모를 것이다.

계단을 반쯤 올라왔을 때부터 삐걱삐걱하는 소리가 규칙적으로 들렸다. 처음엔 나무 계단이 내 몸무게를 견디지 못해 내뱉는 소리인 줄 알고 아내에게 들킬까 싶어 걸음을 멈추었지만 삐걱거리는 소리는 그칠 줄 몰랐다. 이게 대체 무슨 소리지? 불안한 예감이 엄습하는 가운데 고개를 좌우로 흔들어 못된 생각을 머릿속에서 몰아냈다. 나는 아내를 믿는다. 만에 하나 아내가 바람을 피운다고 해도 지금은 때가 아니다. 아내는 집필 중엔 섹스를 철저히 멀리하니까.

2층에 이르러 복도 끝에 있는 서재로 다가갔다. 서재와 가까워질수록 삐걱하는 소음이 커지는 것과 동시에 여자의 신음이 들리기 시작했다. 나는 조심스럽게 서재 문 바로 앞까지 걸어갔다. 살짝 열린 문 틈으로 서재 한편의 모습이 눈에 들어왔다. 신음 소리의 주인은 소파에 누워 있는 아내였다. 아내의 얼굴은 아내의 몸에 올라탄 남자의 등에 가려졌다 나타나길 반복했다.

예상치 못한 광경에 나는 손에 들고 있던 스마터폰™을 떨어뜨리고 말았다. 퉁 하는 소리에 놀란 나는, 지은 죄도 없으면서 잽싸게 스마터폰™을 주워 들고 서재 옆 다용도실에 숨어들었다. 하지만 정작 내 눈앞에서 죄를 짓고 있는 자들은 서로의 몸을 탐닉하느라 내가 일으킨 작은 소동을 눈치채지 못하고 삐걱거리는 스프링 소리에 맞춰 연달아 밭은 신음을 내뱉었다. 다용도실 문을 조금 열자, 문틈 사이로 다리 넷이 움직이는 모습이 보였다. 둘은 내 아내의 것인데 둘은 누구의 것인가. 본래 내 것이었는데 빼앗긴 것을 어찌하면 좋은가. 나는 뱀처럼 얽혀 리드미컬하게 움직이는 두 쌍의 다리를 보며 절망감에 사로잡혔다. 눈앞에서 생생히 펼쳐지고 있는 정사를 더는 보고 싶지 않았지만, 나는 무언가에 홀린 듯 멈출 줄 모르는 정사를 가만히 응시하고만 있었다. 새벽녘의 전송 부스가 평범한 이들을 위한 흔해빠진 지옥이었다면, 지금 이곳은 불교에서 말하는 오역(五逆)죄를 지은 자들에게 영원토록 극악의 고통을 선사한다는 무간지옥이었다. 시간은 나를 영원히 지옥의 단면에 박제해놓으려는 듯 정지해버렸다. 처용도 아내를 능욕하는 역신 앞에서 나처럼 무기력하기만 했을까. 〈처용가〉가 어떤 행동도 없이 그저 한탄으로 끝나는 것은 그 때문일까.

몇 초 혹은 몇 분이 지났을 무렵, 한 가닥 희망이 절망 속에서 고개를 쳐들었다. 저 역신은 어쩌면 정말로 인간이 아닐지도 모른다. 저 남자는 인간이 아니라 성인용 5D 홀로그래머™일지도 모른다. 아내가 동침을 거부하는 동안 나도 종종 성인용 홀로그래머™를 이용하곤 했다. 홀로그래머™는 실제 인간과 구별이 불가능할 정도로 실감 나게 만들어진 디지털 인공지능 인형으로, 시각적 체험은 물론 촉각적 체험도 제공한다. 그뿐만 아니라 특정한 성격을 부여하여 살아 있는 인간처럼 말하고 반응하게 조작할 수 있고, 세세한 스크립트를 입력해 원하는 상황을 연출할 수도 있다. 육안으로는 전문가도 홀로그래머™와 인간을 구별하기 힘들다고 한다.

저 남자가 홀로그래머™인지 실제 인간인지 확인하는 방법은 금속으로 된 물건을 던지는 것밖에 없다. 홀로그래머™는 촉감을 구현하기 위해 외부 물질에 반발력을 갖도록 설계되었지만, 빠른 속도로 움직이는 금속은 그대로 통과시키고 만다. 홀로그래머™가 맞다면 금속은 역신의 몸을 통과할 것이다.

제3장: 장벽

나는 다용도실 한쪽 구석에 놓여 있던 수납장 서랍에서 모서리가 날카로운 금속 단추를 꺼내 남자의 발을 향해 던졌다. 단추가 포물선을 그리며 비행하는 동안, 나는 남자가 사람이 아니라 역신이기만을 바랐다. 하지만 나의 바람은 좌절되었다. 단추가 남자 발에 맞고 튕겨서 문밖으로 굴러 나온 것이다. 이로써 마지막 희망마저 사라져버렸다.

“왜 갑자기 멈추고 그래?”

“다리에 뭐가 닿았어…….”

“내 발에 닿은 거 아니고?”

“아니야. 뭔가 뾰족한 거였어. 대체 뭐였지?”

남자가 일어나 문 쪽으로 다가왔다. 나는 반사적으로 다용도실의 문손잡이를 잡고 실눈을 떠야 겨우 밖이 내다보일 정도로 문틈을 좁혔다. 이내 남자의 얼굴을 알아볼 수 있었다. 그는 나를 꼭두새벽부터 달나라로 보낸 학과장이자 기억 데이터 압축 기술의 권위자인 요한이었다. 아내에 더해 가장 친한 동료이자 상사에게 배신당했다는 걸 알게 되자 말 그대로 피가 거꾸로 솟는 것만 같았다. 원래대로라면 출장도 요한이 가야 했지만 집안에 급한 사정이 생겼다고 해서 내가 대신 가게 된 것이다.

요한은 쿵쿵거리는 소음을 내며 복도를 살피다가 다용도실 문이 조금 열려 있는 걸 눈치챘는지 내 쪽을 향해 다가왔다. 나는 금속제 화병을 손에 쥐고 숨을 멈추었다. 그가 문을 열면 망설이지 않고 머리를 내려칠 것이다. 역신 앞에서 무기력하게 노래만 읊조렸다는 처용처럼 가만히 있을 순 없다. 어쩌면 50년쯤 동결형을 선고받고 북극에서 강제 노역을 하는 신세가 될지도 모르겠지만 극도의 분노에 사로잡혀 있던 나는 놈의 망할 면상을 뭉개버릴 기회가 온 것에 대해 신에게 감사드리고 싶을 정도였다. 하지만 나도 모르게 두 손이 덜덜 떨리기 시작했다. 요한이 다용도실 문을 열어젖히려고 손을 내민 순간, 서재 출입문 뒤쪽에서 작고 날렵한 그림자 하나가 튀어나와 서재 안으로 뛰어들어 갔다. 나비였다. 나비는 아내가 결혼 전부터 길러온 수컷 고양이이다. 2세기 전에 거세된

이 늙은 뚱보 고양이는 얼마 전 아홉 번째로 젊은 육체를 새롭게 받고 나서는 마치 발정기가 돌아오기라도 한 것처럼 온 집 안을 헤집고 다녔다.

"뭐야? 고양이였잖아."

요한은 서재의 소파로 돌아갔다. 그에게 한 방 먹일 수 있던 기회를 놓쳐 아쉬웠지만 한편으로는 북극행을 면한 것에 안도의 한숨을 내쉬기도 했다.

〈처용가〉는 그대로 중단되었다. 둘이 다시 붙어먹는 일은 없었다. 요한은 하던 일을 마무리하자고 집요하게 졸라댔지만 아내는 산통이 깨졌다며 끝내 그를 거부했다. 둘이 중단된 정사를 놓고 티격태격하는 동안, 나는 좁아빠진 다용도실에서 이러지도 저러지도 못하고 있었다. 살인죄를(아니 엄밀히 말하자면 살해가 불가능하니 유사 살인죄에 불과하지만 여전히 무거운 죄를) 저지를지 모른다는 생각에 극도로 긴장 중이던 나는 일단 긴장이 풀리자 바닥에 주저앉고 말았다. 차라리 정사가 한창인 도중에 소리를 지르며 문을 걷어찼어야 했다는 뒤늦은 후회가 밀려왔다.

"정말 그럴 기분이 아니라니까. 그보다 어땠어? 내 새 작품." 아내가 책상에 놓인 원고를 가리키며 물었다.

"고리타분한 제인 오스틴 아류작 이야기는 나중에 해도 되잖아. 하던 일이나 먼저 마무리……. 아니 그게 아니라, 내 말은…….”

생체 복제가 등장하기 전, 인류를 존속시키는 유일한 방법이었던 생식 행위를 재개하는 데만 정신이 팔려 있던 요한은 그만 실수로 속마음을 털어놓은 것을 후회하는 듯한 표정을 지었다. 그는 사태를 수습하려고 했지만, 아내는 일방적으로 말을 끊어버렸다.

그는 무심코 내뱉은 말이라며 자신을 변호했다. 하지만 아내는 20년도 더 전에 논문을 써낸 이후로 줄곧 무위도식하고 있는 누구보다는 아류작이라도 쓰기 위해 발버둥 치는 인간이 낫다고 한 소리를 했다. 그러자 누가 자신을 얕잡아 보는 걸 죽기보다 싫어하는 요한은 자기변호를 그만두고 공세로 돌아섰다. 그렇게 둘은 정사가 아닌 다른 일로 다투기 시작했다.

요한은 아내의 새 작품은 잘해봤자 《오만과 편견》의 재탕인데, 아내가 표본으로 삼은 제인 오스틴의 작품은 애초에 구식 로맨스와 결혼이라는 좁고 답답한 세계관에 갇힌 고리타분한 소설이라고 평했다. 그는 제인 오스틴을 성자로 여기는 아내의 반론을 제지한 후, 아내의 작품이 제인 오스틴의 아류로 불릴 수밖에 없는 이유를 조목조목 늘어놓으며 신랄하게 깎아내렸다.

다혈질에 끈기가 부족한 나와는 달리 냉철하고 인내심이

강한 아내에게도 역린이 하나 있었는데, 그건 바로 자기 작품에 대한 드높은 자존심이었다. 딱 한 번 나도 사소한 다툼 끝에 아내의 역린을 건드린 적이 있다. 그때 아내 입에서 처음이자 마지막으로 이혼이라는 말이 튀어나왔다. 돌변한 아내의 태도를 보고 꼬리를 내린 나는 무심코 튀어나온 말실수라며 내뱉었던 말을 철회하는 것에 더해, 손금이 닳아 없어질 정도로 용서를 빌어 간신히 아내의 마음을 되돌릴 수 있었다.

하지만 요한은 아내의 들끓는 분노에도 자신의 신랄한 평가를 철회할 마음이 없는 듯했다. 결국, 아내는 온갖 물건을 요한에게 집어 던지며 이별을 선언했다.

"당신 소설이 독특하고 뛰어나다고 했던 건 당신을 침대로 데려가기 위해 꾸며낸 헛소리였어. 설마 진짜로 그렇게 생각했다고 믿은 건 아니겠지?"

요한이 독설을 남기고 떠나자 한동안 소파에 얼굴을 파묻고 있던 아내는 돌연 서럽게 울기 시작했다. 울음이 잠잠해질 즈음 아내의 전화가 울려댔다. 대화 내용으로 보아 전화를 건 상대는 요한인 것 같았다. 아내는 사과도 뭣도 필요 없으니 다시는 상종하지 말자며 고함치듯 말을 내뱉고는 일방적으로 전화를 끊었다. 곧 다시 울음을 터뜨린 아내는 달에 있는 나에게 전화를 걸어 다짜고짜 미안하다는 말만 되풀이했다. 달에 있는 내가 왜 그러느냐고 물었던 모양인지, 아내는 요즘 당신에게 너무 소홀했다면서 용서를 갈구했다. 아내는 다시는 나를 소홀히 대하지 않겠다고 몇 번이나 맹세하고 나서야 겨우 전화를 끊었다.

아내가 울다 지친 끝에 잠이 들자, 나는 조용히 집을 나섰다. 어디로 가야 할지도 모른 채 무작정 발걸음이 닿는 대로 걸었다. 아내에게 직접 사과를 들은 것도 아니고 아내가 비밀을 털어놓은 것도 아니지만, 용서를 빌며 서럽게 우는 모습을 보니 안쓰러운 마음이 들었다. 그렇다고 아내에 대한 분노가 사라진 것은 아니었다. 나는 복잡한 심경에 휩싸여 정처 없이 낯선 곳을 배회했다. 당장 내일 터미널에서 내 의식이 클라우드에 업로드되어 달에 있는 내가 진실을 마주한다면 아내와 나의 결혼 생활은 절대로 이전과 같지 않을 것이다. 서로가 아무리 노력해도 배신이 남긴 작은 균열은 절대로 아물지 못할 것이다.

***

발걸음이 인도한 곳은 거대한 장벽 앞이었다. 하늘을 찌를 기세로 높이 솟아오른 장벽을 쳐다보고 있노라니 불현듯 한 가지 생각이 머릿속에 떠올랐다.

아내와의 완벽했던 결혼 생활을 그대로 유지하는 방법이 딱 하나 있다. 달에 있는 내가 오늘 있었던 일을 모르게 하는 것이다. 그러기 위해선 내가 죽어야 한다. 유사 죽음이 아니라 동기화가 없는 진짜 죽음을 맞이해야만 한다. 하지만 중앙 AI가 관리하는 최상위 행정 체계인 '시스템'은 원칙적으로는 동기화를 거부하는 행위를 용납하지 않는다. 만약 진짜 죽음을 원하는 이가 있다면 그 의지가 자발적인지를 확인하는 심리 검사를 포함해 엄격한 심사를 통과해야만 한다. 심사를 통과한다고 해도 시스템이 바로 죽음을 허용하는 것은 아니다.

심사를 통과한 이는 장벽 너머로 자진 망명해서 자비로 동기화 장치 적출술을 받아야 한다. 장벽 너머로의 망명이 금지되었던 시절에는 불법 시술소가 장벽 안쪽에도 존재했다고 하지만 지금은 찾아볼 수 없다.

장벽 너머 게토에서 죽음을 맞이했다고 해도 클라우드에 백업된 의식은 여전히 남아 있다. 시스템은 주기적으로 신체를 재생하고 의식을 주입해 아직도 죽음을 원하는지 확인하는 절차를 거듭한다. 이론적으로는 수십 번 반복되는 심사를 연속해서 통과하고도 여전히 죽음을 원하는 자에 한하여, 그 의식이 클라우드에서 제거된다. 하지만 아직까진 사고가 아닌 자발적인 의지로 클라우드에서 제거된 의식은 없다.

나는 오류로 생긴 폐기물에 불과하니 애초에 의식 제거를 요청할 권리조차 갖고 있지 않을뿐더러 달에 있는 내가 사라지길 바라지도 않는다. 내가 원하는 건 클라우드에 동기화되어 있는 의식마저 삭제되어 영원히 사라지는 것이 아니라 오직 아내의 비밀을 알게 된 나만이 클라우드와 단절된 채로 죽음을 맞이하는 것이다. 그러기 위해선 장벽 너머로 떠나야만 한다.

장벽 너머에 사는 게토인들은 우리를 향해 거짓된 영생에 집착하는 사탄의 자식들이라며 조롱한다. 오래전에 극복한 죽음이라는 질병을 품고 살길 고집하는 장벽 너머의 광신도들. 그들은 우리 문명인들에게는 그저 이해 불가능한 종자들에 불과하다.

하지만 지금 나는, 이해 불가능한 종자들 중 하나가 되기 위해 장벽 너머로 통하는 구멍으로 향하고 있다. 다만 내 마음은 여전히 죽음에 저항했다. 완벽했던 결혼 생활에 금이 간다고 해도 진실을 드러내야만 하는 것이 아닐까. 거짓된 인생을 위해 희생하는 것이 과연 가치 있는 일일까. 얼마간의 고통을 겪더라도 명명백백한 진실 위에서 삶을 새로이 일구어야 하지 않을까.

그러나 이대로 기억이 동기화된다면 결국에는 아내를 떠나버리고 말 것이다. 나는 스스로를 다잡기 위해 모든 진실이 아름답지만은 않다는 말을 속으로 몇 번이고 되새겼다. 때론 추한 진실을 조용히 덮어두는 것이 모두를 위한 일이 되기도 한다.

누군가는 고작 불륜 따위로 갈팡질팡하는 나를 보며 햄릿이 따로 없다고 비아냥거릴지도 모르겠다. 이미 수 세기 전부터 결혼이 더는 신성하지 않다고 여겨졌으니 말이다. 그럼에도 불구하고 아내와 나는 여전히 결혼이 신성하다고 믿는 소수에 속했다. 아내와 나처럼 결혼이 인생의 중대한 가치라고 믿는 부류는 요한이 지적한 것처럼 제인 오스틴의 소설 속에 갇힌 구닥다리라는 비판을 받기도 한다. 사실 제인 오스틴이 욕을 먹는 건 비단 어제오늘의 일이 아니다. 이미 수 세기 전 마크 트웨인이라는 작가가 《오만과 편견》을 읽을 때마다 제인 오스틴의 유해를 무덤에서 파내 정강이뼈로 해골 머리통을 패주고 싶다며, 제인 오스틴의 작품이 없는 도서관은 무조건 좋은 도서관이라고 독설을 퍼부었다. 그러나 마크 트웨인의 바람과는 달리 제인 오스틴의 책이 없는 도서관은 없다고 한다. 혹시라도 그러한 도서관을 찾아냈다면, 제인 오스틴의 책이 모조리 대출되었다는 사실을 뜻할 뿐이다. 당신의 취향에 맞든 맞지 않든 제인 오스틴의 책을 읽는 소수는 꾸준히 존재해왔고, 앞으로도 그럴 것이며, 결혼을 신성하다고 믿는 부류 또한 마찬가지일 것이다.

어쩌면 구닥다리라는 말이 맞을지도 모른다. 결혼이란 이름으로 포장된 일부일처제는 유일신 사상만큼이나 기이하고 낡은 것으로 여겨지는 시대이니까. 하지만 구세계로부터 이어진 결혼에 관한 굳건한 신념이야말로 아내와 나를 묶어주는 신성한 끈이었다.

구멍에 도착할 즈음, 마음을 굳혔다. 나는 추한 진실을 영원히 봉인할 것이다. 우리 부부를 묶어주는 신성한 매듭을 결코 풀리게 놔두지 않을 것이다. 비록 죽음이란 대가를 치러야 할지라도. 아니, 또 하나의 나는 영원히 존속할 테니, 이 길은 죽음이 아닌 삶으로 이어질 것이다. 잉여물인 나의 희생으로 또 다른 나의 인생은 추락하지 않고 비상을 지속할 것이다.

제4장: 망명

"이 땅에 온 목적이 무엇인가?" 망명심사관이 물었다.

"거짓된 영생을 뿌리치고 신에게 귀의하기 위해서입니다." 나는 종교에는 아무런 관심이 없었지만 진지한 얼굴로 거짓말을 했다.

빈손으로 게토로 넘어온 내가 동기화 장치 적출술을 받기 위해서는 광신도들의 일원이 되어야만 했다.

"4세기 하고도 50년을 사탄의 왕국에서 태평하게 지내왔던 자네가 갑자기 생각을 바꾼 이유는 뭔가?" 망명심사관은 팔짱을 낀 채로 고개를 갸웃하고는 의심을 품은 눈빛으로 물었다.

장벽을 지나왔지만 지금 눈앞에는 또 다른 장벽이 버티고 있었다. 망명심사관이라는 새로운 장벽을 넘지 못하면 나는 아무런 수확도 얻지 못한 채 되돌아가야만 했다. 강제 추방을 당해 원래 세상으로 쫓겨나는 순간, 내 의지와는 상관없이 동기화가 진행되고 결국에는 북극행을 선고받을 것이다. 나는 긴장으로 떨리기 시작한 두 손을 테이블 아래로 내려 두 무릎을 움켜쥐고는 필사적으로 머리를 굴리면서 입을 열었다.

"장벽 바깥쪽에서의 삶이 허수아비의 호주머니처럼 태생부터 허무하다는 걸 깨달았기 때문입니다. 저쪽에서의 삶이 항상 나쁘기만 했던 것은 아니었어요. 하지만 마음속에서 무언가가 조금씩 저를 좀먹어가고 있었습니다. 어느 날부터는 아침에 눈을 떠도 하루가 새로 시작된다는 설렘 같은 건 느낄 수 없었죠. 이미 끝나버린 시합의 지루한 연장전이 반복되는 것만 같았어요. 그러다 우연히 '헛되고 헛되며 헛되고 헛되니 모든 것이 헛되도다'라는 문구를 접했습니다. 마치 제 마음을 그대로 들여다보는 것 같은 문구였습니다. 저는 그 문구가《성서》의 〈전도서〉에 나오는 구절이라는 걸 알게 되었죠. 그 책을 읽고 나서 저는 확신했습니다. 제 가슴속에 허무라는 이름의 구멍이 뚫려 있음을……."

나는 〈전도서〉를 읽어본 적이 없었다. 수 세기를 살며 숱한 책을 읽었지만《성서》는 거들떠보지도 않았다. 〈전도서〉에 관한 나의 지식은 로저 젤라즈니의 〈전도서에 바치는 장미〉라는 단편소설을 통해 얻은 파편적이고 불완전한 넝마 조각 같은 것이었다. 하지만 내 진술의 전부가 거짓은 아니었다. 훌륭한 거짓말 속에는 얼마간의 진실도 섞여 있기 마련이다. 나는 진실과 거짓이 뒤섞인 즉흥 연설에 스스로 도취되어 나 자신을 속이려고 노력했다. 남을 완벽히 속이기 위해선 우선 자신부터 속여야 하니까. 〈전도서〉에 관한 대목에 이르러서는 내 삶이 권태에 압도되고 지배되었던 허무한 삶이라고 스스로를 기만하는 데 거의 성공한 듯했다……. 아니, 정말로 그게 기만이었을까. 내 삶이 내가 생각했던 것 이상으로 권태에 지배되고 있었다는 건 사실이 아니었을까.

어느새 팔짱을 풀고 나를 응시하던 망명심사관은 나의 표정에서 어떤 망설임을 읽어냈는지 다시 팔짱을 끼고는 미간에 깊은 주름을 지었다. 나는 그의 완고한 얼굴이 뿜어내는 기세에 눌려 더는 즉흥 연설을 이어가지 못하고 기침을 하는 척하며 시간을 끌었다.

망명심사관은 길어야 겨우 80여 년 정도를 살아왔을 것이다. 문명인들의 땅에서 100세 이하의 사람들은 머리에 피도 안 마른 어린 축에 속한다. 하지만 망명심사관은 그보다 몇 배를 살아온 내가 한낱 애송이로 보일 만큼 압도적인 위엄을 발산하고 있었다. 대체 그의 위엄은 어디에서 나오는 것일까. 밀도 높은 인생을 살아왔음을 증명이라도 하려는 듯 훈장처럼 새겨진 깊은 주름 사이에서? 아니면 신을 향한 맹목적인 믿음 속에서?

"더는 거짓된 삶을 견딜 수 없었습니다. 뿌연 안개에 겹겹이 둘러싸인 것처럼 흐릿하기만 했던 삶이 저를 질식시켰습니다. 숨을 쉬려 해도 가슴속에 뻥 뚫려 있는 커다란 구멍으로 공기가 모조리 새어 나가는 듯했습니다. 저는 오직 〈전도서〉만이 그 구멍을 막을 수 있는 수단이라고 믿었습니다……."

억지로 즉흥 연설을 이어나갔지만 이야기는 같은 자리를 맴돌았다. 망명심사관은 내 이야기에 흥미를 잃었는지 두꺼운 손가락으로 책상을 두드렸다. 하지만 그의 두 눈만은 나를 똑바로 주시했다. 그는 바위처럼 단단하고 확고했다. 그에 비하면 나는 얼마나 우유부단하고 변덕스러운가. 노화를 있는 그대로 받아들이며 죽음을 당당히 맞이하고 있는 망명심사관 앞에서 수 세기 동안 젊은 몸뚱이로 목숨을 연장하고 있는 나 자신이 가짜처럼 느껴졌다.

하지만 나도 4세기 하고도 반세기를 헛되이 살아온 것은 아니다. 수백 년 묵은 인간은 능구렁이처럼 음흉하고도 교활한 면을 가지고 있기 마련이다. 망명심사관은 술술 풀리는 이야기 따윈 믿지 않을 것이다. 그래, 내 연설에는 장애물이 필요하다. 그가 원하는 건 적어도 한 번 이상 신의 소명을 거부했던 자가 어떤 계기로 인해 결국에는 믿음을 갈구하게 되는, 굴곡이 지고 굽이가 있는 이야기일 것이다.

나는 마른침을 삼키고는 나의 즉흥 연설에 장애물을 투하했다. "그러나 〈전도서〉는 어떤 답도 주지 못했습니다. 그저 모든 것이 헛되니 신을 믿으라고 강요하다뇨……. 저는 〈전도서〉의 급작스러운 결말을 도무지 이해할 수가 없었습니다."

망명심사관은 내가 던진 미끼를 물었는지 상체를 내 쪽으로 기울이면서 이렇게 물었다. "그런데 어찌하여 이곳으로 넘어올 결심을 하게 되었나?"

"한 철학서가 실마리였습니다. 괴델의 불완전성 정리에 대해 소개한 어느 철학서를 세 번째로 읽고 나서, 마침내 〈전도서〉의 진정한 의미를 깨달았습니다. 괴델의 정리에 의하면 하나의 시스템은 스스로 완전무결함을 증명할 방법이 없습니다. 그것을 증명하려면 상위의 시스템, 즉 더 높은 차원을 도입해야만 하죠. 장벽 저쪽에서의 인생이 불완전한 건 어찌 보면 당연한 것이었어요. 우리의 인생이 완전해지려면 더 높은 차원이 필요하기 때문입니다. 그게 바로 신이라는 걸 저는 너무 늦게 깨닫고 말았죠. '헛되고 헛되며 헛되고 헛되니 모든 것이 헛되도다'라는 문구에는 한 가지 가정이 생략되어 있었습니다. 그건 바로 '신이 없다면'이라는 가정입니다. 신이 없다면 우리의 보잘것없는 인생은 헛되고 헛되며 헛되고 헛되니 모든 것이 헛됩니다."

노인의 눈동자가 좌우로 요동쳤다. 그는 나의 즉흥 연설에 거의 넘어간 것처럼 보였다.

"삼위일체에 대해 아는가?"

그의 마지막 질문에 나는 회심의 미소를 짓고는 망설임 없이 대답했다. 삼위일체는 삼척동자도 알고 있는 기본 상식이니까.

"네, 잘 알고 있습니다. 전부, 전자, 전령은 동일인격체로 하나이며……."

"그만! 그만!" 성난 얼굴로 돌변한 망명심사관이 주먹으로 책상을 두들기며 외쳤다. 취조실은 둔중한 악기처럼 묵직한 소음을 공기 중에 증폭시켰다. 그의 단호한 외침에 놀란 내가 말을 멈추자, 그가 인상을 펴고 입을 열었다.

"자네의 동기는 잘 알겠네. 하지만 아직 배워야 할 게 태산처럼 쌓여 있군. 자네가 신의 말씀을 충실히 익히고 또 실천하면 세례를 받을 자격이 주어질 걸세. 하지만 수행 도중에 한 번이라도 나태한 모습을 보이면 사탄의 땅으로 돌아가야 할 거야."

나중에 알게 된 사실이지만, 망명심사관과의 면담은 즉각적인 추방 여부를 결정하는 테스트일 뿐 아니라, 견습 수도사로서 몇 년을 보내야 할지 판단하는 자리이기도 했다. 나는 즉각 추방은 간신히 면했지만, 《성서》에 대한 지식이 미천했던 만큼 어느 외딴 수도원에서 3년간의 견습 수행을 명받았다.

***

심문을 받은 곳은 내가 통과한 구멍에서 그리 멀지 않은 황무지 언덕 위에 세워진 감시탑이었다. 장벽을 통과해 황야를 헤매고 있던 나는 순찰대에게 발견되어 그 감시탑으로 옮겨졌던 것이다. 나는 겨우 강제 추방을 면한 뒤, 탑 지하의 좁고 불편한 창고에서 하룻밤을 보내야 했다. 다음 날 아침에는 수도원행 트럭에 태워졌고. 보조석이 비어 있었지만 운전수는 사탄의 자식과는 함께 앉을 수 없다며 말똥 냄새가 진동하는 짐칸에 나를 태웠다. 트럭은 처음 얼마간 장벽과 평행선을 그리며 내달렸다.

누군가는 장벽을 두고 한번 건너면 돌이킬 수 없다는 루비콘강에 비유하기도 한다. 일단 구멍을 통과해 장벽 너머의 땅에 발을 디디면 살아 있는 몸을 가지고 다시 원래 세계로 돌아오는 일은 원칙적으로 불가능하기 때문이다. 구멍의 보안 장치는 떠나는 자는 막지 않지만 돌아오는 자는 차단한다. 섣불리 게토로 떠났다가 되돌아오려는 자의 몸은 그 자리에서 분해되고 강제로 클라우드에 동기화된다. 동기화 후에 바로 사회로 복귀할 수 있는 것도 아니다. 고된 북극행이 기다리고 있을 테니까.

나는 이미 루비콘강을 건넌 몸이다. 이대로 돌아갔다간 달에 있는 나도 아내의 비밀을 알게 되어 〈처용가〉를 읊조리게 될 뿐만 아니라, 강제 노역도 피할 수 없다. 나는 정말로 죽음을 받아들일 수 있을까. 어제까지의 나와 동일한 기억을 공유하는 나의 분신인 전자, 전령이 영구히 존재한다고 해도, 이미 그들과는 별개의 줄기가 되어 다른 길을 걷고 있는 지금 이곳의 나는 언젠가 암흑 속으로 사라져버릴 것이다. 삶에 대한 미련 때문일까. 문득 이런 의문이 들었다. 어쩌면 또 하나의 테세우스의 배가 존재하지 않았을까, 하는 그런 의문이. 배를 수선한 누군가가 원래의 부품을 따로 모아서 조립한다면 그 배 역시 테세우스의 배가 아닐까. 즉, 테세우스의 배는 하나가 아니라 둘이 되지 않을까. 테세우스법은 두 번째 배를 무조건 폐기하는 대신, 영원의 요람에 독자적인 자리를 마련해줘야 하지 않았을까.

거친 황무지를 달리던 트럭이 심하게 덜컹거리면서 나의 사색도 중단되었다. 고개를 드니 트럭 뒤편으로 피어오른 먼지가 지평선 너머까지 이어져 있었다. 오른편으로는 여전히 장벽이 버티고 서 있었다. 드문드문 장벽에 난 구멍이 시야에 들어왔다. 영생을 사는 우리는 처음으로 구멍을 만든 것이 게토를 탈출한 광신도들의 소행이라고 믿었다. 인위적인 영생을 거부하고 신이 약속한 진실된 영생을 좇아 장벽을 세워 스스로를 격리했던 광신도들 중 일부가, 죽음이라는 절대적인 공포 앞에 무릎을 꿇고 다시 장벽을 넘기 위해 최초의 구멍을 뚫었다는 것이다. 그 이야기가 우리 문명인들 사이에선 정론으로 통했다.

게토인들에겐 그들만의 정론이 있다. 그들은 거짓된 영생을 영위하는 우리 중 일부가 뒤늦게 신 앞에 참회하며 구원을 얻기 위해 첫 번째 구멍을 만들었다고 믿는다.

역사학자가 아닌 나로서는 어느 쪽이 진실인지 모르겠다. 어쩌면 각 대륙에 존재하는 게토마다 첫 번째 구멍에 관한 각기 다른 기원을 가지고 있을지도 모른다. 분명한 사실은 구멍이 양측의 필요에 의해 방치되고 있다는 점이다. 중앙 AI가 구멍을 방치하는 건 순전히 통계적인 이유에서였다. 만으로 한 세기도 꽉 채워 살아보지 못한 젊은이들은 끓는 혈기를 주체하지 못해 종종 금지된 것을 금지되었다는 이유만으로 맹목적으로 추구하곤 한다. 시스템이 구멍이란 구멍은 모조리 막아버리던 시절에는 중장비까지 동원해 새로운 구멍을 뚫어 게토로 넘어가는 젊은이들이 많았다.

장벽을 통과한 이들 중 일부는 유일신교에 귀의해 동기화 장치 적출술을 받기도 했지만, 대다수는 게토에 금세 흥미를 잃고 복귀를 요청했다. 누군가는 젊은이들의 이런 충동적이고 예측할 수 없는 행태의 원인이 가상현실 게임에 있다고 하고, 누군가는 영생의 시대에 필연적으로 동반되는 권태를 타파하기 위한 발버둥 혹은 사회병리적 현상이라고 말하기도 한다.

중앙 AI는 두 세기 전까지만 해도 게토로 떠났다 돌아오려는 자의 육체를 받아들였지만, 귀환한 몇몇이 신체를 개조하여 자살 폭탄 테러를 일으키자 육체의 복귀를 금지하고 의식만을 거둬들인 후, 최대한의 노역형을 선고했다. 그러나 디지털 유령 신세가 되어 최대한의 강제 노역에 처해지는 일이 젊은이들 사이에서 일종의 훈장처럼 여겨지자 결국 중앙 AI는 게토행 금지령을 완화하고 처벌 수위를 낮추었다. 육체의 귀환은 여전히 금했지만 구멍을 그대로 방치한 채 최대 노역형 대신 10여 년의 노역형을 부과한 것이다. 모험과 용기를 상징하던 게토행이 평범한 것으로 전락하자 게토행을 원하는 젊은이들도 급격히 줄어들었다. 이런 청개구리 같은 인간의 심리를 연구하던 몇몇 학자들은 만약 중앙 AI가 클라우드에서 의식이 삭제되는 영원한 죽음을 금지했다면, 금지된 죽음을 성취하기 위한 무모하고도 소모적인 시도가 줄을 이었을 것이라고 언급하기도 했다.

한편 게토 측에서 구멍을 방치한 이유는 이러하다. 첫 번째는 종교적인 이유로, 그들은 진심으로 신을 찾는 자를 거부하는 것을 교리에 어긋나는 행위로 여겼다. 두 번째는 세속적인 이유로, 종종 유용한 지식이나 기술을 가진 자들이 망명하는 경우가 있었다. 하지만 애석하게도 내가 가진 지식이나 기술은 수도원에서 아무런 쓸모가 없었다.

제5장: 야곱과 에서

변방의 수도원에서 보낸 시간은 결코 순탄치 못했다. 자급자족을 목표로 하는 수도원은 고된 노동으로 유지되는 폐쇄된 공동체였다. 처음 한 달간은 지독한 근육통에 시달리느라 제대로 잠을 이루지 못할 정도였다. 맑은 날엔 가차 없이 내리쬐는 햇볕에 몸이 발갛게 익어갔고 궂은 날엔 차디찬 빗속에서 무방비로 덜덜 떨어야만 했다. 수도원이 얼마나 원시적으로 운영되는지 미처 알지 못했던 나는, 수도원에서 첫 주를 보내고 나서 선임 수도사에게 선크림과 우비를 요구했다가 모두에게 비웃음을 사고 말았다. 그들은 아무짝에도 쓸모없는 나란 놈은 그저 방해가 될 뿐이라며 조롱했다. 하지만 정작 그들이 꺼려하는 궂은일은 내 몫으로 돌아왔다. 나는 누구보다 빨리 일어나 우물에서 물을 퍼 나르는 것으로 하루를 시작했고, 하루치의 광주리를 다 짜야만 겨우 잠자리에 들 수 있었다.

수도원의 고된 노동에 익숙해질 무렵, 그들은 돌밭이나 다름없는 땅덩이를 변변한 도구도 없이 경작하라는 터무니없는 요구를 했다. 두 달이 지나 돌밭을 쓸 만한 경작지로 탈바꿈시킬 즈음엔 돌을 나르고 흙을 퍼내느라 손톱의 절반이 빠지고 말았다. 단조롭기 그지없는 노동을 마치면 삭신이 쑤셔왔지만, 기이하게도 노동을 하는 동안엔 모든 고통을 잊어버릴 수 있었다. 볼테르가 그의 소설《캉디드 혹은 낙관주의》에서 노동을 예찬한 진정한 의도를 문명 세계에 있는 동안엔 알지 못했다. 온몸으로 부딪치며 자신을 잊어버릴 정도로 고된 노동을 반복하고 나서야 나는 겨우, 볼테르가 무엇을 말하고자 했는지 알 것 같았다.

노동은 끔찍한 고통을 동반하지만, 동시에 나를 해방하는 모순적인 성질을 띠고 있었다. 거대한 문명사 안에서 벌어졌던 일이 마치 '나'라는 개인 속에서 반복되는 듯했다. 한때 문명인들의 목표는 노동으로부터의 해방이었다. 온전한 형태로 자아를 펼치기 위해서는 족쇄와 같은 노동으로부터 해방되어야 한다는 슬로건 아래, 문명사회는 유토피아를 구현하려고 시도했다. 그리고 고도로 발달된 인공지능과 분자 프린팅의 발명으로 마침내 목표를 이루어내고 말았다. 이후 인공지능은 스스로를 개조하며 더는 인간이 이해할 수 없는 수준으로 알고리즘을 발달시켰고, 인간이 정서적 교류를 위해 자신들의 몫으로 남겨놓은 일부를 제외하고는 모든 산업을 자동화한 다음 온갖 형태의 드론으로 유지하고 보수했다. 화폐의 교환으로 유지되던 기존의 경제 시스템은 폐기되었고, 재화는 분자 프린팅으로 무제한에 가깝게 복제되어 인간이 요구만 하면 지체 없이 지급되었다. 구시대에는 교환의 매개체인 돈에 대한 믿음이 경제를 지탱했다면, 이제는 불가해한 알고리즘에 대한 믿음이 유토피아의 경제를 유지했다. 하지만 인류는 겨우 반세기 만에 자신들이 꿈꾸던 유토피아의 실체가 디스토피아의 다른 얼굴에 지나지 않음을 깨닫게 되었다.

강제성이 사라진 천국에서 대부분의 인간은 무기력하고 반지성적으로 바뀌어버린 것이다. 그대로 놔두었다간 인간이 돌이킬 수 없을 정도로 퇴화하고 말 것이라고 여긴 소수가, 노동으로 교환되는 통화의 개념을 복구하여 사회가 강제성을 띠도록 가까스로 방향을 돌려놓는 일에 성공했다. 즉, 무제한의 공짜 점심을 철폐하고 밥벌이를 강제한 것이다.

하지만 인류는 그 후로도 그들이 제2의 중세라고 명명한 암흑기가 빚어낸 후유증에 오랫동안 시달려야 했다. 중앙 AI에게 부여된 완벽하게 자동화된 사회를 운영하라는 명령은 철회될 수 없는 불가역적인 것이었기 때문에, 인간 엔지니어들은 과도하게 유능한 AI의 처리 속도를 제한하고 절대명령을 디지털 코드 안에서 이리저리 우회하게 만들면서 인간들에게 더 많은 일거리를 제공하려고 안간힘을 썼다. 맹목적일 만큼 기술의 발전에 집착하던 인류가 인간다운 생존을 위해 이제까지와는 정반대의 일을 행했던 것이다. 더욱더 기이한 일은 그 뒤에 벌어졌다. 가장 유능한 엔지니어들이 투입되어 인공지능이 기술의 진보를 이루지 못하도록 모순적인 노력을 거듭했지만 정작 인류는 다시 자신들 손으로 기술을 진보시키려고 매달렸던 것이다.

이제 문명사회는 충분할 정도의 강제성을 획득하고 충분한 일거리를 제공한다고 자평하지만 이곳에서 노동의 참된 기쁨에 눈뜨고 나니 문명인들이 얼마나 권태와 방종에 찌들어 있는지를 겨우 깨달을 수 있었다.

볼테르가 그의 소설을 통해 강조한 것처럼, 정말로 노동은 권태와 방탕과 궁핍이라는 3대 악으로부터 우리를 지켜주는 특효약일지도 모른다. 다만, 효율과는 거리가 먼 게토에서는 노동이 궁핍으로부터 인간을 지켜주지 못했다. 온종일 땅을 갈아엎고, 흙을 고르고, 잡초를 뽑고, 벌레를 잡아도, 거둬들이는 작물은 사람 수에 비해 턱없이 부족했다. 그래도 굶주림과 궁핍은 참을 만했다. 흙먼지를 뒤집어쓰고 구정물 속에 뒹굴고 배를 곯는 일에는 점차 익숙해졌지만 게토인들의 부당한 대우에는 익숙해질 수 없었다. 그들은 사탄의 자식인 나를 위해 늘 새로운 괴롭힘을 고안해냈다. 낡은 관습에 젖어 효율과는 담을 쌓은 수도사들은 문명인을 괴롭히는 데 있어서만큼은 천재적인 창의성을 발휘했다. 부원장 야곱이 도움의 손길을 내밀지 않았더라면 나는 스스로 목을 매 결국 클라우드에 기억을 전송했을 것이다.

처음엔 야곱의 진의를 의심했다. 다른 이들의 악행에 치를 떨면서 내 편이 되어줬던 몇몇 수도사의 선행은 나를 더욱 큰 절망 속에 가두기 위한 속임수에 불과했으니까. 선한 사마리아인이라 자칭하며 심한 감기에 걸린 나를 며칠 동안이나 돌봐주었던 젊은 수도사. 인자한 미소가 인상적이었던 그는 식량 창고에서 배불리 먹게 해준다며 나를 유인하더니 내 등을 떠밀어 정화조에 빠뜨렸다. 성자(聖子)의 사랑을 실천하고 싶다던 초로의 수도사도 마찬가지였다. 누구보다 연민 가득한 표정을 지을 줄 아는 노인은 내 실수로 도망간 나귀를 찾아주겠다며 함께 수도원을 나섰다가 어느 산 정상에서 나를 겁탈하려고 했다. 그런 일을 반복해서 겪다 보니 부원장의 선의를 의심할 수밖에 없었다.

야곱을 신뢰하게 된 이유는 그가 나와 같은 문명인이었다는 걸 알게 되었기 때문이다. 야곱은 나보다 수 세기를 더 살아온 인물로 테세우스법이 발효되기 훨씬 전에 복제된 인간 중 하나였다. 그의 원본은 의식과 몸을 분리해 프린트하는 2세대 복제 기술을 개발한 천재 과학자 '에서'였다. 그는 스마터폰™이나 스마트지문™을 비롯한 숱한 트레이드마크의 공동 공헌자이며, 전문 분야에서도 자신의 이름을 딴 트레이드마크를 여러 개 보유했다. 자신의 이름을 딴 트레이드마크는 구시대의 노벨상에 버금가는 영예를 상징했다. 구시대에서는 트레이드마크가 단순한 상표권을 뜻했지만, 재화의 복제가 합법화되어 상표권이 무의미한 시대가 되자 트레이드마크는 인공지능의 힘을 빌리지 않고도 혁신적인 기술을 이루어낸 공로자들에게 수여되는 명예 훈장 같은 상징성을 띠게 되었던 것이다. 그중에서도 가장 가치 있는 개인 명의의 트레이드마크를 여럿 소유한 이는 에서를 비롯한 소수의 연구자들뿐이었다.

야곱이 고백하길, 놀라운 업적을 이루어낸 에서에겐 숨은 조력자들이 있었다. 어린 나이에 이미 천재성을 드러냈던 에서는 자신의 능력을 질투한 나머지 사사건건 시비를 걸며 연구를 방해하려는 선배들과 동료들 탓에 숱한 시간을 정치적인 싸움으로 허비해야 했다. 서른 무렵, 에서는 그를 높이 산 어느 기업가의 후원으로 작은 연구소를 설립했고 드디어 누구의 방해도 없이 자신의 능력을 마음껏 펼칠 기회를 얻었다. 의식만을 추출해 데이터화하고 편집하는 연구는 시설 규모에 비하면 순조롭게 진행되었지만 에서는 조급해했다. 대규모 자본으로 무장한 거대 연구소에 비하면 연구 진행 속도가 만족스럽지 못했던 것이다. 에서는 점차 부하 연구원들에게 괴팍하게 굴기 시작했다. 에서가 직접 선별한 뛰어난 인재들이었지만, 자신에 비하면 어딘가 부족한 것처럼 보였던 것이다.

에서가 속한 국가는 인간 복제가 엄격히 금지된 보수적인 곳이었지만, 에서는 몰래 장비를 들여와 복제를 감행했다. 경쟁에서 승자가 되기 위해서, 성에 차지 않는 연구원들을 대신해 자신의 복제인간을 조력자로 삼으려 했던 것이다. 원본인에서와 똑같은 능력과 경험, 그리고 야심을 공유한 일곱 명의 복제인간들은 일인자가 되겠다는 일념으로 연구에 매진해 결국 생체 정보에서 의식만을 따로 데이터화하는 데 가장 먼저 성공했다. 그리고 이를 바탕으로 몸과 의식을 분리해 복제하는 기술까지 세상에 선보였다.

에서의 분신들은 원본과 마찬가지로 자존심이 드높았지만 공통의 목표 아래서 서로에게 협조적이었고, 대외적으로 활동하는 원본을 기꺼이 리더로 인정했다. 그들의 계산에 의하면 수 세기 안에 인공지능이 자신들의 연구 능력을 뛰어넘는 시기가 도래할 것이고, 그때가 되면 그들은 의식을 하나로 통합할 예정이었다.

하지만 그들은 기술의 발전이 초래한 급격한 사회정치적 변화까지 예측하진 못했다. 국제연맹 총통의 분신 중 하나가 삼위일체 사상을 부정하면서 의식 통합을 거부하고 쿠데타를 일으키자 강제적인 의식 통합 정책이 전면적으로 실시되었다. 국제연맹은 한시적인 자진 신고 기간이 끝나자 모기 형태의 초소형 감시 드론까지 동원해 복제인간 색출을 시행했다. 그 무렵 에서가 속한 국가도 국제연맹의 영향력 아래 놓여 있었기에, 에서가 적발되는 건 시간문제라 할 수 있었다.

에서와 분신들은 연구를 위해 의식 통합을 보류하고 싶었지만, 격렬한 토론 끝에 사설 클라우드를 통해 가능한 한 빠르게 의식을 통합하자는 데 만장일치로 합의했다. 만에 하나 분신이 존재한다는 사실이 적발되는 날엔, 연구소 폐쇄라는 최악의 사태가 일어날 수도 있었다.

의식 통합 예정일 하루 전, 에서는 독가스를 풀어 자신의 분신들을 학살했다. 통합된 의식 데이터는 블루마커라는 흔적을 남기는데, 에서는 블루마커가 자신의 명성에 흠집을 내는 것을 용납할 수 없었다. 셰익스피어를 능가하는 대가라고 칭송받던 소설가가 복제들의 힘을 빌렸다는 사실이 알려지면서 자가증식이나 하는 아메바 같은 작가라고 비난받았던 일이 자신에게 재현되리란 것이 불 보듯 뻔한 상황이었다. 복제인간에 대한 혐오를 조장하던 미디어는 문제의 작가가 자기 분열이라는 변태적인 짓도 서슴지 않고 거짓된 명성을 얻었다면서 하이에나처럼 물고 늘어졌다. 에서는 피와 땀으로 일군 자신의 명성이 만신창이가 되는 것을 막을 수만 있다면 무슨 짓이라도 벌일 각오가 되어 있었다.

에서의 분신들은 사설 클라우드를 통해 블루마커를 지울 수 있다는 에서의 말을 믿었다. 에서가 블루마커를 삭제하는 장비의 설계도까지 제시하면서 그들을 속인 것이다. 그 설계도에는 거짓이 없었다. 약간의 시간이 주어지면 장비를 완성할 수도 있었지만 에서는 언제라도 모기만 한 감시 드론에 의해 복제가 적발될지 모르는 긴박한 상황에서 더는 시간을 끌고 싶지 않았다.

야곱은 학살을 면한 유일한 분신이었다. 정확히 말하자면 학살 직후, 나처럼 오류로 생성된 잉여의 존재였다. 당시는 잉여물 감지 장치와 자동 분해 장치가 도입되기 전이었기에, 야곱은 에서에게 들키지 않고 전송 부스에서 빠져나올 수 있었다. 그는 살아남기 위해 타인의 몸과 신분을 훔치기로 결심했다. 그는 전송 부스를 조작해 퇴사가 예정된 연구원인 야곱의 몸을 복제한 후, 자신의 의식을 주입했다. 야곱은 퇴사를 번복하고 회사에 남았다. 그는 쌍둥이와도 같은 분신들을 감쪽같이 속여 학살한 에서가 대가를 치르게 하고 싶었다. 우수한 실력으로 승진을 거듭한 야곱은 대외적인 일 처리에 여념이 없는 에서를 대신해 개발부서의 수장이 되었다.

야곱이 주축이 되어 개발한 새로운 표준 전송 기술이 발표되던 날, 그의 복수가 완성될 예정이었다. 당시엔, 전송 전후의 일치율을 온갖 지표와 함께 표시하는 것이 관례처럼 여겨졌다. 야곱은 바로 그러한 관례를 이용할 셈이었고. 에서가 전송 시연을 보이는 순간, 발표장에 설치된 대형 스크린에 야곱이 심어놓은 합성된 블루마커 이미지가 출력되는 동시에, 에서와 그의 분신들이 한자리에 모여 촬영한 안티딥페이크™ 동영상이 재생되는 것이 야곱의 계획이었다. 하지만 발표회장에서는 아무런 소동도 일어나지 않았다. 당황한 야곱이 무대 뒤에서 시연 장비를 확인하고 있을 때, 누군가가 둔기로 그의 머리를 내리쳤다. 눈을 떴을 때 그는 장벽 너머 황무지에 쓰러져 있는 자신을 발견했다.

그 후로 게토에서 적지 않은 세월을 보내는 동안, 야곱은 어디에서 계획이 틀어졌는지, 어째서 에서가 자신을 살려줬는지를 놓고 수많은 가설을 세우고 또 파기했다. 하지만 무엇이 진실인지는 끝내 알아내지 못했다. 야곱이 내게 들려준 많은 가설 중에 가장 그럴듯한 것은 에서가 처음부터 모든 일을 조종하고 있었다는 이야기였다. 그 이야기에 의하면 에서는 분신 하나를 오류인 것처럼 재생성한 후, 복수심을 자극해 기존의 분신들처럼 사내 연구에 이용했다는 것이다. 그렇더라도 쓸모가 다한 야곱을 어째서 살려주었는지에 대한 의문은 여전히 해소되지 않았다. 단순한 동정심이었을까. 혹은 에서의 빅 픽처 속에서 교묘하게 계산된 행동이었을까.

야곱에게는 야곱만의 빅 픽처가 있었다. 그는 많은 시간과 노력을 쏟아부어 클라우드의 핵심 코드를 분석해 취약점을 찾아냈고, 마침내 인간의 의식을 클라우드에서 완전히 삭제해버릴 수단을 찾아냈다고 고백했다.

야곱의 흥미로운 고백에도 불구하고, 나는 그에 대한 경계심을 풀지 않았다. 그의 이야기는 다른 문명인으로부터 주워 들은 것일지도 몰랐다. 우선 나의 환심을 산 뒤에 더 깊은 절망 속으로 처박으려는 꿍꿍이가 없다는 것을 확인해야 했다. 그가 정말로 희대의 천재라 일컬어지는 에서의 분신인지 아니면 무지렁이 게토인에 불과한지 시험할 목적으로 나는 내 연구 과제를 도와달라고 부탁했다. 야곱은 내가 벌써 10년도 넘게 머리를 싸매고 있던 난제를 일주일 만에 해결하고 새로운 연구 방향을 제시했다. 의식 데이터의 압축률을 높이는 알고리즘의 이론적 연구는 의식의 데이터화가 금지된 게토에서는 아무런 의미도 없는 일이었다. 하지만 나는 노동과 성서 공부로 빠듯한 일상 속에서도 수면 시간을 줄여가면서까지 연구에 매달렸다. 압축률 연구는 내가 여전히 문명인이라는 걸 증명해주는 한 줄기 구원과도 같았다. 견습 수도사 신분으로 지낸 지 3년이 다 되어갈 무렵엔, 연구가 절반도 넘게 진행되었다. 2년 차부터는 야곱이 이런저런 심부름을 시킨다는 핑계로 내게 얼마간의 자유 시간을 부여해준 덕택이었다.

그것은 일종의 거래와도 같았다. 어느 날, 평소 차를 잘 마시지 않는 야곱은 복사(服事) 아이를 불러 차를 두 잔 내오게 했다. 떫은 차를 억지로 몇 모금 들이켜는 동안에도 야곱은 침묵으로 일관하다가, 차가 다 식을 즈음이 되어서야 돌연 거래를 제안했다. 그는 얼마간의 자유 시간을 보장할 테니 그 대가로 부탁을 딱 하나만 들어달라고 했다. 연구에 목말라 있던 나는, 부탁 내용이 무엇인지는 때가 올 때까지 말할 수 없다는 야곱의 조건을 받아들이고 말았다. 세례를 받은 후 동기화 장치를 제거하면, 늦든 빠르든 죽음이 닥치기 마련이었으니 나에겐 아무것도 잃을 게 없었다.

제6장: 임무

다른 여러 수도원의 수장이기도 한 원장은 우리 수도원에 상주하지 않았기 때문에 나는 세례식 때 그를 처음으로 만날 수 있었다. 그는 야곱을 제외하고는 수도원에서 나를 인간답게 대해준 유일한 인물이었다. 세례식은 거짓말처럼 간단했다. 그저 몸을 물속에 담갔다가 꺼낸 것이 세례식의 전부였다. 세례에 이어 동기화 장치 적출술을 받은 후, 더는 사탄의 자식이라 불릴 일도 없을 거라고 믿었지만 그것은 착각에 지나지 않았다. 견습 딱지를 떼고 정식 수도사로 승급한 뒤에도, 다른 수도사들은 나를 두고 여전히 사탄의 자식이라 불러댔다. 어쩌면 이 야만인들은 정해진 순리를 넘어 긴 수명을 영위하는 우리 문명인들을 질투했는지도 모른다. 혹은 영생의 원천은 세례로도 깰 수 없는 악마와의 거래에서 나온다는 헛소문을 곧이곧대로 믿었는지도 모른다.

수도원에 들어온 지 4년째가 되어 새로운 견습 수도사 둘이 들어오고 나서야 나를 향한 괴롭힘이 사라졌다. 신선한 새 먹잇감에 집중하느라 나를 놓아준 것이다.

새로운 견습 수도사가 들어오자 수도원의 관례에 따라 수도사들 모두가 한 단계씩 승급하게 되었고, 결과적으로 야곱은 다른 수도원의 원장으로 임명되었다. 야곱이 떠나면 연구를 제대로 이어갈 자신이 없었기에 나로선 그가 수도원에 남아 있길 바랐지만, 그건 야곱이 결정할 수 있는 사안이 아니었다. 대신 야곱은 나를 비서로 삼아 새 부임지로 데려갔다. 비서를 정하는 건 그의 권한 중 하나였으니까.

황무지 언덕 위의 수도원을 떠나면서 야곱은 내게 원장을 제외한 모든 수도사들이 문명인이라는 충격적인 사실을 털어놓았다. 정작 구성원의 9할이 게토인인 새로운 수도원에서는 문명인들에 대한 차별이 그리 심하지 않았다. 자신의 원본에게 사그라들 줄 모르는 원한을 품고 있던 야곱은, 그림자 파괴 증후군을 언급하면서 원래 닮은 것들은 서로에게 더욱 잔인한 법임을 잊지 말라고 충고했다.

새로운 수도원에서 보낸 시간은 첫 번째 수도원에서와는 달리 순탄하기 그지없었다. 야곱의 보살핌 덕분에 육체노동으로부터 자유로워진 나는 압축률 연구에 대부분의 시간을 할애할 수 있었다. 하지만 정작 시간을 자유로이 쓸 수 있게 되자, 나는 자발적으로 수도원의 온갖 잡일에 자원했다. 몸을 움직이는 기쁨에 눈떴기 때문일까, 아니면 그저 습관이 나를 지배하는 것일까? 확실한 건 햇볕에 그을린 내 육신은 어느 때보다 건강하고 활기가 넘쳐났다는 것이다. 수도원 운영으로 바쁜 나날을 보내고 있던 야곱은 나의 연구에 도움을 줄 시간을 내지 못했지만, 나의 두뇌가 어느 때보다 명민하고 날카로운 상태를 유지한 덕에 연구는 예상보다 더욱 빠르게 진행됐다.

새로운 수도원에서의 두 번째 사순절을 앞둔 어느 날, 야곱이 나를 호출했다. 그는 내 얼굴을 빤히 쳐다보더니 입을 열었다.

"좀비 같은 몰골을 하고 있던 견습 수도사와 지금 내 눈앞에 있는 성실한 일꾼이 같은 사람이라니……. 많은 이가 사람은 변하지 않는다고 믿지만, 자네는 사람이 변할 수 있다는 걸 보여주는 산증인 같군그래. 하지만 자네 심지는 그대로일 것이라고 믿네."

거기까지 말한 야곱이 복사 아이를 불러 두 잔의 차를 내오게 하자 나는 반사적으로 긴장하고 말았다. 야곱에겐 늘 중요한 용건을 말하기 직전에 차를 권하는 버릇이 있었던 것이다. 야곱은 우리가 했던 약속에 대한 믿음 또한 변치 않았으리라 믿는다며 이제 부탁을 들어줄 때가 되었다고 말했다. 우선 연구부터 마치고 싶었던 나는 약속을 조금 미루면 안 되겠느냐는 말을 꺼냈지만, 야곱은 한 손을 들어 나를 제지했다.

"모든 일엔 때가 있는 법이라네."

잠시 말을 멈춘 그는 8자 모양의 손잡이가 달린 찻잔을 한 손으로 움켜쥔 채, 다른 손의 손바닥 위에서 돌리기 시작했다. 찻잔은 손가락의 섬세한 움직임을 따라 옆으로 누운 8자 모양으로 회전하고 나서야 제자리에 멈춰섰다. 이윽고 야곱이 말을 이었다.

"그저 동전만큼이나 작은 금속 패치를 에서의 몸에 부착하기만 하면 돼. 자네는 사순절 기념 40일 고행 행사에 참가할 순례자 중 하나로 선발될 걸세. 처음 7일을 다른 고행자들과 황야에서 보내고 나면 개인 행동이 가능할 거야. 장벽 너머에 다녀오는 건 나머지 33일로도 충분할 테지만, 혹시 몰라 다른 수도원에 사절로 파견된다는 명목으로 나흘을 더 확보했네."

야곱이 건넨 짐꾸러미는 묵직했다. 국제연맹에 적발되지 않고 장벽 너머로 넘어가는 길이 표시된 지하수로의 지도, 새끼손톱만 한 금속제 살인 패치, 문명 세계에서 입을 옷가지, 황야를 왕복하는 데 필요한 물과 식량. 짐을 짊어지는 것은 낙타의 몫이지만 낙타가 있는 외양간까지 짐을 옮기는 것 또한 쉬운 일이 아니었다. 어딘가 꺼림칙한 기분이 들었다. 하필이면 총 44일이 주어진 암살 임무였다.

하지만 나는 군말 없이 야곱의 임무를 받아들이겠다고 했다. 처음부터 야곱의 계획을 그대로 따를 생각이 없었으므로. 나에겐 다른 계획이 있었다. 나는 국제연맹과 흥정을 할 작정이었다. 시스템의 취약점을 증명하는 금속 패치와 백신 데이터를 제공하는 대가로, 기존의 나와는 독립된 새로운 신분을 요구할 속셈이었다. 나는 달에 갔던 나와는 완전히 별개인 인간으로 살아갈 것이다. 그렇게 되면 원래의 나를 아내의 비밀로부터 지키는 동시에, 여기 있는 나도 영생의 은혜를 되찾을 수 있다.

야곱이 구상한 원래 계획은 이러했다. 내가 에서를 죽인 후 체포되면 그가 국제연맹 측에 시스템의 취약점을 막을 수 있는 디지털 백신을 제공한다. 나를 사면하는 대가로서. 끝으로, 내가 풀려나 게토로 돌아온 이후에, 야곱이 국제연맹에 백신의 실행 코드를 제공한다.

야곱이 오랫동안 구상했던 계획인 만큼, 성공 확률은 높아 보였다. 하지만 에서를 죽인다고 해서 아무것도 달라지는 것은 없다. 그저 케케묵은 개인적인 원한이 풀릴 뿐. 엇비슷한 지적 수준을 갖춘 말 상대를 잃어버리고 싶지 않은 야곱은 내가 게토로 돌아오는 계획을 수립했지만, 나는 다시는 이곳으로 돌아오고 싶지 않았다.

무엇보다 나는 죽음을 원치 않았다. 동기화 장치 적출술을 받은 날부터 나는 하루하루를 죽음에 대한 공포 속에서 보내야만 했다. 노동으로 육체가 단련되어 갈수록, 육신에 대한 집착은 커져만 가고 있었다. 그에 비례하여 죽음에 대한 두려움과 영생에 대한 갈망 또한 커져만 갔고.

클라우드에서 배제된 인간은 예외 없이 죽음에 무방비로 노출된다. 생선 가시가 목에 걸려 식도에 천공이 생기는 것만으로도, 말똥을 나르는 트럭에 치이는 것만으로도, 가파른 계단에서 발을 헛디뎌 목이 부러지는 것만으로도 인간은 사신의 낫에 베이고 만다.

기이하게도 죽음은 나를 무기력하게 만드는 동시에, 나를 움직이게 하는 원동력이 되기도 했다. 죽음의 공포를 떨치고 시한부라는 현실에서 벗어나고자, 나는 미친 듯이 연구에 빠져들었다. 하지만 연구가 거의 마무리 단계에 이르자 언제든 나를 벨 수 있는 사신의 낫이 두려워 악몽에 시달렸다.

황야로 출발하는 날 새벽, 나는 야곱의 거처에 숨어들어가 백신 실행 코드를 찾아내 필사했다. 그의 거처를 모조리 뒤집어놓을 작정이었지만 백신 실행 코드는 보란 듯이 야곱의 책상 위에 놓여 있었다.

황야에서 보내는 7일 동안, 나는 모순적인 감정으로 연구를 마무리했다. 의식 데이터 압축률 연구라는 목표는 나를 살아 숨 쉬게 만드는 공기이자, 나를 질식하게 만드는 절망이었다. 험난하고도 높은 봉우리에 오르듯이, 나는 난제로 가득한 목표를 향해 나아갔다. 고도가 높아질수록 산소가 희박해지는 것처럼, 연구가 끝나갈수록 주변의 공기가 옅어지는 것만 같은 기분에 사로잡혔다. 문명인의 땅으로 돌아가 다른 신분으로 살아가겠다는 새로운 목표가 없었다면 나는 차마 연구를 마무리 짓지 못했을 것이다.

구시대에 만들어진 지하수로 입구를 찾는 일에 예상보다 많은 시간을 허비하고 말았다. 발정기가 찾아온 낙타가 먼지바람을 일으키며 식량의 절반을 짊어진 채 사라져 남은 식량과 물을 스스로 짊어져야 했기 때문이다. 처음엔 양 어깨를 짓누르는 짐이 어서 가벼워지길 바랐지만, 막상 지하수로 입구를 찾지 못하고 황야를 배회하며 식량과 물이 빠르게 줄어가자, 이대로 불모지를 장식하는 해골이 되진 않을까 하는 두려움에 사로잡혀야 했다.

쉬지 않고 걷고 또 걸었지만 황야는 내가 제대로 된 방향으로 가고 있다는 작은 단서조차 보여주지 않았다. 다만 무자비한 직사광과 예고 없이 불어닥치는 숨막히는 황사 바람만을 교대로 내놓을 뿐이었다.

한쪽 어깨로도 멜 수 있을 정도로 짐이 줄어든 어느 오후, 나는 지칠 대로 지친 몸을 이끌고 집요하게 내리쬐는 햇볕을 피하기 위해 작은 언덕이 만든 그늘 아래에 드러누웠다. 불편한 자리에 몸을 뒤척이자 머리맡에서 무언가 단단한 것이 느껴졌다. 흙을 조금 걷어내자 발정 난 낙타가 떨어뜨린 안장이 모습을 드러냈다. 주변을 유심히 살펴보니 아무래도 몇 날 며칠을 배회한 끝에 앞으로 나아가기는커녕 제자리로 돌아온 것 같았다. 나는 언덕 위에 올라 고함을 쳤다. 무엇을 혹은 누구를 향해 외치는지 스스로도 알지 못하면서, 그저 발을 구르며 절규했다. 나는 지금 당장 세상이 끝장나길 바라는 심정으로 어떤 말도 되지 못한 괴성을 내지르고 또 내질렀다.

돌연 바닥이 주저앉으며 세상이 검게 변했다. 쿵, 하는 소리와 함께 나는 머리를 어딘가에 부딪혔다. 세상을 저주한 대가로 나락에 떨어진 걸까. 혹은 세상이 정말로 끝장나고 만 것일까. 뒤통수를 어루만지며 고개를 쳐들자 구름에서 막 벗어난 보름달이 눈에 들어왔다. 불행인지 다행인지 세상은 아직 그대로였다. 달빛에 의지해 주변을 둘러보았다. 사방을 둘러싼 단단한 콘크리트 벽, 물이 흘러가도록 둥그런 곡선을 그리며 파여 있는 바닥. 바로 이곳이 내가 찾아 헤매던 지하수로였다. 나는 일단 밖으로 나가 식량과 물부터 챙겨 와서는, 양초에 불을 켜고 본격적인 지하수로 탐험에 나섰다.

야곱에게 받은 지하수로 지도는 아무짝에도 쓸모없었다. 지하수로는 지도와 달리 끝없이 여러 갈래로 나뉘어만 갔고, 곳곳이 끊겨 있기도 했다. 나는 다시 밖으로 나가려고 했지만, 어두컴컴한 지하수로는 한번 갇히면 영영 빠져나갈 수 없다는 신화 속의 미궁이나 다름없었다. 미궁에 갇힌 테세우스에게는 아리아드네의 실타래가 있었지만 나에겐 아무것도 없었다.

얼마 남지 않은 식량과 물은 아무리 아껴서 먹어도 빠르게 줄어만 갔다. 설상가상으로 비상용으로 남겨둔 육포를 포함한 모든 식량을 한꺼번에 잃어버리고 말았다. 차디찬 돌바닥에서 쪽잠을 자는 동안 쥐 떼가 몰려와 약탈해 간 것이다. 그러고 나서 얼마 지나지 않아 물에 이어 양초마저 동나자 완전한 어둠이 나를 집어삼키고 말았다. 어디도 아닌 곳에서 아무도 아닌 자가 된 나는 무방비로 죽음을 기다리는 것밖엔 아무것도 할 수 없었다. 차라리 당장이라도 미노타우로스가 나타나 내 목을 치길 바랐다.

하지만 모든 걸 포기한 그때 기적이 일어났다. 누군가 내게 실타래를 던져 준 것이다. 나에게 주어진 실타래는 다름 아닌 모스부호였다. 미지의 존재가 파이프를 두들겨 모스부호를 만들어 나에게 어느 쪽으로 나아가야 할지 알려준 것이다.

신의 이름으로 세례를 받았지만 나는 기적을 믿지 않는 비관주의자이자 회의주의자였다. 모스부호에 따라 컴컴한 지하수로를 헤쳐 나아가면서도, 나는 그저 환청을 듣고 있는 것뿐이라고 혼잣말을 주문처럼 되풀이했다. 기적을 불신하면서도 무언가에 홀린 것처럼 실타래를 따라갔다.

하지만 저 멀리서 한 줄기 빛이 보이는 순간, 나는 기뻐하는 대신 의구심에 발걸음을 늦추었다. 나의 아리아드네는 누구일까. 누가 절망의 순간에서 나를 구한 것인가. 나 같은 불신자를 위해 신께서 친히 기계 장치를 타고 내려오기라도 했단 말인가. 데우스 엑스 마키나처럼 돌연 내 앞에 나타난 자는 누구인가.

제7장: 역설

터널의 입구가 가까워질수록 가차 없이 쏟아져 내리는 빛이 두 눈을 태워버릴 것만 같았다. 나는 실눈을 뜨고 벽을 더

듬으며 조금씩 앞으로 나아갔다. 마침내 터널 밖으로 빠져나온 나는 기력이 다해 그대로 무릎을 꿇으며 주저앉고 말았다. 온몸이 콘크리트처럼 굳어버려 고개를 들 힘조차 없었다. 그리 멀지 않은 곳에서 어떤 소리가 들려왔지만, 내 거친 숨소리에 묻혀버렸다. 숨을 고르고 나니 그것이 사람 목소리라는 걸 알 수 있었다. 목소리는 너무나도 익숙했지만 동시에 더없이 낯설게만 느껴졌다. 나에게 실타래를 내려준 아리아드네를 확인하기 위해 나는 힘겹게 고개를 쳐들었다. 구세주의 얼굴을 보는 순간 절로 숨을 멈추고 말았다. 터널의 끝에서 나를 기다리고 있던 것은 바로 나였다.

"연구 노트는 어디 있지?" 내가 나에게 물었다.

또 다른 내가 나의 대답을 기다리며 내 두 눈을 똑바로 응시했지만 나는 그저 바보처럼 입을 벌린 채 아무런 대답도 내놓지 못했다.

"뭐, 내가 직접 찾기로 하지." 눈앞의 나는 동상처럼 굳어버린 내 옆으로 다가와, 가방을 뒤져 연구 노트를 찾아냈다. 한참을 그 자리에 서서 연구 노트를 한 장 한 장 정독한 또 다른 나는 마지막 장까지 읽고 나서 이렇게 말했다.

"이건 기대 이상이야. 아무리 죽음이라는 절대적인 마감의 힘을 빌린다 해도, 이런 식으로 획기적인 발상을 내놓을 줄은 몰랐어. 내가 이렇게 똑똑했던가? 이 정도 압축률이면 내 이름이 트레이드마크가 될지도 모르겠어."

또 다른 나는 연구 노트를 비닐 팩에 봉인한 후, 백팩 안에 집어넣었다. 여전히 두 무릎을 꿇고 주저앉은 채 미동도 하지 못하고 있는 나를 응시하던 또 다른 나는, 한쪽 무릎을 땅에 대고 앉아 나와 시선을 맞추었다.

"당장이라도 쓰러져 죽을 것 같은 몰골이군. 좋아, 덕분에 연구에 성공했으니 이게 다 어떻게 된 일인지 알려주지. 우선 목부터 좀 축이고 나서."

또 다른 나는 백팩에서 물병을 꺼내 한 모금 마신 다음 나에게도 내밀었지만, 나는 여전히 아무런 반응도 내놓지 못했다.

"어떻게 너를 찾았는지부터 말해줄까? 네 몸속에는 GPS가 심어져 있어. 네 몸 상태를 확인하기 위한 장거리 정보 송수신기도 머릿속에 들어 있고. 모스부호는 귀에 들려온 게 아니라 머릿속에서 울린 거야.

그래, 이 모든 건 연구를 위해서였어. 뚜렷한 연구 성과를 내지 못하면 언제 교수직을 박탈당해도 할 말이 없었으니까. 그런데 말이야. 나는 너무나도 게을러서 도저히 제시간에 연구를 끝낼 자신이 없었어. 그래서 이 모든 일을 꾸민 거야. 내가 꾸민 계획을 왜 너만 모르고 있느냐고? 그건 필요한 기억만 남기고 지워놓았기 때문이야. 믿지 못하겠다는 표정이군.

그래, 엄밀히 말하면 삼위일체의 근간이 되는 기억 데이터는 삭제할 수 없어. 하지만 너에게 불필요한 기억은 요한이 개발한 압축술로 봉인했지. 접근이 불가능한 기억은 지워진 것이나 다름없는 셈이고.

너는 의도적인 전송 오류로 생성되었어. 내가 달로 전송되는 순간, 전송 부스가 오류를 일으켜 너를 생성하게 조작해놓았지. 네가 스물네 시간 동안 자유의 몸이 된 것부터가 다 계획된 일이었어. 요한과 아내가 그 짓을 한 것도 다 의도했던 거야. 아, 안심해도 좋아. 내가 진짜로 그런 짓을 허락할 리 없지. 요한과 정사를 벌인 건 아내가 아니라 홀로그래머™였어.

요한은 진짜였지. 그는 선지자이자 선구자였어. 요한이 학과장으로 승진한 건, 그의 분신이 게토에서 누군가의 도움을 받아 내놓은 연구 성과 덕분이었지. 요한이 계획의 큰 줄기를 제공했어. 나는 디테일을 채웠을 뿐이고. 그가 나를 도운 것처럼, 나 또한 그의 새로운 계획을 도와야 했지.

언뜻 보기엔 이 계획이 허점투성이로 느껴질 거야. 계획이 성공하려면 네가 아내와 요한의 정사를 목격하고도 현장을 덮치지 않아야 하니까. 게다가 네가 이 비밀을 혼자서 간직하기 위해 게토로 떠난다는 걸 예측해야 했으니까.

하지만 나는 누구보다 너를 잘 알고 있어. 네가 어떤 상황에서 어떻게 행동할지 예측하는 건 그리 어렵지 않지. 안전책으로 너를 조종할 수 있는 몇 가지 암시를 네 의식 속에 심어놓기도 했어. 하지만 굳이 암시를 활성화할 필요도 없었지. 이곳에 오기까지 모든 선택은 오롯이 네가 내린 거야. 아내의 정사를 지켜만 본 것도, 고결한 자기희생 정신을 발휘한 것도, 어디까지나 네가 스스로 내린 선택이었어. 그리고 고맙게도 게토에서 연구를 완성하기로 결심했고, 또 실천해주었지……."

눈앞에 서 있는 또 다른 내가 말을 마칠 무렵, 내 머릿속에서 지난날이 주마등처럼 떠올랐다. 아내의 배신을 눈앞에서 목격하며 느낀 비통함, 장벽을 넘어 게토로 향했을 때의 처절함, 수도원에서 온갖 수모를 겪으며 하루하루를 버텨냈던 원통함, 동기화 장치가 제거되고 죽음 앞에서 벌거숭이가 되어 떨어야 했던 참담함, 미궁 같은 지하수로에서 죽음이 찾아오기만을 바랐던 때의 먹먹함. 그 모든 감정 또한 눈앞의 내가 나에게 선사한 끔찍한 계획의 일부였다. 나는 눈앞의 나를 위해 모든 것을 희생했지만, 이 모든 것이 기만과 속임수에 불과했다.

"웬만하면 나도 네 기억을 클라우드를 통해 받아들이고 싶어. 하지만 네 경험이 너무 끔찍할 것 같아서 말이지. 미안하지만 너는 그냥 이곳에 남아야겠어. 네가 겪은 구질구질한 감정을 내 것으로 삼고 싶진 않으니까."

또 다른 나는 도축용 공기총을 꺼내 나의 이마에 가져다 댔다. 차가운 금속이 피부에 닿자 절로 몸서리가 쳐졌다. 나는 밀려오는 공포에 온몸이 얼어붙는 한기를 느꼈다. 동시에 가슴 한편에서 뜨거운 무언가가 솟구쳐 올랐다. 가축 도살에나 쓰이는 투박한 흉기는 나의 존엄성을 정면으로 부정했다. 또 다른 나에게 나는 그저 실험용 쥐에 지나지 않았다.

나는 터널을 빠져나오기 직전 뒷주머니에 넣어두었던 야곱의 금속제 살인 패치를 꺼내 또 다른 나의 목에 부착했다. 분노에 휩싸여 저지른 충동적인 일이었지만 똑같은 상황이 주어져도 나는 정확히 같은 선택을 되풀이할 것이다. 아무런 망설임도 없이.

야곱의 집념 어린 원한이 만들어낸 패치는 즉시 효과를 발휘했다. 또 다른 나는 바닥에 쓰러져 눈이 뒤집힌 채로 거품을 뿜고는 곧 숨을 거두었다.

나는 나의 시체를 뒤집어 백팩을 벗기고는 물을 꺼내 목을 축였다. 물이란 게 이렇게 달콤했던가. 나는 수분을 한 방울도 낭비하지 않고 탐욕스럽게 입안으로 털어 넣었다.

***

야곱의 금속제 살인 패치와 백신을 미끼로 나는 국제연맹과 협상을 벌였다. 나는 다섯 가지 조건을 요구했다. 첫째, 살인죄를 면죄할 것. 둘째, 내 머리에 동기화 장치를 다시 삽입해줄 것. 셋째, 나의 원래 신분을 돌려줄 것(또 다른 내가 소멸했으니 새로운 신분은 불필요했다). 넷째, 아내에겐 모든 일을 비밀에 부칠 것. 다섯째, 금속 패치와 백신 데이터의 값으로 1000만 달란트를 지급할 것.

국제연맹은 앞의 네 가지 조건은 받아들였지만 마지막 조건은 거부했다. 나는 한 푼도 건질 수 없었지만 그래도 상관없었다. 애초에 마지막 조건은 앞의 조건들을 확실하게 보장받기 위한 구실에 불과했으니까. 가장 걱정했던 살인죄에 대해서는, 국제연맹이 보안에 구멍이 뚫렸다는 사실이 외부에 알려질까 염려했기 때문에 가장 쉽게 타협할 수 있었다. 나중에 알게 된 사실이지만, 자신이 자신을 죽이면 살인인가 자살인가 하는 법적인 문제는 여전히 해결되지 않은 모양이었다.

자신의 무덤과 마주한 스크루지가 새로 태어난 것처럼, 나는 나의 무덤을 뒤로하고 문명사회로 돌아온 이후 완전히 새로운 사람이 되었다. 수도원에서의 고행은 나로 하여금 나태와 담을 쌓게 했고, 죽음 앞에 벌거숭이가 되어야 했던 경험은 권태로 병든 마음을 삶에 대한 기쁨으로 충만케 했다. 아내는 종종 내게 마법에 걸린 게 아니냐고 묻곤 했다.

하지만 마법에는 시효가 있었다. 겨우 3년이 지나자 나의 굳은 의지는 물거품처럼 사라져버렸다. 나의 일상은 또다시 나태와 권태의 그림자에 지배되고 말았다.

***

어느새 반복되는 일상에 질리고 만 나는, 영원이라는 안전한 요람에서 벗어나기를 갈망하게 되었다. 돌이켜보면, 게토에서 보냈던 모든 순간은 밀도 높은 긴장과 스릴로 가득한 날것 그대로의 모험이었다. 유한하기에 역설적으로 영원의 가치를 지니게 되는 게토에서의 삶이 그리웠다.

나는 다시 한번 나를 장벽 너머로 보낼 것이다. 에서는 야곱을 동정한 것이 아닐지도 모른다. 에서는 삶의 정수를 다시금 만끽하기 위해 자신의 분신인 야곱을 게토로 보냈을지도 모른다. 야곱이 백신 실행 코드를 쉽사리 필사하도록 방치한 것은 내가 다시 게토로 돌아가리란 것을 알고 있었기 때문인지도 모른다. 그래, 어쩌면 나는 야곱의 섬세한 움직임에 따라 기묘한 궤적을 그리며 회전하던 그 찻잔처럼, 그의 손바닥 위에서 놀아나고 있는지도 모른다.

하지만 정작 장벽 너머의 게토에 당도한다고 해도, 머지않아 다시금 영생의 요람을 꿈꾸게 되지 않을까? 영생의 요람에서는 유한한 삶에 속박된 게토를 꿈꾸지만, 정작 게토에 내던져지면 영생을 갈구하게 되는 역설. 인간은 뫼비우스의 띠처럼 꼬여 있는 역설의 굴레 안에서 끝없이 맴도는 저주에 걸린 존재인지도 모른다. 끝나지 않는 역설의 항로 속에서 나는 분해와 재생을 거듭하는 테세우스의 배를 타고 영원히 헤매이게 될까. 혹은 어딘가에서 마침내 삶의 안식처를 발견하게 될까.

제∞장: 오류

생체 분해까지 4분 59초, 4분 58초, 4분 57초…….

망했다. 완전히 망했다. 4번 게이트에 4번 전송 부스를 배정받았을 때부터……

로그아웃하시겠습니까?

"로그아웃하시겠습니까?" 검은 슈트를 입은 낯선 이가 말했다.

나는 막 저녁 식사를 마치고, 간호사가 식기와 베드테이블을 정리하러 오길 기다리던 중이었다.

"네? 뭐라구요?" 당혹스러운 목소리가 튀어나왔다.

검은 슈트는 같은 말을 반복했다. 묵직한 저음으로. "로그아웃하시겠습니까?"

이 사람 대체 무슨 말을 하는 거지. 이상한 종교 단체에서 전도하러 나온 걸까. 아니, 그건 불가능할 것이다. 내가 입원한 재활 병동은 면회 시간을 넘기면 출입이 엄격히 통제되어 의료진이 아니면 마음대로 드나들 수 없다. 밖으로 나가려면 보안이 엄격한 문을 두 번이나 통과해야 한다. 거동이 불편한 환자가 멋대로 외출했다가 계단에서 추락사한 후에 생긴 절차라고 했다. 물론, 밖에서 안으로 들어올 때도 빌어먹을 문을 두 번 통과해야 하는 건 마찬가지였다.

혹시 병원 관계자일까. 하지만 그것도 의심스럽다. 병원 관계자는 저런 고급 슈트를 몸에 걸치지 않는다. 내가 회의적인 시선을 보내며 생각을 정리하는 동안, 검은 슈트는 병실 문 앞에 서서 나를 바라보고 있었다. 좀처럼 연령을 짐작하기 힘든 외모였다. 잡티 하나 없는 피부를 보면 20대 중후반처럼 보였고, 양 뺨에 깊게 파인 주름과 감정을 드러내지 않는 포커페이스를 보면 30대 후반 정도로 보였다. 불쑥 나타나 알 수 없는 말을 지껄이는 이자의 정체가 도무지 짐작이 가지 않았다.

"그게 무슨 말씀이시죠? 아니, 그것보다 여긴 어떻게 오셨나요?" 마침내 내가 입을 열었다.

"오현서 씨가 저를 부르지 않으셨습니까. 로그아웃 요청을 아홉 번이나 하셨죠."

정체 모를 사람이 내 이름을 알고 있는 게 꺼림칙했다. 병실 입구와 침대에는 내 이름 대신 이니셜만이 기재되어 있다. 이는 21세기 중반부터 환자의 개인 정보를 보호하기 위해 시행된 규칙이었다.

로그아웃. 검은 슈트는 그 말을 세 번이나 반복했다. 내가

로그인한 어떤 사이트에 심각한 보안 문제라도 생긴 걸까. 병원에서 쉽사리 출입을 허락할 정도로? 하지만 나는 로그아웃 따윈 요청한 적이 없는데?

"미안하지만 뭔가 착오가 있던 것 같은데요. 저는 웹사이트 로그아웃 같은 건 요청한 적이 없습니다. 사실…… 스마터폰은 압수당한 상태구요."

"네, 스마터폰 압수 건은 잘 알고 있습니다. 저는 웹사이트 로그인이 아니라 다른 용건으로 찾아왔습니다. 보다 근본적인 용건이죠."

내가 스마터폰을 압수당한 이유는, 게임 중독에 더해 심각한 마스터베이션 중독을 겪고 있었기 때문이다. 담당의는 심리적 원인이 해결되면 게임 중독은 자연스레 나아질 거라고 말했다. 하지만 스마터폰의 감각 증폭 기능을 이용한 마스터베이션 중독은 재활에 심각한 지장을 초래할 거라며 내 스마터폰을 가져갔다. 이는 일반적인 경우라면 개인의 권리에 관한 부당한 침해에 해당하겠지만, 이 재활 병동에서는 '재활'이 최우선이고 그를 위해서 자잘한 권리들이 보류된다. 사실, 입원 전에 내가 동의한 일이기도 했다.

나는 적어도 팔 근육 단련에는 도움이 된다고 농담처럼 항변했지만, 담당의는 과도한 스마터폰 사용으로 인한 수면 부족도 문제라면서 내 이의 제기를 각하했다. 의료진이 어떻게 나의 마스터베이션 중독을 눈치챘냐면 내가 시도 때도 없이……. 음, 그 일에 대해서는 언급하지 않는 게 좋겠다.

나는 검은 슈트가 스마트폰 압수 건에 관해 알고 있다는 사실이 불쾌했다. 이건 명백한 개인 정보 침해가 아닌가.

"무슨 용건인지 모르겠지만, 이제 그만 나가주시죠. 어디에서 제 이름과 스마트폰 압수 이야길 들으셨는지 모르겠지만, 개인 정보 침해로 고소할 테니 그렇게 알아두시고요."

"정말 괜찮으시겠습니까? 이번 기회를 놓치시면 로그아웃은 1년 뒤에나 가능합니다."

참 끈질긴 양반이네. 나는 보란 듯이 침대 위에 놓여 있던 '호출' 버튼을 손에 쥐고, 꾹 눌렀다. 이제 30초도 지나지 않아, 간호사가 뛰어올 거다. 이 정체불명의 검은 슈트는 경비원에게 쫓겨날 테고.

"미안하지만 간호사는 오지 않습니다. 적어도……." 검은 슈트는 거기에서 잠시 말을 멈추고 손목시계를 내려다보았다. "앞으로 8분 동안은 누구도 나타나지 않을 겁니다. 현서 씨가 저를 호출한 이상, 10분 동안은 저와 이야기를 나누셔야 합니다."

"대체 뭐에 대해서요?" 내가 성난 목소리로 따져 물었다.

줄곧 포커페이스를 유지하던 검은 슈트는 그 말에 처음으로 표정과 감정을 드러냈다. 눈을 동그랗게 뜨고, 당연한 걸

묻는다는 투로 이렇게 말했다. "로그아웃에 대해서요."

"이봐요, 아저씨. 이게 무슨 꿍꿍이인지 모르겠지만, 저는 안 그래도 인생이 피곤한 사람이에요." 나는 담요를 확 거둬냈다. 그러자 젓가락 한 쌍처럼 앙상하고 초라한 두 다리가 모습을 드러냈다. "저는 걷지도 뛰지도 못해요. 하반신 마비라구요. 알겠어요? 어설픈 장난에 장단 맞춰줄 기분 아니니까 그냥 나가주세요."

검은 슈트는 내 다리를 보고도 놀라지 않는 눈치였다. 그는 무덤덤한 표정으로 입을 열었다.

"미안하지만 10분이라는 시간을 지정한 건 오현서 씨 본인입니다. 저는 계약에 따를 뿐이죠. 그리고 하반신 마비라는 말은 엄밀히 말해서 틀린 표현 같군요. 신경칩 덕분에 감각이 돌아왔지 않습니까."

검은 슈트의 말이 맞다. 의사들이 특수한 신경칩을 내 척수에 심은 이후로, 하반신의 감각이 돌아왔다. 하지만 그뿐이었다. 생식 기관은 감각 증폭 장치에 쉬이 반응했지만 걷는 건 꿈도 꾸지 못하는 처지다. 의사들은 재활에 성공하면 일상으로 돌아갈 수 있을 거라고 장담했지만, 망할 놈의 재활 훈련은 끔찍하기만 했다. 다리를 조금이라도 움직이려고 하면, 신경칩을 박아 넣은 뒷목에서부터 지옥 같은 고통이 온몸으로 퍼져나갔다.

"고통은 낫고 있다는 증거입니다. 좋은 현상이에요."

나는 그런 말을 내뱉는 재활의를 산 채로 씹어 먹고 싶었다. 내가 겪어야 하는 고통은…… 어마어마했다. 도저히 감당할 수 있는 수준이 아니었다. 목발을 쥐고 혼자 서는 연습을 하다가 거품을 물고 쓰러져 의식을 잃은 것만 벌써 다섯 번이 넘었다.

나는 특수한 사례에 속했다. 보통의 신경마비 환자들에게 신경칩은 안경 같은 물건이었다. 안경을 쓰면 근시나 원시가 곧바로 보정되듯, 신경칩을 삽입하면 신경마비 증상이 거짓말처럼 즉시 사라진다. 1세기도 전부터 근시나 원시가 장애로 취급받지 않는 것처럼, 이번 세기 들어서는 신경마비 또한 더는 장애로 취급받지 않는다. 그저 3분 만에 끝나는 신경칩 삽입 시술을 받으면 되니까. 심지어 재활 훈련도 필요하지 않다. 99.9퍼센트의 경우에는.

목덜미에 살짝 드러나는 신경칩은 패션 아이템으로 쓰이기도 한다. 종종 시력이 멀쩡한 사람들이 패션으로 안경을 걸치는 것처럼, 신경칩의 껍데기를 목덜미에 삽입하는 사람들을 어렵지 않게 찾아볼 수 있다.

극히 드물지만, 신경칩을 삽입해도 신경이 제대로 돌아오지 않는 경우도 있다. 어떤 기술도 세상을 100퍼센트 구해내지는 못하는 것이다. 신경칩은 신경마비 환자의 99.9퍼센트를 구원하지만 아쉽게도 나는 0.1퍼센트에 속했다. 특수한 종류의 신경칩을 삽입해야 하는 환자. 그러고도 지옥 같은 재활 훈련을 겪어야만, 겨우 조금씩 회복 가능한 경우. 나와 같은 사람들도 완전한 회복이 가능한지는 아직 확실하지 않다고 했다.

"네, 알아요. 특수 신경칩 이식을 받은 환자분들은 엄청난 고통을 겪곤 하죠. 하지만 현서 씨라면 충분히 해낼 수 있습니다. 천천히 한 발씩 나아가다 보면 어느새……."

나는 재활의가 그런 이야기를 할 때마다 한 귀로 듣고 한 귀로 흘려보낸다. 나라면 해낼 수 있다고? 틀에 박힌 그런 빤한 말은 질색이었다. 아마 재활 매뉴얼에 나오는 응원 문구 중 하나겠지.

재활의가 열성적인 사람이란 건 인정한다. 하지만 그 점도 어딘가 마음에 들지 않는다. 그는 장애 극복 서사에 어떤 로망을 가지고 있는 것 같다. 요즘처럼 기술이 발달한 시대에는 좀처럼 찾아보기 힘든 사례니까. 내가 기적처럼 회복하면, 나와 재활의는 포털 사이트 상단을 장식할지도 모른다. '특수 신경칩 환자와 재활의의 기적 같은 400일!' 누군가는 포털 사이트에 소개되는 걸 영광이라고 여길지도 모르겠다. 하지만 나는 사람들의 구경거리가 되고 싶지 않았다. 가끔 포털에 올라오는 '훈훈한 불행 극복 사연'의 댓글들을 읽다 보면,

사람들이 누군가가 겪었던 불행을 통해서 행복을 느끼려는 것만 같아 어딘가 꺼림칙한 기분이 들곤 했다.

"현서 씨는 그저 운이 조금 없었을 뿐입니다. 자신을 탓하지 마세요."

친절한 재활의는 그렇게 나를 격려했다. 하지만, 나는 '조금' 운이 없는 편이 아니었다. 나는 생긴 건 누가 봐도 모범생이지만, 삼수 끝에 수도권 대학에 겨우 입성했다. 삼수 이력과 삼류 대학. 그런 배경이 담긴 입사 지원서를 보고 눈살을 찌푸리는 인사 담당자의 모습이 눈에 선했다. 이력서는 이미 좆 됐다는 생각에, 졸업 전부터 공무원 시험을 준비했다. 어느새 4년 차 공시생이 됐지만, 아직 1차에도 합격하지 못했다. 나처럼 4년째 공시에 도전 중인 친구와 함께 신세 한탄을 하며 밤늦게까지 술을 마시고 귀가하다가 염병할 놈의 교통사고를 당했다. 노파심에 밝혀두는데 신호를 위반한 건 차량 측이었다. 술에 취하지 않았어도 제한속도를 두 배 넘게 초과해 달린 그 차량에 치이고 말았을 거다.

함께 사고를 당한 친구도 나처럼 하반신이 마비되었지만 평범한 신경칩 삽입 시술만 받고 오래지 않아 퇴원할 수 있었다. 대입 삼수와 공시 사수를 함께했던 친구는 오수 끝에 공시에 합격했다.

오랜 루저 동지를 잃은 나는, 혼자서 병원에 남겨졌다. 나는 늘 루저였다. 그냥 루저도 아니고 루저 중의 루저였다. 성공과는 인연이 멀고 실패에는 한없이 가까운 내가, 이 무지막지한 재활 훈련을 끝마칠 수 있을 리가 없었다.

"씨발! 이제 그만둘래요. 저 도저히 못 하겠어요."

몇 번이나 비슷한 소리를 내뱉었지만, 나는 반강제로 재활 훈련에 임해야 했다. 신형 특수 신경칩의 성능 테스트를 위한 프로그램에 참여한 덕분에 막대한 수술비와 병원비를 면제받고 있기 때문이었다. 이 일마저 포기했다간 도저히 부모님을 볼 면목이 없었다. 하지만 나에겐 재활 훈련에 제대로 임할 의지도, 용기도 부족했다. 입시와 공시에 더해 재활에마저 실패하면…… 삼진 아웃이다. 자타가 공인하는 잉여 인간으로 거듭날 거다. 나는 실패가 두려웠다. 실패가 나를 좀먹는 게 불안해 제대로 잠을 잘 수 없었다. 나는 게임과 마스터베이션을 도피처로 삼았다. 게임 속에선 실패가 용납되고, 감각 증폭에 의한 마스터베이션은 실제 연애와 달리 모든 것이 쉽고 간편하니까(사용자가 원하면 말초적인 감각뿐 아니라, 연애할 때의 두근거리는 감정도 전희처럼 체험할 수 있다).

스마트폰이 압수된 이후에는 현상 유지를 선택했다. 애초에 도전하지 않으면 실패도 없다는 사실을 깨달았기 때문이었다. 나는 몸이 아프다는 핑계로 최소한의 재활 훈련에만 임했고, 사고 후유증으로 머리가 아프다는 핑계로 공시 준비도 중단했다. 그저 멍하니 병실 스마터TV를 쳐다보거나 친구가 가져다준 소설과 만화를 읽으며 하루하루를 소일했다. 언제까지 이런 식으로 이도 저도 아닌 애매모호한 상태를 유지할 수 있을지는 모르겠다. 하지만, 이런 어중간한 현상 유지야말로 나에게 제일 어울린다는 생각이 들었다. 어쨌든 도전을 포기하니 마음도 편해졌다. 하지만 이건 내 탓이 아니다. 게임 용어로 말하자면, 세상은 내게 '난이도'가 너무 높았다. 너무 어려워서 도무지 클리어할 의욕이 나지 않았다.

머릿속에서 습관적으로 신세 한탄을 하고 있던 나를, 검은 슈트의 말이 현실로 데려왔다. "……이제 4분 남았군요. 원하시면 당장이라도 로그아웃을 준비하겠습니다."

"아니, 이봐요. 대체 뭐에서 로그아웃을 한다는 거죠?"

검은 슈트는 미소를 짓더니, 주위를 둘러보며 이렇게 말했다. "이곳으로부터요. 이곳을 포함한 모든 곳으로부터요. 현실을 모방한 이 게임으로부터 말이죠."

"네? 뭐요? 이게 다 게임이라구요?" 나는 내 앙상한 다리를 손가락질하며 말을 이었다. "내 인생이 사실은 게임 속 스토리였다구요?"

이게 게임이라면 내가 겪은 모든 고통은 스스로 선택한 것이란 말인가? 말도 안 되는 개소리다. 검은 슈트는 제정신이 아닌 게 분명하다.

"이해가 빠르시군요. 정확히 그렇습니다. 오현서 씨는 지금 게임을 플레이하고 있습니다. 일단 게임에 참여하면 그게 게임인 줄 잊어버리게 되는, 현실보다 현실 같은 '익스트림 리얼라이프'라는 게임이죠. 만약 유저가 원한다면 게임이 게임임을 자각하게 하는 옵션을 선택할 수도 있습니다. 익스트림 리얼라이프는 다양한 옵션을 제공하고 유저는 모든 걸 원하는 대로 설정할 수 있거든요. 오현서 씨는 이곳이 게임임을 잊는 옵션을 선택하셨습니다. 참고로 로그아웃 요청 코드는 '그만두겠다' 또는 '때려치우겠다' 같은 중단을 의미하는 표현들입니다. 재활 도중에 다 합해서 그런 발언을 아홉 번 하셨는데, 바로 9라는 횟수가 저를 호출하는 조건이었죠."

검은 슈트의 말에, 헛웃음이 터져 나왔다. 한편으론 그런 헛소리를 진지한 얼굴로 내뱉는 그에게 박수를 보내주고 싶었다. 이게 연기라면 아카데미 주연상 감이다. 연기가 아니라면 그냥 미친놈일 뿐이고.

"아저씨…… 이게 정말 게임이라면 뭐, 아저씨는 게임 마스터 같은 존재인가요? 그럼 증명해보세요. 병실에 몬스터를 불러내든지, 버그나 치트키를 써서 벽을 통과하든지, 뭐라도 좋으니 그런 비현실적인 현상을 보여달란 말이에요."

검은 슈트는 내 말에 어깨를 으쓱했다. "그건 불가능합니다."

나는 거봐라, 하는 표정을 지으며 입구를 손가락으로 가리켰다. "당장 나가요."

나의 호통에도 그는 자리에서 꿈쩍도 하지 않았다. 그저 다시 한번 어깨를 으쓱하더니 여전히 진지한 표정으로 말을 이을 뿐이었다.

"기술적으로 불가능한 일은 아닙니다. 하지만 오현서 씨는 이 게임에서 모든 비현실적인 요소를 배제하길 원했습니다. 현실보다 더 현실 같은 게임 환경을 원했으니까요."

잠시 눈을 감고 생각을 정리했다. 나는 세상을 보고 듣고, 또 냄새를 맡고 느낄 수 있다. 이 모든 게 거짓이라는 건 어불성설에 불과하다. 설령 그게 가능하다고 해도 모든 게 가능한 게임 속에서, 굳이 이런 빌어먹을 인생을 살아야 한다는 것은 도무지 말이 안 된다.

"이곳이 현실이 아닐 리가 없어요. 게임 속에서 이렇게 공간을 완벽하게 구현하는 건 불가능해요."

"익스트림 리얼라이프를 완벽하다고 칭찬해주셔서 감사합니다. 하지만 사실, 저희 게임도 100퍼센트 완벽하지는 않습니다. 버그 없는 게임이란 건 존재하지 않으니까요. 만약 사물이나 동물이 두 개로 증식하는 현상을 목격하면 주의하시는 게 좋을 겁니다. 발생률은 낮지만 엄청나게 치명적인 버그 현상이니까요. 그 버그에 휘말렸다간 현실의 자아마저 회복 불가능한 코마에 빠질 수 있습니다. 게임 속 버그가 현실에 심각한 영향을 미치는 거죠."

"이봐요. 나는 그런 현상 따윈 구경도 해본 적이 없어요. 게다가 이게 게임이라면 죽어도 이런 스토리는 원하지 않았을 겁니다." 나는 다시 한번 내 앙상한 두 다리를 향해 손가락질했다.

"그래요. 오현서 씨는 평범한 사람들보다 많은 불행을 겪어야 했죠. 하지만 거기에는 이유가 있습니다. 바로 오현서 씨가 자초했기 때문이죠. 오현서 씨는 '어려움'보다 몇 배는 까다로운 '지옥' 난이도를 고르셨습니다. 조금이라도 더 어렵게 플레이하길 바라셨으니까요." 검은 슈트는 다시 손목시계를 슬쩍 내려다보곤 이렇게 덧붙였다. "어떻게 하시겠습니까? 이제 2분 남았습니다."

나는 고개를 절레절레 흔들었다. "아니, 그걸 지금 말이라고 하시는 건가요? 내 인생이 이렇게 꼬인 이유가, 내가 루저 중의 루저인 이유가 고작 난이도 선택 때문이라구요? 다 내가 자초한 일이라구요?"

내 말에 검은 슈트가 흡족한 표정으로 고개를 끄덕였다. '바로 그겁니다'라고 말하는 듯한 표정이었다.

"이게 진짜 게임이면 상태창 같은 거 불러내보세요. 그러면 믿을게요. 아니면 내가 이곳을 게임으로 자각하는 설정으로 변경해보든가요."

"저에겐 지금 상태창이 보입니다. 하지만 오현서 씨는 상태창을 'OFF'로 설정했어요. 아쉽지만 이제 와서 그 옵션을 조정하는 건 불가능합니다. 이곳이 게임임을 자각하는 설정을 변경하는 것도 불가능한 건 마찬가지입니다. 애초에 오현서 씨가 그렇게 결정했으니까요. 설정을 바꾸시려면 로그아웃을 하시면 됩니다. 자, 이제 1분 15초가 남았군요. 이 게임을 계속 플레이할지 말지를 결정하는 건 오현서 씨의 몫입니다만, 저는 일단 로그아웃을 하는 걸 권유해드리고 싶군요. 상태창에 의하면 스트레스 레벨이 한계치에 가깝습니다. 일단 현실로 복귀하시고 한숨 돌리시는 방법을 추천해드립니다. 저희야 오현서 씨가 조금이라도 오래 게임에 머무는 게 이익이지만, 장기적인 관점에서 보면 그편이 나을 것 같군요." 검은 슈트는 너무나도 진지하고 차분한 목소리로 그리 말했다.

그의 태연한 태도 때문인지, 그의 말이 사실이 아닐까 하는 의심이 들기 시작했다. 남은 시간을 자꾸만 언급하는 것도 마음에 걸렸다. 검은 슈트의 말을 믿는 건 아니지만…… 만약에…… 정말로 만약에, 그 말이 사실이라면……. 내가 이 지랄맞은 인생에서 탈출할 수 있다는 뜻인가?

"잠깐만요. 만약에 로그아웃을 하면요. 그러면 어떻게 되는데요? 제가 다시 걸을 수 있나요?"

검은 슈트는 초조한 눈빛으로 손목시계를 내려다보며 대답했다. “물론입니다. 현실의 오현서 씨는 무척이나 건강하십니다. 원래 이런 말까지 하면 안 되지만 스트레스 레벨이 너무 높으니 한 가지 팁을 드리죠. 현실의 오현서 씨는 성공한 사업가입니다. 이름을 모르는 사람이 없을 정도죠. 로그아웃하면, 지금과는 전혀 다른 삶을 살게 될 겁니다. 아…… 이제 12초밖에 남지 않았군요. 9, 8, 7…….” 검은 슈트는 동정 어린 눈빛과 함께 카운트다운을 이어나갔다. “……5, 4, 3,”

“스톱! 멈춰요!” 나는 다급하게 소리쳤다.

이게 다 사기 행각에 불과하다고 해도 손해 볼 건 없겠다는 생각이 들었다. 어차피 통장 잔고는 바닥이다. 부모님 통장도 사정은 비슷하고. 돈이 목적이라면 상대를 잘못 골랐다. 정신 나간 사람의 농간에 속아 넘어가는 거라면 뭐, 그냥 욕이나 시원하게 한 바가지 퍼부으면 되겠지.

“까짓것 로그아웃인지 뭔지 한번 시도해보죠.”

검은 슈트는 만족스러운 미소를 짓더니, 한 손을 높이 쳐들었다. “이제 제가 손가락을 튕기면, 이 게임에서 로그아웃하게 됩니다. 현실로 돌아가시면 잠시 동안 기억에 혼란을 겪을 수 있지만, 금방 회복되실 겁니다. 저희 익스트림 리얼라이프를 이용해주셔서 감사합니다. 다음번 이용까지 부디 건강히 지내시길…….”

"잠깐만요." 내가 그의 말을 끊었다. "아직 마음의 준비가……. 로그아웃이 그렇게 간단한 거였나요? 무슨 장비 같은 걸 써야 하는 게 아닌가요?"

"이마를 만져보세요. 장비는 이미 착용하고 계십니다."

이마를 만져보니 작은 동전만 한 동그란 금속 물체가 만져졌다. 대체 어느 틈에 이걸 내 이마에……. 그런 생각을 하고 있을 때, 검은 슈트가 손가락을 딱, 하고 튕겼다. 그와 동시에 세상이 무지갯빛으로 물들었고, 다음 순간 암흑이 내려앉았다.

***

"여보? 여보? 괜찮아?"

나를 부른 건 이한솔 선배였다. 한솔 선배는 대학 시절 나의 연인이었다. 외모도 성격도 나의 이상형이었던 선배. 나는 오랜 구애 끝에 선배와 가까워질 수 있었지만 우리의 연애는 삐걱거리기만 했다. 나의 낮은 자존감도 문제였지만, 두 집안의 경제적 격차가 하늘과 땅만큼이나 컸던 것도 문제였다. 그에 더해 두 집안의 종교 또한 상극이었고.

"어…… 선배. 나는 괜찮아. 그런데 여긴 어쩐 일이야? 아니, 여기가 대체 어디지."

한솔 선배는 젖은 수건을 내 이마에 올리며 내 뺨에 입을 맞추었다.

"어디긴 어디야. 맨해튼에 있는 우리 집이지. 열이 잘 안 떨어지네."

한솔 선배는 컵과 알약을 하나 내밀었다. 해열제라고 했다. 나는 물과 함께 알약을 삼켰다.

"익스트림 라이픈지 뭔지 너무 열중하지 말라고 했잖아. 출장 갔다 돌아오니까 게임 삼매경이더라. 로그를 보니까 일주일 넘게 플레이 중이었어. 아무리 게임 슈트에서 영양분이 공급된다고 해도 그런 식으로 너무 오래 플레이하면 건강에 안 좋다고 하더라. 뭐, 일본에서는 3년 넘게 접속 중인 사람도 있다곤 하지만……."

잠깐. 우리 집이라고?

"선배. 우리 같이 사는 거야? 우리 막 여보라고 부르는 그런 사이가 된 거야?"

"왜, 나랑 헤어지고 싶어졌냐? 게임 속에서 더 좋은 사람이라도 만난 거야?"

나는 한솔 선배를 꼭 끌어안았다. 그 순간, 기억이 한꺼번에 머릿속으로 쏟아져 들어왔다. 그래. 우리는 당당히 양가의 허락을 받고 졸업 직후 결혼에 성공했다. 아니, 굳이 성공이라고 표현할 것도 없었다. 우리의 결혼에는 어떤 장애물도 없었으니까. 우리 집안은…… 게임에서와 달리, 유명 가전 브랜드와 통신 사업체 등을 소유한 재벌가였다. 나는 한순간에 루저에서 위너로, 흙수저에서 금수저로 거듭났다. 강북의 고시원을 전전하던 무주택자에서, 뉴욕 부촌의 다주택자로 탈바꿈했다.

고열은 하루가 지나자 감쪽같이 사라졌다. 로그아웃으로 인한 기억의 혼란 또한 빠르게 진정되어갔고. 나의 진짜 기억이 가짜 기억을 빠르게 대체했다는 뜻이다.

검은 슈트가 귀띔했던 것처럼, 나는 성공한 사업가였다. 일론 머스크의 아들을 비롯한 톱클래스 셀러브리티들이 나의 SNS를 팔로우했으며, 내 게시글 하나에 주가가 요동칠 정도로 나는 엄청난 거물이었다. 부모님의 지원도 있었지만, 피나는 노력 끝에 이루어낸 성과였다.

예수님이 십자가에서 "다 이루었도다!"라고 하신 것처럼, 나는 게임 속의 구질구질했던 루저와는 달리, 정말로 모든 걸 다 이룬 상태였다. 돈이란 건 정말 기묘한 물건, 혹은 개념이었다. 게임 속에선 아무리 모으려 해도 산산이 흩어지기만 했던 돈이란 놈은, 현실에선 마치 설원을 구르는 눈덩이처럼 저절로 불어만 갔다. 일정 규모 이상이 되면, 돈이 저절로 돈을 만드는 사회 시스템 덕분이었다.

이자 소득만 해도 엄청났지만, 사업 또한 번창하고 있었다. 대체 불가능한 핵심 통신 기술의 특허를 확보하고 있는 관계로, 우리 집안 사업이 망하는 일은 불가능했다. 게임 용어로 말하자면, 세상은 내게 있어 '난이도'가 너무 낮았다.

로그아웃한 이후, 처음 몇 년 동안은 더할 나위 없이 풍족한 현실을 만끽하고 또 만끽했다. 게임 속이라곤 해도 흙수저 생활을 하느라 강제로 근검절약을 실천하던 나는, 고삐 풀린 망아지처럼 아낌없이 돈을 써재꼈다. 잡지에서만 보던 한정판 클래식 명품카의 대명사인 페라리 250 GTO와 전 세계에 단 열 대뿐인 명품 중의 명품 부가티 센토디에치를 마치 중국집에서 음식을 주문하듯 가벼운 마음으로 구매했다. 하지만 맨해튼의 부촌에서는 한정판 톱 티어 스포츠카와 흔하게 마주칠 수 있다는 사실을 깨닫고는(한정판 모델은 하나하나가 모두 희귀하지만, 우리 동네에선 한 집만 건너도 그런 희귀 모델이 주차되어 있다. 세상엔 이런저런 회사에서 만든 한정판 명품카가 존재하기 때문이다), 거액을 들여 오직 나만을 위한 전용 모델을 주문했다.

나는 계속해서 게임 속 흙수저 시절 망상했던, 크고 작은 일들 또한 하나둘 현실로 바꾸어갔다. 업계 최고의 전문가를 고용해, 엄선한 최고급 건축자재로만 개인 음악 감상실과 영화관을 만들었다. 음악 감상실에는 경매에서 구매한 희귀 LP와 뮤지션들이 나를 위해 직접 사인한 음반이 즐비했고, 영화관에는 모든 규격의 필름을 재생하는 각종 영사기가 수많은 영화 필름과 함께 완비되어 있었다. 왜 하필 아날로그에 집착하느냐고? 누구에게나 평등한 디지털은 흔해빠진 물건에 불과하다. 반면, 관리가 번잡하고 까다로운 아날로그는 나를 다른 인간들보다 더욱 평등하게 만들어준다. 개인 영화관이 완공된 날, 나는 조지 오웰 원작의 애니메이션 〈동물농장〉의 1954년도 버전을 감상하면서, '나폴레옹'이란 이름의 돼지를 응원했다. 한편, 내가 신는 구두는 합성 접착제 따윈 사용하지 않은 완전한 천연 소재로만 제작되었고, 속옷 한 벌까지 모두 최고급 오가닉 코튼을 이용해 인간문화재급 장인이 만든 것이었다. 그에 더해 이름도 외우기 힘든 요리와 단 한 잔 값만 계산해도 직장인의 평균 연봉을 훌쩍 뛰어넘는 고급 와인, 언제 어디든 편하게 날아갈 수 있는 전용기, 손가락만 까딱이면 온갖 것들을 대령하는 고용인들까지. 루저 시절의 온갖 망상이, 현실에서 모조리 실현되어갔다.

임계점을 넘어선 돈은 램프의 요정 지니에 버금가는 능력을 발휘했다. 지니는 겨우 세 번의 소원을 들어주었지만, 줄어들 줄 모르는 통장은 무한 번의 소원을 들어줄 준비가 되어 있었다.

지니의 도움으로 모아들인 온갖 물건들은 나를 기쁘게 만들었지만, 나는 곧 그런 물건들에 익숙해졌다. 그것들은 그저 공기와도 같은 당연한 것으로 변해갔다. 이상하게도, 수십

억을 들인 음악 감상실에서 듣는 음악은, 흙수저 시절에 싸구려 이어폰으로 듣던 음악보다 못하다는 느낌이 들었다. 그 밖의 많은 것도 어째서인지, 나에게 큰 감흥을 불러일으키지 못했다.

그러니까 문제는 난이도가 너무 낮다는 데 있었다. 고된 알바를 뛰어서 구입한 저렴한 이어폰과 음반은 투입한 돈을 훨씬 능가하는 기쁨을 주었지만, 거의 아무런 수고도 들이지 않은 채 획득한 음악 감상실과 앨범 컬렉션은, 마치 치트키를 사용하고 클리어한 게임처럼 어떤 감동도 선사해주지 못했다.

어느새 나는 돈으로 무한히 소원을 비는 일에 질리고 말았다. 무한히 실현되는 소원은 이미 소원이라 할 수 없었다. 세상엔 치트키를 켜고 게임을 해도 즐거움을 만끽하는 부류가 있다. 하지만 나는 그런 부류가 아니었던 모양이었다. 나는 '모든 걸 다 이룬' 현실이 못마땅하게 느껴지기 시작했다. 게임 속 루저 시절이 그립기까지 했다. 그땐 모든 것이 고되고 힘들었지만, 최악의 상황을 타파해나간다는 확고한 목표가 있었다. 난이도는 지랄맞게 높았지만, 그만큼 하나하나의 스테이지를 공략하는 기쁨 또한 강렬했다.

선배와 함께 집 앞의 센트럴파크를 산책하던 어느 날, 나는 선배에게 게임으로 돌아가겠다는 결심을 밝혔다.

"현서야. 정말 그래야겠니?" 한솔 선배가 서글픈 얼굴로 나를 바라보며 말했다.

하지만 나는 마음을 굳혔다. 게임 속에서 한솔 선배와 나는 맺어지지 못한 상태였지만, 서로를 향한 마음은 한결같았다. 두 집안이 우리를 갈라놓으려 할수록, 우리는 서로를 더욱 간절히 원하게 되었다. 그래, 마치 로미오와 줄리엣처럼, 역경과 고난이 있었기에 우리는 절실한 마음을 키워나갈 수 있었다. 하지만 이곳 현실에서는, 어떤 역경도 고난도 없는 현실에서는, 서로를 향한 마음이 어딘가 얄팍하고 가짜처럼 느껴졌다.

나는 역경과 고난을 원했다. 그것이야말로 진정으로 내가 찾던 목표이자 과정임을 깨달았다. 그런 이유로, 나는 막대한 돈을 들여 게임 슈트를 주문 제작했다. 보급형 모델과는 달리, 건강한 몸을 유지하기 위한 온갖 기능이 추가된 상태였다.

"미안해, 선배. 나한텐 꼭 필요한 일이야."

선배는 고개를 떨구고 무너지듯 벤치에 주저앉았다. 무거운 침묵이 우리를 에워쌌다. 나는 어떤 말로도 선배를 위로할 수 없었다. 선배에겐 미안하지만, 나는 현실의 선배가 아니라 게임 속의 선배를 원한다. 물론, 선배는 물건이 아니다. 하지만 나는 쉽게 얻을 수 있는 게 아니라, 쉽게 얻을 수 없는 걸 원한다. 그것이 돈이든, 물건이든, 사람의 마음이나 사회적 명성이든 상관없이. 우리는 침묵과 함께 귀가했다. 그날 선배는 옷가지를 챙겨 한국으로 떠났지만, 나는 선배를 붙잡지 않았다. 붙잡고 싶은 마음이 들지 않았다. 그러기는커녕, 방해꾼이 사라졌다는 생각에 홀가분한 마음마저 들었다.

그로부터 며칠 후, 주문한 게임 슈트가 도착했다. 나는 슈트를 입고 특수 용액으로 가득한 욕조에 몸을 뉘었다. 체온에 맞게 관리되는 용액은 차갑지도 뜨겁지도 않았다. 이 욕조는 장기간 로그아웃을 하지 않아도 주문 제작한 슈트와 함께 건강한 몸을 유지하게 해줄 것이다.

이제 나는 다시 그 지랄맞은 난이도의 게임으로 돌아간다. 지니 따윈 없는 각박한 곳으로. 벽을 하나 넘으면 더욱더 커다란 벽이 기다리고 있는 곳으로. 플레이는 고단할 것이다. 절망에 허우적거리며 세상을 저주할지도 모른다. 하지만 각 단계를 클리어할 때마다, 나는 모든 게 완벽한 이곳에서는 맛볼 수 없는 순도 높은 희열을 맛볼 것이다.

나는 이마에 부착한 금속 패치를 지그시 눌러, 익스트림 리얼라이프에 다이브했다.

***

눈꺼풀 위로 따스한 햇살이 느껴진다. 청량하게 부서지는 파도 소리. 기분 좋은 소리에 귀를 기울이자 마음이 편안하고 차분해진다. 나는 지금 해변에 누워 있다. 이곳은 익스트림 리얼라이프의 대기실. 평온한 마음으로 나에게 꼭 맞는 온갖 옵션을 선택할 수 있는 최적의 환경을 제공하는 곳이다.

눈을 뜨자 투명한 에메랄드빛 바다가 나를 반긴다. 나는 자리에서 일어나 새하얀 모래사장을 걷기 시작했다. 걸음을 옮길 때마다 햇빛에 적당히 달궈진 모래 알갱이가 발밑을 간질인다.

상쾌한 바닷바람을 맞으며 얼마쯤 걷다 보니, 눈앞에 반투명한 파란색의 윈도우 창 하나가 떠올랐다. 내 마음이 충분히 안정됐다고 시스템이 판단했다는 뜻이다. 나는 시스템의 안내에 따라 다양한 옵션을 설정해 나아갔다. 어느새 두 가지 옵션만이 남아 있었다.

[옵션 F12: 시간 배속을 설정합니다. 원하는 값을 입력해주십시오.]

최대한 현실 같은 게임을 즐기고 싶었던 나는, 현실과 같은 속도인 숫자 1을 입력했다.

[옵션 F13: 게임을 현실로 인식하시겠습니까? Y/N]

N을 선택했다.

[익스트림 리얼라이프가 게임임을 인식하게 됩니다. 정말 이대로 진행하시겠습니까? Y/N]

Y를 선택했다. 익스트림 리얼라이프는 게임임을 인지하지 못해야 제작진이 의도한 진정한 재미를 느낄 수 있다. 하지만 내가 플레이하던 '지옥' 난이도는 피를 토할 정도로 끔찍하게 어려우니, 좀 더 가벼운 마음으로 즐기고 싶었다. 안 그랬다간 지난번처럼 좌절에 빠지고 말 테니까.

모든 옵션을 설정하자 석양이 지면서 수평선을, 온 해변을, 붉게 물들였다. 이윽고 해변에 밤의 커튼이 내려왔다. 문득 고개를 올려 밤하늘을 올려다보니, 수많은 별이 쏟아질 듯 반짝이고 있었다. 넋을 놓고 별빛을 바라보던 나는, 어느새 침대 위에 누워 있는 자신을 발견했다. 나는 플라네타륨이 병실 천장에 영사한 밤하늘을 바라보고 있었다.

"무슨 기분 좋은 일이라도 있으세요?" 간호사가 해맑은 미소와 함께 물었다.

간호사는 그저 NPC에 불과했지만, 나는 그녀의 미소가 너무나도 마음에 들었다. 다시 익스트림 리얼라이프에 뛰어든 일이, 이번엔 이 모든 게 게임임을 자각하고 있다는 사실이,

나를 흥분하게 만들었다. 나는 간호사의 질문에 환한 미소를 지으며 고개를 끄덕이는 것으로 긍정의 대답을 내놓았다.

"자, 한 발짝만 더요. 현서 씨라면 할 수 있어요!"

나는 혼신의 힘으로 재활에 임했다. 쏟아지는 땀과 함께, 지옥 같은 고통과 함께, 고된 훈련에 매진했다. 지난번과는 달리 고통은 나를 기쁘게 만들었다. 그래, 나는 기꺼웠다. 나에게 절대적인 과제가 주어졌다는 사실이, 재활이라는 확고한 목표가 있다는 사실이.

"오늘은…… 더는 못 하겠어요. 아니, 이제 그만둘래요."

물론, 다 때려치우고 싶을 때도 있었다. 아니, 사실대로 고백하자면 그럴 때가 더 많았다. 하지만 아무리 '그만두겠다', '때려치우겠다' 같은 말을 내뱉어도 검은 슈트는 나타나지 않았다. 내가 그렇게 설정했으니까.

한 방송사에서 나의 재활 훈련을 다큐멘터리로 제작했다. 편집되지 않은 영상 속에서, 나는 온갖 거친 욕설을 수도 없이 내뱉는다. 재활의에게, 간호사에게, 나 자신에게, 다큐멘터리 감독에게, 카메라맨에게, 조명 담당자에게, 음향 담당자에게 온갖 저주를 퍼붓는다. 압도적인 고통에 나는 무너지고 또 무너진다.

하지만 그 모든 고통에도, 시련에도, 나는 포기하지 않았다. 클리어가 불가능한 게임은 없다고 나를 다독이며, 버티고 또 버텨냈다. 다시 처음부터 걸음마를 배운다는 각오로, 그 모든 걸 인내했다.

나는 결국 고된 재활 훈련을 2년 만에 끝마쳤다. 사고 전과 똑같은 수준으로 몸을 회복하는 일에 재활의마저 회의적인 시선을 보냈지만, 나는 기어이 그 일을 해내고 말았다. 재활의가 제시한 원래 일정보다 배는 더 빠른 속도로.

다큐멘터리가 공개된 이후, 정말로 망할 놈의 포털 사이트 상단에 떡하니 나와 재활의의 사연이 소개되었다. 하지만 그리 찜찜한 기분은 들지 않았다. 어차피 게임일 뿐이니까.

재활에 성공한 나는, 제일 먼저 한솔 선배를 찾아갔다. 우리는 헤어진 것도 아니고 헤어지지 않은 것도 아닌 어중간한 관계였지만, 한솔 선배는 진심으로 나를 반겨주었다. 누구보다 나의 회복을 축하해주었다.

우리 사이는 결코 쉽지 않았다. 양가에서 끈질기게 반대했으니까. 양가의 끈질긴 반대에도, 아니, 그런 반대가 있었기에, 한솔 선배와는 더욱 애틋한 사랑을 꽃피울 수 있었다. 우리는 어느 작은 성당에서 결혼식을 올렸다. 열댓 남짓한 하객들만이 참가해 절반이 넘는 좌석이 썰렁하게 비어 있었지만, 서로를 향한 우리의 마음이 식장을 뜨겁게 달구었다.

예전엔 9급 공무원 시험을 준비하던 나는, 종목을 바꿔 5급에 도전하여 2년 만에 합격했다. 아마 현실이었다면 해내지 못했을 거다. 게임에선 실패가 용인되지만, 현실에선 실패하는 사람에게 낙인이 찍히니까. 공무원 생활은 1년 만에 그만두었다. 끈기가 없어서가 아니었다. 안정적인 공무원에서 벗어나, 도전적인 일에 뛰어들고 싶었기 때문이었다. 나는 증강현실을 이용한 의료기기 사업을 시작했고, 보기 좋게 실패했다. 하지만 집요하게 도전하길 반복했고, 결국 사업을 궤도에 올리는 일에 성공했다.

나는 그 뒤로도 도전을 멈추지 않았다. 지금은 우주에 떠도는 쓰레기를 관측하고 청소하는 사업에 도전 중이다. 경쟁이 치열한 분야인 만큼, 고배를 마시며 실패를 거듭하고 있지만, 결코 포기하지 않을 것이다.

내가 선택한 난이도는 여전히 '지옥'이지만 플레이의 양상은 대폭 달라졌다. '익스트림 리얼라이프'는 현실과 똑같은 묘사를 추구하는 만큼, 게임 속 NPC들은 늘 나의 실패에 손가락질한다. 하지만 나는 그런 반응에 개의치 않는다. 실패하고 또 실패하며, 조금씩 앞으로 나아가는 것이 바로 게임의 미덕이니까. 게임은 실패를 지지하고, 응원하니까. 그렇게 나는 게임 속에서 나를 지지하고 응원하는 법을 배워나갔다.

나는 아무런 역경도 고난도 없는 현실이 아니라, 이곳, 게임 속 가짜 현실을 사랑하게 되었다. 어떤 애틋한 사연도 공유하지 못했던 진짜 현실의 한솔 선배가 아니라, 숱한 가슴

아픈 일들을 함께한 가짜 한솔 선배를 사랑하게 되었다. 하지만 가끔은 이 가짜 현실이 지긋지긋하게 느껴질 때도 있었다. 결국엔 이 모든 것이 가짜라는 생각에 허무함이 밀려들곤 했던 것이다. 그렇다고 해서 아무런 고난도 없는 현실로 복귀하고 싶지는 않았다. 이곳을 현실로 인식하도록 하는 F13 옵션을 바꾸고 싶지도 않았고. 그랬다간 예전처럼 현실의 버거움에 압도되고 말 테니까(실은 가짜 현실이라 해도 그 사실을 잊으면 어느 순간, 현실에 압도되고 말 것이다).

한동안 두 세계에서 갈등하던 나는, 이윽고 마음을 굳혔다. 나는 영원히 이곳에 머물기로 했다. 만족할 수 없는 현실에 대한 미련을 버리면, 이곳을 좀 더 소중하게 여길 것 같았으니까.

이곳에 영원히 체류하기 위해서는 다시 한번 현실로 돌아가 게임 슈트를 개량해야만 했다. 이번엔 로그아웃하기 위해 좌절의 메시지를 외칠 필요가 없었다. 미리 설정해놓은 로그아웃 코드를 읊조리기만 하면 되니까.

***

"왔니?" 한솔 선배가 막 욕조에서 눈을 뜬 나를 바라보며 말했다.

"……어. 지금 막 로그아웃했어. 언제 맨해튼으로 돌아온 거야?"

"우선 샤워부터 해. 주방에서 기다리고 있을게."

선배의 도움으로 욕조에서 나왔다. 장기간 근육을 사용하지 않은 탓에, 다리가 후들후들 떨렸다. 개량된 슈트를 사용하며 장기 플레이를 위해 설계된 욕조를 이용했음에도, 수개월에 걸친 플레이는 여전히 몸에 적지 않은 부담을 주는 것 같았다.

뜨거운 물로 샤워를 하고 주방으로 향했다. 주방 안은 식욕을 자극하는 고소한 냄새로 가득 차 있었다.

"앉아." 주방 조리대에 서 있던 선배가 그릇에 죽을 담으며 말했다. 내가 가장 좋아하는 삼계죽이었다. "뜨거우니까 천천히 식혀가면서 먹어. 주치의한테 물어보니까 당분간은 딱딱한 음식은 피하는 게 좋다고 하더라."

나는 선배에게 고맙다고 말하고는 순식간에 죽을 비웠다. 연달아 두 그릇을 비우고 나서, 선배에게 다시 물었다. "선배는 언제 돌아온 거야?"

"그게…… 그날 공항으로 가는 척만 한 거야. 네가 혼자서 조용히 로그인하고 싶어 하는 눈치였거든. 근데 너 그 슈트 다시 개량해야겠더라. 영양분 공급 장치가 자꾸 먹통이 되는 것 같더라고. 제조사에 연락해서 두 번이나 교체했는데도 마찬가지였고."

선배는 줄곧 나를 보살피고 있었던 눈치였다. 나는 미안하다는 말을 하려다 그만두었다. 나는 더 미안한 일을 계획하고 있으니까. 영구적으로 게임 속으로 다이브할 작정이었으니까.

다시 돌아온 현실 속에서, 한솔 선배는 변함없는 친절과 애정으로 나를 대했다. 내가 다시 게임 슈트를 개량해, 게임 속으로 영원히 다이브하겠다는 결심을 밝혔을 때도 선배는 나를 원망하지 않았다. 선배는 그저 서글픈 표정으로 나를 바라볼 뿐이었다. 더는 현실의 선배를 사랑하지 않는다 해도, 그런 선배의 얼굴을 보는 것은 무척이나 힘든 일이었다.

그럴 수만 있다면, 나는 현실의 선배를 사랑하고 싶었다. 게임 속 가짜 선배가 아니라, 피와 살을 가진 진짜 선배와 사랑에 빠지고 싶었다. 하지만 아무리 노력해도 나는 현실의 선배에게 마음을 열 수 없었다. 언제나 나를 지지해주는 선배를 생각하면 애잔한 마음이 들지만, 그뿐이었다. 애초에 어떤 애틋한 추억도 함께 나누지 않았던 나를, 왜 그렇게 좋아해주는지 의문이 들기도 했다.

나는 선배를 혼자 내버려두고, 게임 슈트 개량에 몰두했다. 가끔씩 죄책감이 고개를 쳐들었지만, 그런 감정을 억누르기 위해 더욱 슈트 개량에 매달렸다. 제작사는 '영구 로그인'

이라는 말에 난색을 보였지만, 내가 제시한 막대한 투자금에 빠른 개발을 약속했다. 이번에도 지니의 힘이 통한 것이다.
나는 제작자들과 협업하며 빠르게 슈트를 완성해 나아갔다. 선배가 지적했던 잔고장이 많은 영양분 공급 장치를 완전히 새로 만들었다. 피부와 근육을 자극해 욕창 방지와 운동 효과를 가져다주는 EMS 장비를 대폭 개선하는 것에 더해, 게임 속에서 운동을 할 경우, 현실의 몸도 똑같이 반응하게 만드는 의식 동기화 장치를 도입했다. 과격한 움직임 또한 가능하도록 기존의 작은 욕조를 초대형 수조로 교체했다. 제작사에서 파견한 기술진과 의료진이 스물네 시간 나를 관찰하며 내 건강을 관리해줄 예정이었다.

익스트림 리얼라이프에 로그인하기 전날, 그러니까 영원히 현실을 떠나기 전날, 나는 선배와 함께 센트럴파크를 산책했다. 마지막으로 진짜 선배와 시간을 보내고 싶어서였다. 현실의 선배에게 그 정도는 해줄 수 있었으니까.

"내가 없어도 너무 슬퍼하지 말았으면 해. 내가 억지로 현실에 남아 있어도 우리 둘 다 불행해질 뿐이야. 그래, 내가 없어야 선배도 행복할 수 있을 거야."

산책에서 돌아오는 길. 나는 그런 위선적인 말로 선배를 위로하려 했다. 한솔 선배는 긍정도 부정도 하지 않고 그저 묵묵히 걸음을 내디딜 뿐이었다.

"어? 저게 뭐지?"

스트로베리필즈를 통과해 공원을 나서기 직전, 이상한 일을 목격했다. 나무 위에서 내려온 다람쥐가 이매진(IMAZINE)이라는 글자가 쓰인 모자이크 타일 위에서 갑자기 두 마리로 분열하더니, 서로 다른 방향으로 달려간 것이다. 나는 그중 한 마리를 눈으로 좇았다. 다람쥐는 수풀 속에서 녹색 점으로 분해되어버렸다.

"선배, 지금 저거 봤어? 다람쥐가 갑자기 두 마리로 분열했어. 그러다 녹색 점 같은 걸로 변해버렸고. 이게 대체 무슨 일이지?"

"응? 난 못 봤는데? 잘못 본 거겠지. 이제 슬슬 돌아가자. 비가 올 것 같으니까."

선배 말대로, 갑자기 하늘이 흐려지면서 당장이라도 비가 내릴 기세였다. 하지만 나는 다람쥐가 마음에 걸렸다. 내가 정말로 잘못 본 것일까. 혹은…… 혹은, 어쩌면 이곳이야말로, 내가 현실이라고 믿고 있던 이곳이야말로…….

그때, 갑자기 벼락이 치고 천둥소리가 뒤따랐다.

"그쪽으로 가면 안 돼."

넋이 나간 표정으로 다람쥐가 분열했던 이매진 모자이크 서클에 발을 내딛자, 선배가 필사적으로 나를 만류했다. 그 순간, 어쩌면 검은 슈트가 나에게 권한 건 로그아웃이 아니라 로그인일지 모르겠다는 생각이 뇌리에 떠올랐다. 어쩌면 그는, 너무나도 버거운 현실을 내가 게임처럼 편하게 받아들이게 하려던 게 아니었을까. 그런 방식으로 내가 현실에 적응하도록 만들기 위해, 나를 속인 것이 아니었을까.

잠깐. 검은 슈트는 익스트림 리얼라이프의 모든 설정은 사용자가 내린 선택에 의해 이루어진 것이라고 했다. 그렇다면, 검은 슈트가 아니라 내가 나를 속인 걸까? 나는 그런 의문과 함께 서클의 중심부에 한 발짝 더 다가섰다.

"거긴 안 돼."

어느새 장대처럼 내리치는 빗발 속에서, 선배가 다시 한번 나를 만류했다. 나는 걸음을 멈추고, 선배를 바라보았다. 다람쥐의 분열은 나의 착각에 불과할까. 혹은 저 지점이 버그를, 글리치를 일으키는 지점이기 때문에 선배가 나를 막아서는 걸까. 사실은 이곳이 게임 속이고, 게임이라 믿고 있던 곳이 현실일까. 어쩌면 내가 사랑하던 가짜 선배야말로 진짜 선배가 아니었을까.

대체 어느 곳이 진짜 현실일까. 나는 진실을 알고 싶었다. 만약 내가 게임이라고 알던 곳이, 종종 허무함에 사무쳐야 했던 그곳이, 진짜 현실이라면, 나는 어쩌면 이번에야말로 온전히 현실을 받아들일 수 있을지도 모른다. 어떤 필터도 없이 어떤 조작도 없이 현실을 포용할 수 있을지도 모른다. 내가 이미 납처럼 묵직한 현실을 이겨내는 근육을 길러냈다는 이야기가 되니까. 더는 실패에 연연하는 그런 못난 사람이 아니라는 이야기가 되니까.

돌연, 나의 몸이 두 개로 분열했다. 다음 순간, 나는 작은 점으로 분해되기 시작했다. 뒤늦게 검은 슈트가 했던 말이 떠올랐다. 익스트림 리얼라이프에는 치명적인 버그가 있다는 말이. 발생률은 낮지만 한번 휘말렸다간 현실의 자아마저 회복 불가능한 코마에 빠진다고 했던가.

두 명의 나는 거의 동시에 눈을 질끈 감았다. 나는 이게 그 버그가 아니길 바랐다. 다시는 루저가 되고 싶지 않았다.

지금, 마지막 녹색 점이 공중에서 분해되고 있다. 주마등이 눈앞에서 아른거린다. 나는 빌었다. 눈을 뜨면 한때 가짜라고 여기던 진짜 한솔 선배가 내 곁에 있기를. 어느 곳에서 깨어난다 해도 모든 진실을 기억하고 있기를. 그 진실이 나를 구원하기를. 아니, 나를 구원하는 것이야말로 진정한 진실이 되는 것이 아닐까. 설령 그것이 거짓이라 해도…….

거기까지 생각했을 때, 시야가 암흑으로 물들었다.

회귀

#기록: 1

리본형 초끈이론이 증명되던 날, 무덤 속의 아버지는 영웅이 되었다. 《타임》지의 표지를 장식한 사진 속에서, 푸른색 보타이에 두꺼운 뿔테 안경을 쓴 아버지는 너무나도 인자하게 웃고 있었다. 아버지가 애용하던 그 푸른색 리본 모양의 타이는 리본형 초끈이론, 이른바 리본이론의 창시자인 아버지를 뜻하는 심벌이 되었다. 아버지의 3주기 기일을 앞둔 어느 날, 지독한 생활고에 시달리던 나는 그 푸른색 보타이를 경매에 내놓았다. 시작가부터 이미 어마어마한 액수가 책정되었지만, 경매 하루 전 나는 보타이를 불태워버렸다. 술기운에 저지른 일이었다. 하지만 맨정신일 때 역시 그놈의 보타이를 보면 울화가 치밀었다.

아버지는 과학사에 알베르트 아인슈타인과 리처드 파인만에 버금가는 위대한 업적을 남긴 위인이지만, 집 안에서는 그저 폭군에 지나지 않았다. 나는 아버지에 관한 진실을 알리려고 수년을 쏟아부었다. 결과는 처참했다. 미디어는 아버지의 가정 폭력을 두고 압도적인 천재성에 필연적으로 수반되는 광기라 미화했다. 이중성은 아버지를 한층 더 유명하게 만드는 데 일조했을 뿐이다. 동시에 나라는 인간은 친부의 위대함을 견디지 못하고 자멸해버린 '실패한 아들'의 전형으로 추락했다.

사회적인 성공과는 거리가 먼 나는 어쩌면 정말로 실패한 인간일지 모른다. 하지만 적어도 폭군은 아니었다. 나는 아버지처럼 되지 않기 위해 평생을 노력했다. 나는 아버지를 빼닮은 욱하는 성격을 속으로 억누르고 또 억눌렀다. 사춘기 이후로 그 어떤 상황에서도 폭력을 쓰지 않았다. 하지만 아버지에게 고스란히 물려받은 또 하나의 결점인 고약한 술버릇만큼은 어찌하지 못했다.

미디어에 된통 당한 후로는 이름은 물론 성까지 바꾸어가며 아버지의 그림자에서 벗어나기 위해 발버둥 쳤지만 이 역시 그리 성공적이지 못했다. 못된 술버릇 덕분에 여러 직장을 전전해야 했던 나는, 아버지의 업적을 바탕으로 설립된 기업,

라플라스에 반대하는 시민 단체에서 활동하기 시작했다. 나는 라플라스가 가져온 폐해라고 일컬어지는, 기술 독점에 의한 빈부 격차의 심화나 우주 생태계의 파괴 따위에는 아무런 관심이 없었다. 그렇지만 아버지의 명성에 흠집을 낼 수 있다는 것만으로도 시민 단체의 얼굴마담 역할은 충분히 보람 있는 일이었다. 동료들은 내가 아버지의 아들이기 때문에 하찮은 보수로 나를 이용했을 뿐이지만, 죽은 아버지 얼굴에 침을 뱉을 수만 있다면 다른 건 아무래도 상관없었다.

아버지와 너무나도 흡사한 나의 얼굴을 환영했던 그들은, 아버지와 너무나도 흡사한 나의 술버릇까진 환영하지 않았다. 시민 단체에서 쫓겨난 후, 나는 그 어떤 곳에서도 받아들여지지 않았다. 결국 나는 라플라스를 찾아가 시몬에게 아부를 떨어야만 했다. 아버지는 생전에 변종 3D 스도쿠 게임의 개발 자금을 마련하기 위해 라플라스의 보유 지분에 이어 리본이론의 몇몇 비공개 수식과 그를 응용한 차원 풀림 장치의 설계도면에 대한 권리를 헐값에 넘겼기 때문에, 나는 라플라스의 경영이나 수익에 관한 어떤 권리도 갖고 있지 못했다.

라플라스의 오너 시몬은 5분간의 면담 끝에 두 가지 조건을 내걸고 돌아온 탕아를 받아들였다. 첫 번째 조건은 내가 입사했다는 사실을 사측에서 언제든지 기업 홍보에 이용할 수 있으며, 나에게서 아버지에 대한 발언권을 박탈한다는 것이었다. 라플라스에 반대하는 시민 단체의 아이콘과도 같던 내가 증오해 마지않던 아버지에게 무릎을 꿇었다는 사실은 라플라스에게 있어 무엇보다 반가운 소식이었으리라. 두 번째 조건은 16주간 알코올의존증 재활 치료를 받는다는 것이었다.

첫 번째 조건은 나의 커리어는 물론 인생 전체를 정면으로 부정하는 굴욕적인 일이었다. 하지만 곧 태어날 딸아이를 위해 군말 없이 조건을 받아들였다. 나는 다시는 술에 입을 대지 않겠다 맹세하고 이를 악물며 고된 재활 치료를 견뎌냈다. 그 후 6년간, 악마의 피와도 같은 '술'이란 게 세상에 존재하지 않는다고 자신을 속이는 데 성공했다. 아버지의 연구로 인해 탄생한 회사 덕에 먹고사는 셈이었지만, 그 6년 동안 나는 태어나서 처음으로 아버지의 존재를 온전히 잊고 지낼 수 있었다. 딸아이 수지는 내 보잘것없는 인생을 빛으로 충만케 해, 더는 아버지라는 어둠이 들어설 자리가 없었다.

하지만 마법과도 같은 6년이 지난 후, 나는 맹세를 어기고 말았다. 그날은 내 생일이었다. 생일을 기념해 찾은 고급 레스토랑에서는 특별한 날을 맞이한 사람에게 와인을 한 잔 대접하는 전통이 있다고 했다. 나는 축하주를 정중하게 거절했지만, 아내 한나는 내가 다시는 알코올 따위에 지지 않을 거라며 웨이터에게 와인을 가져다 달라고 부탁했다. 돌연 눈앞에 놓인 와인 잔을 거부하고 싶었지만, 곧 그래서는 안 된다는 결론에 이르렀다. 내가 정말로 알코올을 극복했다는 걸 증명하기 위해서라도 나는 눈앞의 잔을 비워야만 했다. 한 잔은 두 잔이 되었고, 두 잔은 석 잔이 되었다. 그러자 한나의 눈동자가 불안하게 흔들리기 시작했다. 이미 알코올에 지배권을 넘겼던 나는 네 번째 잔 앞에서 초인적인 의지력을 발휘해 잔을 물리치는 데 성공했다. 아내는 내 손을 마주 잡으며 이제 악몽은 다 지나갔고, 무슨 일이 있어도 나를 믿는다고 귓가에 속삭였다.

레스토랑 인근의 몰에서 쇼핑하고 나서 운전대를 잡았을 때는 이미 취기가 가라앉은 뒤였다. 수지는 호숫가로 드라이브를 하러 가자고 엄마를 졸라댔다. 한나는 너무 늦은 시간이라서 안 된다고 했지만, 딸 바보인 나는 어차피 가는 방향이니 잠시만 들르자고 아내를 설득했다. 아내와 딸아이는 차창을 활짝 열어젖히고 기분 좋게 쏟아지는 바람을 온몸으로 받아들였다. 부드럽게 달빛을 반사하는 잔잔한 호숫가를 일주하는 동안 나도 모르게 루 리드의 〈퍼펙트 데이(Perfect Day)〉 멜로디를 흥얼거렸다. 그야말로 완벽한 하루처럼 느껴졌다.

귀가하는 길에 세찬 비가 쏟아지기 시작했다. 예정에 없던

드라이브 탓에 연료 경고등이 깜빡거려 호숫가 근처의 허름한 주유소에 차를 댔다. 아내와 딸아이는 연신 웃음을 터뜨리며 스무고개 게임에 열중하느라 차에서 내리지 않았다. 주유소 직원이 급유하는 동안, 나는 수지가 좋아하는 과자를 사러 매점에 들렀다. 계산대 바로 앞 매대에는 호텔 미니바에서나 볼 수 있는 앙증맞게 작은 술병이 일렬로 진열되어 있었다.

"이 사이즈라면 한 병쯤 들이켜도 단속에 걸릴 일은 없어요. 손님 덩치라면 이놈들을 죄다 쏟아부어도 끄떡도 없겠는데요." 무언가에 홀린 듯 술병을 빤히 쳐다보고 있던 나에게 매점 주인이 윙크를 건네며 말했다.

차에 올라타자마자 한나가 물었다. "이게 무슨 냄새야?"

"무슨 냄새? 그냥 기름 냄새겠지. 여긴 주유소잖아."

"……아닌데. 당신 입에서 나는 냄새야." 아내가 불안한 얼굴색을 감추지 못하고 물었다.

나는 한나가 앉아 있는 뒷좌석으로 상체를 내밀고는 입을 크게 벌렸다. 그러고는 한나의 얼굴을 향해 하아, 하고 크게 숨을 내쉬었다.

"뭐야, 껌 냄새잖아." 한나가 미소를 지으며 대답했다.

10분 전, 나는 매점에서 선 채로 미니 사이즈의 위스키와 보드카를 다 합쳐서 열 병쯤을 위로 쏟아부었다. 매점 주인에게는 운전은 아내가 할 거라고 태연하게 거짓말을 하고 가글액과 껌 한 통을 샀다. 매점 주인은 너무나도 당당하게 작은 술병을 순서대로 작살낸 내가 설마 운전을 할 리 없다고 믿은 듯했다. 나는 화장실에 들러 목 깊숙한 곳까지 가글하고, 진한 향이 나는 껌을 한꺼번에 반 통도 넘게 입에 털어 넣어 우적우적 씹으며 술 냄새를 지웠다.

#기록: 2

경찰은 운이 없는 빗길 사고로 결론지었다. 실제로 그날은 갑작스러운 폭우로 인해 곳곳에서 크고 작은 교통사고가 발생하기도 했다. 그 때문에 담당 경찰은 음주 측정을 시도할 생각조차 하지 않았다. 자동차가 전복되면서 완벽했던 하루는 온데간데없이 사라졌고, 무엇보다 소중한 두 사람은 졸지에 유명을 달리했다. 나는 여전히 확신하지 못한다. 그때 내 혈관에 알코올이 섞여 있지 않았다면……. 만약, 그랬다면 돌연 도로 위에 뛰어든 사슴을 보고 그런 식으로 핸들을 급하게 꺾는 일은 없지 않았을까? 실은 그 상황을 모면하는 일은 누구라도 불가능하지 않았을까? 차가 제어를 잃은 것은 도로가 젖어 있었기 때문이었을 뿐, 알코올과는 무관한 것이 아니었을까? 아니, 그런 가정은 모두 비겁한 변명의 연장선일 뿐이다. 나는 그보다도 훨씬 더 위태위태한 상황에서, 단 한 번도 평정을 잃지 않고 능숙하게 운전대를 조작했었으니까. 나의 운전 실력은 빌어먹을 만큼 훌륭했으니까.

사실대로 털어놓을 기회가 여러 번 있었지만 나는 매번 그 기회를 놓치고 말았다. 이유는 간단했다. 나는 겁쟁이였다. 세상에서 가장 불쌍한 사람이 된 것처럼 나를 안쓰럽게 쳐다보는 장모와 장인에게 차마 진실을 털어놓을 용기가 없었다. 나는 아버지보다 못한 인간이었다. 적어도 아버지는 아무것도 숨기려 하지 않았다. 라플라스의 압력에 의해 출판되지 못한 비공개 자서전에서 그는 자기가 가족에게 저질렀던 악행을 있는 그대로 고백했다. 마치 남의 일처럼 무미건조한 어투로 적어놓았지만 말이다.

나는 폭군은 아니었지만, 가족을 제 손으로 죽인 살인마다. 나는 나를 벌하고 싶었다. 가장 고통스럽게 나를 처형하는 것. 그것이 나의 계획이었다. 그러나 이번에도 용기가 부족했다. 나는 화형을 집행하기 위해 집에 불을 질렀지만, 메케한 연기를 겨우 몇 모금 마시고는 겁에 질려 밖으로 달아났다. 가족과 함께했던 추억의 공간이 눈앞에서 타들어가면서 잿더미로 변하는 광경을 나는 그저 무기력하게 지켜보았다. 수지가 가장 아끼는 곰돌이 인형, 한나가 애지중지하던 가족

앨범. 억만금으로도 살 수 없는 추억이 속절없이 타들어갔다.

소방 당국은 합선에 의한 화재로 결론지었다. 소방 당국이 무능력했던 것은 아니다. 장모와 장인 앞으로 보험금이 지급되도록 노후한 전기 배선에 의한 합선으로 보이게끔 내가 미리 손을 댔으니까. 살아남았다는 죄로 인해, 그 돈은 내게 지급됐다. 얼마 지나지 않아 자동차 사고로 인한 보험금도 지급되었고. 내가 살아 있는 한, 장인이나 장모보다 나의 법정상속 순위가 높기 때문이었다. 나는 장인과 장모에게 막대한 보험금을 모두 증여하려 했지만, 그들은 연금만으로도 충분하다며 나의 제안을 한사코 사양했다. 나는 태어나서 처음으로 경제적인 자유를 손에 넣었지만, 어느 때보다 일에 열중했다. 미친 듯이 일에 빠져 있는 동안에는 내가 저지른 과오를 잊는 척이라도 할 수 있었으니까.

라플라스는 설립 당시 리본이론의 몇 가지 비공개 수식과 아무짝에도 쓸모없어 보이던 차원 풀림 장치에 관한 권리를 가진 영세한 회사였다. 그 당시 리본이론은 이미 끝장났다고 여겨지고 있었고. 일찍이 수많은 석학의 노력으로 초끈이론은 몇몇 측정 가능한 예측을 내놓았다. 하지만 모든 예측이 크게 어긋났고 초끈이론은 결국 판타지 소설이나 다름없는 지적 환상이라는 취급을 받고 사장되었다.

아버지는 마지막까지 초끈이론에 매달린 소수의 괴짜 중 하나였다. 세 명의 이론물리학자가 초끈이론의 완성에 결정적으로 기여했다고 알려졌지만, 아버지야말로 리본형 끈이라는 개념을 도입해 죽어가는 초끈이론을 재창조하다시피 하면서 되살린 장본인이었다. 1919년 에딩턴이 아인슈타인의 이론을 증명한 지 정확히 200년이 지난 해에, 라플라스는 달을 일주하는 거대한 입자가속기를 3년간 대여하고는 대대적으로 개조했다. 달 표면 아래 수백 미터 깊이에 설치된 거대한 고리 모양의 가속기는, 오직 아버지가 예측한 차원을 오가는 입자를 찾기 위해 밤낮으로 쉴 새 없이 가동되었다. 중력이라는 힘 또한 차원을 이동할 수 있다고 알려져 있다. 하지만 적어도 현시점에서는 인간이 어찌할 수 없는 중력과는 달리, 라플라스라고 명명된 이 미지의 입자는 현대 과학이 제어할 수 있는 물질일 터였다. 아버지의 계산이 옳다면 말이다.

불의 발견이 문명의 길을 열어젖힌 이래, 인류는 거듭하여 기술적 진보를 이루어냈다. 지난 세기 혁신적인 유전자 편집 기술이 발견되며 신에게서 운명의 가위를 뺏어 왔다면, 라플라스 입자는 물리적 차원의 편집을 가능케 해 인류가 신의 자리를 대신할 가능성을 제시했다. 하지만 대다수의 과학자는 그 가능성에 코웃음을 쳤다. 아버지가 세상을 떠난 후, 리본이론을 연구하던 소수의 학자마저 자신들이 다루는 이론은 그저 수학적으로만 가능한 것이라고 치부했다. 리본이론에 의하면, 라플라스 입자를 이용해 물질의 최소 단위인 초끈에 더해, 빅뱅과 함께 형성된 무한한 크기의 우주끈을 조작하는 방법으로 우주를 해킹할 수 있는 길이 열려, 심지어 새로운 우주를 만들 수도 있었다. 하지만 아버지의 직계 제자들조차 아버지가 제시한 가능성을 의심했다. 그들은 아버지의 수식에 치명적인 문제점이 있지만, 아직 찾아내지 못했을 뿐이라고 가정했다.

라플라스의 오너인 시몬은 아버지의 수식을 맹신한 소수 중 하나였다. 그는 선대가 남긴 기업을 파산으로 몰고 간 재벌 4세로, 마지막 남은 재산을 끌어모아 승률이 희박한 리본이론의 증명에 올인했다. 그는 학계에서 버림받은 아버지를 후원했던 유일한 인물이었다. 시몬의 법인은 아버지를 비롯한 괴짜 과학자를 후원하고 그 대신 연구 성과에 대한 권리를 공동으로 소유했다. 이제는 사람들이 그를 승부사라고 부르지만, 당시엔 그저 노름꾼에 지나지 않았다.

아버지의 실험은 에딩턴의 실험과는 달리 언론과 학계의 주목을 받지 못했다. 끝내 실험에 실패하면, 실험을 위해 입자가속기를 대여하고 개조하느라 막대한 빚을 지게 된 라플라스는 그대로 파산할 것이었다. 생전의 아버지 자신조차도

실험이 성공하리라 믿지 않았다. 한 번도 철이 든 적 없는 아버지에게 만물의 이론은 그저 장난감에 지나지 않았다. 아버지는 리본이론을 완성하자마자 곧 이론물리학에 흥미를 잃고, 고난도의 3D 스도쿠 제작에 빠져 하루하루를 소일했다.

라플라스 입자가 관측되어 시몬의 도박이 성공했다는 소식이 알려지자마자 영웅적 신화에 굶주려 있던 미디어와 대중은 열광해 마지않았다. 자연계의 네 가지 힘인 전자기력, 강력, 약력, 중력을 하나로 통합한 만물의 이론에 관한 몇몇 비공개 수식과 그를 응용한 기술을 라플라스라는 회사가 독점하게 된 상황을 우려하는 이들도 적지 않았다(아버지는 자신의 업적이 이론적으로 완벽하다는 걸 증명할 수 있을 만큼 수식을 공개했지만, 우주를 해킹할 수 있는 단서가 되는 수식은 가능성을 맛볼 수 있는 수준으로만 공개했고, 실제로 해킹을 가능케 할지 모를 차원 풀림 장치의 불완전한 설계도면은 비공개 수식과 함께 시몬에게 팔아넘겼다). 혹자는 만물의 방정식에서 파생한 비공개 수식과 응용 기술을 라플라스가 독점하는 건 일개 기업이 산소에 관한 지적 재산권을 취득하는 일만큼이나 터무니없고 위험하다고 경고했다. 하지만 그러한 소수의 목소리는 라플라스가 주류 미디어를 빠르게 매수한 덕에, 과학 영웅의 탄생에 보내는 찬사에 묻히고 말았다.

당시엔 누구도 라플라스가 독점한 수식과 기술이 실제로

어떤 영향을 가져올지 확신하지 못했다. 모두가 확신한 건 라플라스의 주가가 기록적으로 상승하리라는 것이었다. 모두의 믿음에 부응해 라플라스의 시가총액은 매일같이 신기록을 경신했다. 라플라스는 천문학적인 자금력을 바탕으로 대기권 밖에서 지구 주변을 일주하며 지구와 함께 공전하는 역대 최대 규모의 입자가속기를 완공했는데, 이 새로운 입자가속기는 리본이론이 이론적으로 증명한 '차원 풀림'이 실제로 가능하다는 증거를 내놓았다.

우주를 구성하는 열한 개의 차원은 우리가 속한 우주와 동떨어진 상태로 존재하는 것이 아니라 우리 주변에 늘 공존하고 있지만, 저차원에 사는 우리는 상위 차원을 감지할 수도 그 존재를 증명할 수도 없었다. 하지만 라플라스는 이미 차원을 이동하는 라플라스 입자를 통해 상위 차원의 존재를 간접적으로 증명했다. 나아가 아버지가 남긴 설계도면을 바탕으로 라플라스 입자가 여러 차원에 걸쳐 진동하는 초끈을 증폭하고 제어하는 원리를 응용해, 높은 차원을 우리의 차원 안에서 풀어내는 차원 풀림 장치 '디멘션 언위버(Dimension Unweaver)', 약칭 'DU'를 개발하기에 이르렀다.

전문가들은 나와 같은 일반인을 위해 차원 풀림을 이런 식으로 해설한다. 하얀 백지에 덩그러니 놓여 있는 검은 점을 떠올려보라. 그 점은 바로 0차원에 해당한다. 이번에 그 점이

직선 방향으로 움직여 길이를 가진 선이 되는 모습을 떠올려 보라. 그 선은 1차원이다. 선이 어떤 방향으로 움직여 궤적을 만들면 면이 형성되는데, 그 면이 2차원이다. 면이 움직여 주사위 같은 모양의 입체적인 형태를 이루면, 그것이 바로 3차원이다. 한편, 선으로만 이루어진 세계인 1차원에 사는 사람은, 면으로 이루어진 2차원을 상상하는 것이 불가능하다. 마찬가지로 면으로 이루어진 세계인 2차원에 사는 사람은, 입체로 이루어진 3차원을 상상하는 것이 불가능하다. 3차원에 시간이 더해진 4차원에 사는 우리도 마찬가지이다. 우리는 5차원 이상의 세계를 상상하는 것이 불가능하나, 리본이론은 상위 차원의 존재를 증명해냈다. 차원 풀림 장치 DU는, 우리가 상상할 수 없는 상위 차원에 다가갈 수 있는 열쇠를 제공한다. 상위 차원의 물질 패턴을 과학자들이 접근할 수 있는 형태로 우리 차원 안에서 풀어내는 방식으로.

#기록: 3

적잖은 이들이 신의 영역에 손댔다간 통제 불가능한 사태가 일어나 우리의 우주가 붕괴할 수 있다며 실험을 중지해야 한다고 경고했지만, 라플라스는 명왕성 인근에서 실험을 강행했다. 라플라스의 주장에 의하면 DU 속의 차원과 우리 차원은 무한한 크기의 우주끈을 수도 없이 접어서 만든 견고한 막으로 가로막혀 있어서, DU 속에서 발생할 것으로 예상되는 거대한 폭발이 우리 우주에 직접적인 영향을 주지 못했다.

실험이 시작되자 라플라스 입자는 여러 차원에 걸쳐 존재하는 초끈을 증폭시켜 가장 높은 차원의 물질을 저차원으로 끌어내렸고 DU는 소형 블랙홀로 변해, 이미 행성의 지위를 잃은 명왕성을 나락으로 떨어뜨리고 말았다. 명왕성을 삼킨 블랙홀은 금세 소멸했지만 그 여파는 그렇지 않았다. 주가가 폭락하고 반대 시위가 나날이 거세졌지만, 라플라스는 첫 번째 실험에서 실패한 원인을 분석한 후, 곧바로 다음 실험을 강행했다. 실험이 중단되면 주가가 더욱 크게 하락할 것이 자명했기 때문이었다.

이번에야말로 우주가 붕괴하고 말 거라는 일부 비관주의자들의 예측과는 달리, DU는 우리 우주를 소멸하게 만드는 대신 리본이론이 예견한 대로 DU 속에서 또 다른 우주를 생성했다. 11차원의 물질을 저차원으로 끌어내리며 풀어내는 순간, DU 안에서 빅뱅이 일어난 것이다.

라플라스가 탄생시킨 우주는 우리 우주와 마찬가지로 무한한 우주이지만, DU라는 상위 체계 안에 갇혀 있는 하위 체계의 소우주였기 때문에 라플라스의 기술자들은 마치 컴퓨터 프로그램 속 가상 세계를 관찰하듯 DU 안의 소우주를 들여다볼 수 있었다. 소우주의 시간 축을 앞뒤로 돌려가며 우주의 진행 과정을 과거로 되감거나 미래로 빨리 감는 것도 가능했다.

하지만 소우주에 개입하는 일은 어떻게 해도 불가능했다. 양자역학의 세계에서는 관측이라는 행위 자체가 이미 관찰 대상에 대한 개입이 되지만, DU가 품고 있는 우주와 우리 우주는 '차원 결어긋남'이라고 하는 물리적으로 특수한 상황에 놓여 있기 때문에 소우주를 관찰한다고 해서 소우주에 영향을 끼칠 순 없었다.

DU 속 소우주의 시간 축을 조정하는 행위 역시 소우주 내부의 물리적 현상에 개입하는 형태로 이루어지는 건 아니다. 비디오테이프를 거꾸로 되감거나 빠르게 재생한다고 해서 테이프 속 영화 내용을 바꿀 수 없는 것처럼, DU 또한 소우주 속의 물리 체계를 바꾸지는 못한다. 그저 소우주 속에서 일어났던 일, 일어나고 있는 일, 일어나야 하는 일을 볼 수 있을 뿐이다.

라플라스가 생성한 소우주는 관측의 한계가 존재하지 않기에 천문학자들에게 열렬히 환호받았지만, 이제 만물의 방정식으로 할 수 있는 최대의 일이 일어났다는 분위기가 팽배해지자 최고점을 찍었던 주가는 지속해서 하락했다. 주주들은 이제 우주를 생성할 수 있는 마법과도 같은 기술보다는, 굽힐 수 있는 빨대나 훌라후프처럼 당장에 이윤을 창출할 수 있는 사소한 기술을 원했다.

주가가 반 토막 날 즈음, 라플라스의 연구자들은 천문 연구 외에는 쓸모가 없어 보이던 우리 우주와 마찬가지로 무한하면서도 거의 텅 빈 소우주를 통해 막대한 이윤을 창출하는 방법을 알아냈다. DU를 이용해 무수히 많은 소우주를 만들고 가속하면 아주 드물게 문명이 태동하는데, 그 문명의 기술을 관찰하다 보면 아직 인류가 접근하지 못한 기술을 발견할 수 있었던 것이다. 라플라스는 점차 기술 채굴 회사로 변모해갔다. 차원 풀림 장치 DU도 점차 소형화되어 축구장 크기였던 초기 모델은 소형 캐비닛 사이즈로 줄어들었다. 라플라스는 무수한 실험을 통해 DU의 안정성이 충분하다고 판단하자, 비용을 절감하기 위해 지구에서 소형 DU를 가동하기에 이르렀다.

라플라스는 날이 갈수록 거대해져만 갔다. 만물의 방정식을 응용해 우주를 해킹하는 기술을 보유한 것은 오직 라플라스뿐이었기에 경쟁자 따윈 없었다. 라플라스는 DU에서 채굴한 몇몇 핵심 기술을 바탕으로 점점 빠르게 더 많은 소우주를 만들어냈고, 그로 인해 더 많은 기술을 채굴하는 무한한 사이클에 들어섰다. 누구도 멈출 수 없는 라플라스의 폭주는, 공간이 더 이상 존재하지 않게 되는 플랑크 길이에서 무한히 진동하며 우주를 존재케 한다는 뫼비우스 모양의 리본형 초끈처럼 무한한 궤도 위에 올랐다. 소수의 비관주의자들은 만물의 방정식을 알아낸 인간이 결국 지구뿐 아니라 우주까지 망쳐놓을 거라고 주장했지만, 대다수는 과학과 기술의 발전을 막으려는 것은 어리석고도 불가능한 일이라며 라플라스를 옹호했다.

나는 라플라스에 소속된 숱한 광부 중 하나이다. 내가 담당하는 일은 단순 반복 작업이라 할 수 있고. 회사 규모에 따라 일정 인원 이상의 인간을 강제로 고용하게 하는 쿼터제가 없었다면, 이 일조차 오롯이 인공지능의 몫이었을 것이다.

나는 온종일 수십에서 수백 대의 DU를 조작해 무수한 소우주를 가속하며 문명의 흔적을 찾는다. 운이 좋으면 하루에도 수십 개의 문명을 발견하기도 하지만, 운이 나쁘면 한 달 내내 허탕을 치기도 한다. 내 일터가 있는 지하 13층은 언뜻 보면 평범한 기업체의 서버실 풍경과 비슷하다. 사람의 키를 훌쩍 뛰어넘는 기계들이 즐비하다는 점에 있어서는. 하지만 군데군데 널찍한 사무용 책상이 놓여 있다는 점에서는 서버실과 사뭇 다른 분위기를 풍기기도 한다. 책상 위에는 주식 트레이더의 작업 환경을 연상시키는 모니터 여러 대가 놓여 있는데, 이 모니터들은 담당자가 관리하는 DU 수백 대의 상태를 표시하고 있다. 실제로 개별 DU를 들여다보는 일에는 모니터가 아닌, 안구에 빛을 쏘는 헤드셋과 스키 장갑을 닮은 두툼한 글로브가 사용된다. 글로브는 가상 키보드를 두드리는 것 같은 전통적인 방식의 명령어 입력에도 사용되지만, 손가락의 미세한 움직임을 이용한 다양한 단축 명령어 입력이나 세포 단위에서 은하 단위에 이르는 줌인과 줌아웃을 비롯한 화면 제어는 물론, 시간 조작을 포함한 다양한 기능에도 특화되어 있다. 일단, 어떤 좌표에서 문명의 흔적을 찾으면 나는 글로브를 조작해 해당 행성으로 이동하여, 미지의 생물이 생성한 건축물 따위가 그저 개미굴 정도에 불과한지, 혹은 라플라스가 정해놓은 기준을 만족시키는지 대조하는 작업에 착수한다.

무한히 넓은 소우주 속에서 문명을 찾는 건 건초 더미에서 바늘을 찾는 일과 비슷하다. 하지만 어렵사리 바늘을 찾아냈다고 해도, 라플라스의 기준을 충족시키는 건 극소수에 불과하다. 만약 수학적 지표가 없었다면 문명을 발견하는 일은 처음부터 불가능에 가까웠을 것이다. 문명은 필연적으로 수학을 낳는다. 특히 소수(素數)는 영화 〈콘택트〉에서 그랬던 것처럼 문명의 존재를 알려주는 주요 지표가 된다. 2, 3, 5, 7, 11, 13, 17…… 1201, 1213, 1217, 1223처럼 1과 자기 자신만으로 나누어지는 소수는, 자연수와 달리 불규칙적으로 증가한다. 이러한 불규칙적인 순열이 자연계에 존재하는 것은 부자연스러운 일이기에 소수는 문명을 찾는 힌트가 될 수 있다. 그렇다고 소수의 존재가 반드시 문명의 존재를 증명하는 것은 아니다. 소수는 지극히 드물지언정 자연 상태에서도 존재한다. 일례로 매미처럼 자연 상태에서 관찰 가능한 특정 생물들은 포식자를 피하기 위해 소수 패턴을 이용한다. 하지만 매미가 문명을 이루진 않듯이, 소수가 존재한다고 해서 반드시 문명이 존재하리라는 보장은 없다.

DU의 데이터 수집 시스템이 제시한 리스트를 이용해, 소수를 비롯한 특정 수학 패턴이 발견된 소우주 내의 행성들을 샅샅이 살피며 문명이 존재하는지, 그저 생존을 위해 수학 패턴을 이용하는 생물이 나타난 것인지를 확인하는 것이 내가 담당하는 작업의 거의 전부이다. 발견된 문명을 체계적으로 분류하거나 본격적인 채굴이 필요한지 판가름하는 일은 나 같은 광부가 아니라 전문가들이 담당한다.

돌이킬 수 없는 잘못으로 아내와 딸을 잃고 나서, 나는 문명을 찾는 일에 강박적으로 매달렸다. 일에 중독되어 나 자신마저도 잊어버리고 싶었으니까. 동시에 마음 한편에서는 우리 우주와 동일한 소우주에서 아내와 딸을 다시 볼 수 있을지 모른다는 헛된 희망을 품기도 했다. 로또에 수만 번 이상 연속해서 1등으로 당첨되는 일만큼 터무니없는 확률이었지만, 이론적으로는 가능한 일이었다.

소우주에서 아내와 딸을 발견한다고 해도 그들을 만지거나 대화를 나눌 수는 없지만, 어쩌면 새로운 우주 안에서는 한나와 함께 늙어가는 나를 발견할 수 있을지도 몰랐다. 영원히 성장을 멈춰버린 수지가 조금씩 커가는 모습을 지켜볼 수 있을지도 몰랐다. 나는 일말의 기대를 품고 매일같이 채굴에 몰두했지만, 우리 우주와 비슷한 우주는 단 한 번도 구경해보지 못했다.

#기록: 4

채굴에 광적으로 매달린 지 수년이 지난 어느 날, 나는 시스템 에러를 일으켜 네트워크에서 강제로 분리된 소우주를 관찰하게 되었다. 고차원 물질이 저차원으로 내려오면서 발생하는 막대한 에너지로 구현되는 소우주는, 이론적으로 에너지 부족 현상이 발생할 수 없다(아쉽게도 우주끈이 만든 견고한 막 때문에 고차원의 에너지를 DU 밖으로 끌어내어 우리 차원에서 이용하는 것은 불가능하다). 하지만 에러 코드는 에너지 부족을 뜻하는 E404였다. 전에도 이런 경우를 몇 번 겪은 적이 있었다. 제아무리 완벽한 보안·설비로 무장한 시설이라고 해도, 유전자 편집술로 탄생한 마이크로 생쥐는 기어코 빈틈을 찾아내고 만다. E404 코드가 떴다면 손가락 크기의 마이크로 생쥐가 산성 침을 내뱉으며 배선을 하나 이상 갉아 먹었다는 뜻이다. 나는 문제를 일으킨 DU를 샅샅이 살펴보았지만, 배선은 멀쩡했다.

별다른 문제가 없어 보여 DU를 재가동했지만, 에너지 부족 현상으로 또다시 DU의 관리 시스템이 다운되었다. 내 관할에 있는 다른 DU 여러 대의 배선을 문제의 DU에 연결해 차원 에너지 투입량을 늘리고 나서야 문제의 DU를 재가동하는 데 성공했다.

하지만 해당 DU는 여전히 에너지 부족 경고를 울려댔다. 기이한 점은 에너지 부족뿐만 아니라 과부하 경고가 동시에 울렸다는 것이다. 과부하는 에너지가 과잉되어야만 발생하는 경고인데, 에너지 부족과 에너지 과잉 경고가 동시에 울리다니 도무지 말이 되지 않았다. 모순되는 두 가지 경고에도 불구하고 DU 안의 소우주는 그럭저럭 느릿느릿 돌아갔다. DU의 관리 시스템이 고농도의 문명형 수학 분포를 알리는 SSX 마크를 띄웠다. 문제의 소우주는 온갖 수학적 패턴을 발산하고 있었다. SSX 마크가 뜬 좌표를 확인해보니, 거의 모든 패턴이 하나의 행성에서 나오는 듯했다. 만약 오류에 의한 잘

못된 알림이 아니라면, 노다지 행성을 찾아냈음을 뜻했다. 그러나 노다지 행성에 관측 카메라 '신의 눈'을 접근시킬수록 시스템은 더욱더 느려지다가 멈추고 말았다.

몇 번이고 DU를 리셋해보아도 결과는 같았다. 나는 행성에 접근하는 대신 소우주의 시간을 조금씩 과거로 되감았다. 어떤 소우주는 원인 불명의 이유로 더는 앞으로 나아가지 못하고 정지하기도 했다. 소우주 자체의 문제일 수도 있고 소우주를 제어하는 DU의 문제일 수도 있었다. 라플라스는 예외적인 사태를 연구하는 일에 비용을 들이는 대신, 문제가 발생한 장치를 파기하고 새 장치에서 새 우주를 생성하는 데 집중한다는 원칙을 고수했다. 그러나 나는 이 문제의 장치를 좀 더 관찰해보기로 했다. 회사가 요구하는 할당량은 매일 야근을 하며 채워놓았기 때문에, 내겐 호기심을 충족할 얼마간의 여유가 있었다.

얼마쯤 시간을 되감자 에너지 부족과 과부하 문제가 해소되었다. 차원 풀림 장치 자체가 말썽을 일으킨 것이 아니라, 특정 시간대 이후의 소우주에서 문제가 생긴 것으로 보였다. 수학적 패턴이 집중된 좌표로 신의 눈을 이동시키자, 푸른 행성이 나타났다. 한없이 푸른 바다. 대륙에 퍼져 있는 녹음. 대기권을 유유히 부유하는 구름의 행렬. 푸른 행성을 바라

본 순간 심장이 멈추는 줄로만 알았다. 그 행성은 바로 지구였다. 대륙이 하나로 붙어 있는 2억 년 전의 모습이었지만, 아메리카 대륙의 서해안은 우리가 알고 있는 형태 그대로였다.

나는 시간을 고배속으로 가속했다. 대륙이 갈라지면서 점차 친숙한 지구의 모양으로 변해갔다. 20세기에 이르자 두 번의 세계대전이 일어났다. 두 번째 대전은 두 번의 원폭이 투하되고 나서야 끝이 났다. 소우주에서는 우리 우주와 동일한 역사가 재현되고 있었다. 아내와 내가 결혼한 날짜로 이동했다. 낡은 성당에서 진행되는 예식은 내 기억과 정확히 일치했다. 나는 아내와 함께 보낸 지난날을 넋 놓고 바라보다가 딸이 탄생한 순간으로 이동했다. 딸을 품에 안고 울고 있는 나를 지켜보면서, 나도 모르게 눈물을 쏟고 말았다.

문득 이 소우주 속의 미래가 궁금해졌다. 이 우주 속에서도 나는 아내와 딸을 영영 잃어버리게 될까? 지난 추억이 눈앞에서 차례로 재현되는 걸 보며 가슴이 뭉클했지만, 한편으론 어느 지점에서 변화가 일어나 내가 아는 것과는 다른 역사가 펼쳐지길 바랐다. 이 소우주에서마저 아내와 딸을 잃을 순 없었다. 하지만 소우주 속 내 인생에서 일어나는 모든 일은 정확히 내가 겪은 일과 같았다. 나는 몇몇 정치적인 사건을 떠올리고는 소우주 속의 미디어를 확인했지만, 그 역시 내가 아는 역사와 동일했다. 주유소의 매점에서 술을 마시는 내 모습을 관찰한 나는, 차마 그 순간을 목격하고 싶지 않아 아내와 딸의 장례식이 있던 날로 날짜를 건너뛰었다. 그즈음부터는 점차 에너지 부족과 함께 과부하가 심해져 소우주를 제대로 관찰할 수 없었다.

나는 꼬박 며칠 동안, 소우주의 시간을 여러 번 되돌리면서 아내와 딸을 바라보고 또 바라보았다. 하지만 소우주의 시간을 아무리 되돌려도 그 끔찍한 일이 일어나는 걸 막을 순 없었다.

어째서 소우주에서는 아무리 시간을 되돌려도 정확히 같은 일이 반복되는 것일까. 그동안 DU 속의 우주를 그저 무심히 관찰하기만 하던 나는, 처음으로 그 실체에 대해 알고 싶어졌다. 눈앞의 소우주는 이미 일어났던 일을 반영하는 잔영에 지나지 않는 걸까, 혹은 우리 우주와 마찬가지로 펄펄 살아 있는 실체인가.

#기록: 5

동화책을 좋아하던 딸과 함께 종종 들리던 서점을 몇 년 만에 찾아가, 과학 코너의 교양서적을 닥치는 대로 사들여 탐독하기 시작했다. 대다수의 물리학자는 DU 속의 우주가 우리 우주와 다를 바 없는 상태라는 점에 동의한다. 다수의 과학자가 검증한 계산에 의하면, DU 속 우주는 지나가버린 과거의 잔영 따위가 아니라 우리 우주의 현시점처럼 펄펄 살아 있는 현재 진행형 우주였다. 다만, 우리는 높은 차원에서 DU 속 우주를 멋대로 주무를 수 있기에 시간을 앞뒤로 오가며 관찰할 수 있었다.

이론적으로는 DU 속 우주의 시간을 되돌리면, 지난번과는 다른 미래가 펼쳐질 수도 있다고 한다. 하지만 DU 속의 우주는 매번 같은 미래로 귀착되고 만다. 이를 두고 적지 않은 학자들은 우주가 완벽하게 결정론적이며 오롯이 엄격한 인과관계에 따라 단 하나의 결말만이 존재하게 됨을 의미한다고 추측한다. 하지만 어떤 학자들은 DU 속 우주에서 같은 일이 되풀이되는 현상에 대해 다른 해석을 내놓았다. 그들은 DU 속 우주에서도 확률에 지배되는 양자역학이 여전히 유효하기 때문에, 결과적으로 소우주 또한 비결정론적일 수밖에 없다고 주장한다. 아인슈타인의 주장과는 달리 신은 양자역학을 통해 주사위 놀이를 하고 있기에, 애초에 모든 것이 철저한 인과관계에 의해 결정되어 있다는 결정론이 부정된다는 것이다. 그들의 해석에 따르면 DU의 우주 안에서는 한 번 확정된 미래가 인류가 인위적으로 접어놓은 거대한 우주 끈에 의해 고착되어 무수히 갈라진 다른 미래를 관찰할 수 없게 되었을 뿐, 다른 미래가 펼쳐질 가능성은 여전히 존재한다. 물론, 다른 해석도 존재한다. 결정론을 옹호하는 이들은 확률론적 결정론을 내세우며, 양자역학이 다루는 미시 세계에서 발생한 일이 거시 세계에는 제한적으로만 영향을 끼치기 때문에 여전히 결정론이 무너지지 않는다고 주장한다. 또한, 우주끈에 의해 하나의 미래만이 고착화되어 반복된다는 주장에 대해서는 이를 뒷받침하는 수학적 모델이 완성되지 않았다는 점을 들어 공격한다.

아버지는 전자의 편이었다. 아버지는 생전에 입버릇처럼 우주는 결정론적이며, 자유의지 따위는 존재하지 않는다고 말했다. 아버지가 만취한 상태로 어머니에게 주먹을 휘둘렀던 날, 처음으로 용기를 내어 아버지에게 달려들었던 그날. 아버지는 내가 휘두른 야구방망이 덕에 술에서 깨어나 자신이 저지른 일을 차가운 눈으로 바라보았다. 아버지는 의식을 잃고 바닥에 죽은 듯이 누워 있는 피투성이가 된 어머니를 내려다보며, 자조적인 웃음과 함께 지금도 잊을 수 없는 저주스러운 말을 내뱉었다.

"내 탓이 아니야. 자유의지 따윈 존재하지 않으니까. 인간에겐 무언가를 선택할 수 있는 권한이 없어. 우주는 그런 일을 허용하지 않아. 나는 그걸 증명하기 위해 물리학을 연구하고 있지. 아, 그게 아니야. 인과관계가 나로 하여금 물리학을 연구하도록 명하고 있다는 게 정확한 표현이겠군. 네 아비를 그런 눈으로 쳐다보지 마. 너도 나처럼 주정뱅이가 될 거다. 나처럼 네 자식과 아내에게 해를 가하게 될 거다. 너도 나처럼 저주받은 유전자를 물려받았으니까."

아버지는 자신이 완성한 리본형 초끈이론이 완벽한 결정론적 우주를 증명하며, 그로 인해 자유의지 또한 부재한다는 논증이 도출된다고 주장했다. 양자역학은 확률을 끌어들여 신이 주사위를 던지게 만들지만 양자보다 훨씬 더 낮은 미시 세계인 플랑크 길이에서 존재하는 리본형 초끈의 수준까지 파고 내려가면, 우주는 결정론적으로 완벽하게 설명되어 신의 주사위라는 개념은 폐기된다고 설파한 것이다. 아버지의 바람과는 달리 다수의 학자는 아버지의 논증에 동의하지 않았다. 리본이론의 수학적 계산이 옳다고 해도, 인간의 의식을 초끈 단위로 환원하여 해석하는 건 옳지 못하며, 미시 물리학과 인간의 의식은 애초에 서로 층위가 다른 만큼 리본이론을 자유의지의 논증 도구로 삼는 것은 어불성설이라는 것이었다. 하지만 DU 속의 우주에서 몇 번이나 시간을 되돌려도 정확히 같은 일이 반복된다는 결과에, 점차 많은 학자들이 아버지의 주장에 힘을 실어주고 있었다.

리본이론을 창시하고 완성한 아버지의 업적을 대중 과학서로 풀어내어 공전의 히트를 기록한 《엘러건트 리본》의 저자이자 이론물리학자인 '블루'는 결정론과 비결정론의 싸움을 끝낼 수 있는 사고 실험을 제시했다. 만약 DU 속에서 우리의 우주와 동일한 역사를 가진 일란성 쌍둥이와 같은 소우주를 발견한다면, 미래가 정확히 어떻게 흘러갈지 관찰할 수 있게 된다. 이때, 소우주 밖의 관찰자는 DU를 통해 미래를 관측할 수 있으므로 자신이 속한 우주의 미래를 바꿀 수도 있다.

정확히 언제 비가 내리는지 미리 알기 때문에, 소우주 속의 자신이 비에 흠뻑 젖은 바로 그날, 소우주 밖의 관찰자는 소우주 속의 자신과는 달리 우산 속에서 비를 피할 수 있다. 만약 정말로 정해진 미래를 회피할 수 있다면, 완벽한 결정론은 반박되고 만다. 완벽한 결정론에 의하면 정확히 동일한 과거를 공유하는 두 우주는 정확히 같은 하나의 미래만을 가질 수 있기 때문이다. 하지만 만약 미래를 이미 알고 있는데도 불구하고, 그를 이용해 미래를 바꾸지 못한다면 결정론이 옳다는 뜻이 된다.

블루의 논증은 오랜 철학적 난제인 자유의지의 존재 여부를 밝혀내는 사고 실험이기도 했다. 완벽한 결정론이 옳다면 자유의지는 존재하지 않을 테고, 반대로 자유의지가 존재한다면 완벽한 결정론은 부정된다. 다만 블루의 사고 실험은 입증 불가능한 허황된 철학적 망상에 지나지 않는다는 비판을 받는다고 한다. 우리 우주와 동일한 우주를 발견할 가능성은 지극히 낮다고 알려져 있으니까. 그러나 지금 바로 내 눈앞에 블루의 논증을 입증할 쌍둥이 지구가 실존하고 있다.

나는 신의 눈을 우리 우주의 현재와 동일한 시간대로 이동시켰다. 소우주 속의 나는, 나와 마찬가지로 DU 속의 소우주를 관찰하고 있었다. 또한, 소우주 속의 소우주의 나 역시 DU 속의 소우주를 홀린 듯 쳐다보고 있었다. 계속해서 하위 체계의 소우주로 내려가 관찰해보아도 낮은 차원의 우주는 마치 마트료시카처럼 더 낮은 체계를 품고 있었다. 하지만 금세 제일 작은 인형이 나오는 러시아 인형과는 달리 눈앞의 소우주는 끝도 없이 계속해서 이어졌다. 마치 마주 보는 두 거울이 무한한 거울상을 생성하는 것처럼, 나의 우주와 DU 속의 우주는 무수한 소우주를 생성하고 있었던 것이다.

에너지 부족과 과부하가 동시에 일어난 건, 무한히 생성되는 우주 속의 우주 때문이었다. 우주가 무한히 생성되며 무한한 에너지가 소모되기에 DU 시스템이 실시간으로 에너지를 공급하지 못해 에너지 부족 현상이 발생했고, 무한을 품은 무한이 시스템의 수용력에도 부담을 줘 과부하 현상이 나타났던 것이다.

#기록: 6

거북이처럼 느리게 돌아가는 DU 속 소우주의 시간을 미래로 빨리감기 했다. 나는 미래가 궁금했다. 내가 어떤 죽음을 맞이하게 될지 알고 싶었다. 가능하면 나의 죗값에 걸맞은 비참한 죽음이길 바랐다. 하지만 과부하 때문에 미래로의 이동은 하루 단위로만 가능했다. 겨우 7일 뒤의 미래로 이동했지만 놀랍게도 소우주는 소멸되고 없었다. 무슨 일이 일어났는지 알아내기 위해 한 시간 단위로 시간을 과거로 되감으려고 조작하려는 순간, 빛이 번쩍이며 빅뱅이 일어났다. 처음 있는 일이었다. 이제까지 라플라스가 생성한 소우주는 소멸한 후에 다른 우주를 낳지 못했다.

나는 막 생성된 우주의 시간을 미래로 빨리감기 하면서 어떤 역사가 펼쳐지는지 확인했다. 새로운 우주는 이전과 동일한 역사를 완벽하게 재현했다. 1억 년 넘게 번성하던 공룡이 멸종했고, 뒤늦게 등장한 호모 사피엔스가 문명을 이룩해 두 번의 세계대전을 벌였고 연이은 버섯구름이 대기를 장식하고서야 거대한 전쟁에 브레이크가 걸렸다. 라플라스가 설립되고 머지않아 우주가 소멸했고, 또다시 동일한 일을 반복하게 되는 쌍둥이 우주를 낳았다. 시간을 가속해 새로운 우주의 끝을 몇 번이고 확인했지만, 매번 완벽하게 같은 일이 일어나고 말았다. 더욱 놀라운 점은 시간을 계속해서 거꾸로 되돌려 과거의 우주로 거슬러 올라가도, 빅뱅 이전엔 반드시 같은 우주가 이미 존재하고 있었다. DU 속 우주는 뫼비우스 모양의 리본형 초끈처럼 끝도 시작도 없이 영원히 반복되고 있었던 것이다.

나는 우주가 소멸한 순간을 찾으려 했다. 만약 우리 우주가 DU 속 우주와 같은 모습으로 진행된다면, 겨우 일주일 후에 우리 우주는 소멸하게 된다. 또한, 완벽히 동일한 우주를 낳는 저주에 걸리고 만다. 그러면 새로운 우주에서 나는 다시금 아내와 딸에게 그 끔찍한 일을 저지르게 될 것이다. 다음 우주와 그다음 우주에서도 계속해서 한나와 수지를 죽음으로 몰고 가게 될 것이다. 영원한 비극을 낳는 영겁회귀를 막기 위해서는 DU 속 우주가 소멸한 원인을 알아내야만 했다.

우주가 소멸하는 시점으로 이동할수록 DU는 더욱더 느려지면서 시스템이 다운되길 반복했다. 나는 다른 DU에서 더 많은 배선을 끌어모아, 겨우 최후의 날을 관찰할 수 있었다. 마지막 날, 소우주 속의 나는 내 관할에 있는 모든 DU를 하나로 연결해 폭주하게 만들었다. 마주 보는 거울 속의 거울처럼 무한히 생성되는 소우주들이 연쇄 반응을 일으키자 놀랍게도 하위의 우주 속에서 일어난 소멸이 시스템 사이의 경계를 넘어 상위의 우주를 파멸시켰다. 그렇게 DU 속 우주가 파멸되었다. 하지만 어째서 연쇄 작용이 내가 존재하는 이 우주에까지 미치지 않았던 것일까? 나는 바로 그 답을 떠올렸다. 그건 아직 시간 축이 일치하지 않았기 때문이다. 일주일 후, 내가 본 DU 속 최후의 날과 우리 우주의 시간 축이 일치하게 된다. 그리고 그날, 나는 우주를 파멸로 몰아넣게 된다. 블루의 사고 실험은 이미 내 인생에서 일어나고 있었다. 만약, 내가 그날 출근을 하지 않으면 우주는 무사할까? 졸지에 나는 우주의 운명을 손아귀에 쥐게 되었다.

다음 날, 나는 처음으로 병가를 냈다. 원치 않는 절대반지를 잠시나마 소유하게 된 프로도처럼, 나는 내 의사와는 상관없이 절대적인 힘을 손에 넣게 되었다. 프로도에겐 함께 난관을 헤쳐나갔던 샘이라는 동료가 있었지만, 나에겐 아무도 없다. 나는 절대반지와도 같은 만물의 방정식을 만들어낸 괴물 같은 아버지가 그 어느 때보다 증오스러웠다. 6일 후, 나는 스스로 목숨을 끊을 것이다. 나에게 주어진 절대반지를 던져버리고, 영겁회귀에 빠질 우주를 구해낼 것이다.

병가를 낸 다음 날 오후, 나는 두 가지 목적을 가지고 회사로 향했다. 첫 번째는 우리 우주가 DU 속 우주와 다른 역사를 갖게 되었는지 확인하기 위해서였다. 나는 DU 속 소우주가 멸망한다는 걸 알게 된 다음 날, 자유의지로 병가를 냈다.

내가 내린 그 선택으로 인해 어쩌면 두 우주는 이미 다른 방향으로 분기했을지도 몰랐다. 나는 DU 속 소우주의 내가 나와 같은 선택을 내렸는지 확인하고 싶었다. 나에게 진정한 자유의지가 있다면 두 우주는 이미 다른 길을 걷고 있을 것이다.

두 번째 목적은 아버지의 인생을 관찰하기 위해서였다. 내게 있어 아버지는 늘 수수께끼 같은 존재였다. 우주의 모든 물리법칙을 하나의 방정식으로 풀어낸, 누구보다 이성적인 두뇌를 가진 지적인 존재와 종잡을 수 없는 변덕과 잔혹함으로 가장 가까운 이들에게 돌이킬 수 없는 상처를 준 무뢰한 사이의 간극을 나는 도무지 이해할 수 없었다. 며칠 후 생을 마치기 전에 나라는 '결과'를 존재하게 만든 '원인'에 해당하는 아버지라는 존재를 신의 눈을 통해 관찰하고 싶었다.

첫 번째 목적, 즉 우리 우주가 DU 속 우주와 다른 역사를 갖게 됐는지 확인하는 건 불가능했다. 쌍둥이 우주를 품고 있는 DU 시스템이 완전히 먹통이 되어, 소우주를 가동할 수 없었다. 나는 엔지니어를 불러 수리가 가능한지 물었다. 엔지니어는 과부하로 인해 시스템에 치명적 오류가 생긴 탓에 수리는 어렵지만, 다른 DU와 연결해 임시변통으로 시스템 속 소우주를 돌리는 건 가능하다고 했다. 다른 DU와의 연결이 우주를 파국으로 몰고 가리라는 걸 알고 있던 나는 다른 방법이 없는지 집요하게 물어보았지만, 엔지니어의 대답은 한결

같았다. 그는 내가 부탁도 하지 않았는데 내가 잠시 자리를 비운 사이에 문제의 DU를 다른 DU 몇 대와 연결해놓았다. 나는 꺼림칙한 기분이 들었지만, 겨우 몇 대의 DU를 연결하는 것으로는 우주가 소멸할 만큼의 에너지를 발생시킬 수도 없을뿐더러 예정된 최후의 시간까지는 아직 여유가 있었기 때문에 시스템을 가동했다.

#기록: 7

제어 시스템은 문제의 소우주를 불러왔지만, 시스템 오류가 온전히 사라진 것은 아니었다. 나는 어제 날짜로 이동해 DU 속 소우주의 내가 출근을 했는지 확인해보려고 했다. 소우주 속 내가 다르게 행동한다면 두 우주가 다른 길을 걷는 것이 확인되는 셈이었으니까. 그러나 신의 눈은 내가 내린 명령을 수행하지 못하고 오류 발생 메시지를 출력했다. 과부하로 인해 더는 특정 시간대 이후로 이동할 수 없다는 내용이었다. 하필이면 시스템이 말하는 특정 시간대는 내가 블루의 논증을 확인할 수 있는 어제 이후의 시간대였다. 마치 내가 자유의지의 존재 여부를 확인하는 것을 우주가 막아서고 있는 것만 같았다.

우주가 소멸되는 일요일과 그 6일 전까지를 확인하는 것은 불가능해졌지만, 나는 이미 마지막 날에 일어날 일을 알고 있다. 나는 오롯이 나의 자유의지로 DU 속 우주를 집어삼켰던 영겁의 저주를 끊어내고 말 것이다.

***

다행히 우주는 내가 아버지의 인생을 관찰하는 것까지는 막아서지 않았다. 나는 신의 눈을 통해 아버지의 인생을 샅샅이 훑어나갔다. 아버지의 유년 시절은 나의 그것과 너무나도 흡사했다. 아버지가 아들인 나에게 폭군이자 괴물이었듯이, 아버지의 아버지는 그의 아들에게 폭군이자 괴물이었다. 아니, 할아버지가 행한 학대는 내가 당한 것과 비교할 수 없을 정도로 끔찍했다. 어린 시절의 아버지가 미치지 않고 하루하루를 버텨낸 게 기적처럼 보일 정도였다. 우리 집안의 연대기는 당구대 위의 당구공들을 연상케 했다. 공들 사이의 연쇄 작용. 하나의 충돌이 다른 충돌로 이어지는 인과적 사슬. 대물림되는 폭력과 알코올의존증은 연달아 부딪히는 당구공들과 그리 다르지 않아 보였다. 만약 내가 아버지와 같은 수준의 학대를 당했다면…… 나 또한 지독한 폭군이 되고도 남았을지 모른다. 아버지는 그저 끔찍한 환경에 함몰된 희생

양에 불과한 걸까. 아버지가 입버릇처럼 말했듯 자유의지란, 사실은 환상에 불과할까. 물리적 인과의 연쇄 작용은 자유의지가 끼어들 빈틈을 허용하지 않는 걸까. 설령 자유의지가 존재한다고 해도 그것이 끔찍한 환경을 극복할 수 있을 만큼 정말로 자유로운 것일까.

나는 잠도 자지 않고 우리 집안의 연대기를 계속해서 관찰했다. 하지만 그럴수록 더 깊은 미궁 속에 빠져들고 말았다. 아버지라는 존재는 여전히 증오스러웠지만, 그 증오가 정당한 것인지 점차 의문이 들기 시작했다. 동시에 자유의지에 관한 믿음마저 옅어져만 갔다. 나의 자유의지는, 그리고 아버지의 자유의지는, 많은 경우 고작 술 따위에 희석되고 말았으니까. 그래…… 고작 술 따위에 희석되는 자유의지라면, 그렇게도 쉽게 환경에 함몰되는 자유의지라면 너무나도 미약하고 무용하게 느껴졌다. 물론, 우리 인간들은 당구공이나 구르는 돌과는 달리, 그저 외부 환경에 휩쓸리기만 하는 것은 아니다. 우리는 '의도' 혹은 '의지'를 갖고 외부 환경에 대응할 선택지를 고민한다. 인간은 식당에서 메뉴판을 보고 어떤 음식을 주문할지 결정할 수 있다. 자신을 속이려는 사기꾼의 의도를 간파하려 노력하는 것으로 피해를 사전에 방지하거나 최소화할 수 있다. 자유의지라는 것을 그저 환상으로만 취급하기에는, 우리가 매 순간 내면에서 경험하는 '고민'과 '갈등'은 실재적이고도 확고하게 느껴진다. 하지만 역설적으로 자유의지가 있기 때문에 인간은 타인에게 악행을 행한다고도 할 수 있다. 그래, 차라리 자유의지가 없다면 인간의 악행은 인간의 것이 아니라 인과관계 속에서 필연적으로 일어난 물리적 연쇄 과정의 부산물로 귀착된다. 어쩌면 자유의지는 인간에게 어울리지 않는 것이 아닐까. 자유의지라는 것은 인간이 짊어지기엔 너무나도 무거운 짐이 아닐까. 그러한 의문은 나의 오랜 죄책감을 자양분으로 삼으며 마음속에서 빠르게 몸집을 불려나갔다.

만약, 자유의지가 없다면……. 그렇다면 나는 아내와 딸을 죽인 살인마가 아니라 그저 각본에 적혀 있는 일들을 맹목적으로 수행한 인형극의 인형일 테다. 자유의지가 없으면 책임도 없다는 생각은, 가족을 죽음으로 몰고 간 내게 있어선 거부할 수 없는 거대한 유혹이었다. 앞으로 사흘 후, 나는 차원 풀림 장치를 통해 본 미래를 내 손으로 재현할 수 있다. 무한을 품은 무한한 소우주를 폭주시켜 우주를 끝장내는 동시에, 우주를 영원히 반복되는 영겁회귀에 가둬둘 수 있다. 자유의지가 없는 우주에서 영겁회귀는 저주가 아니다. 그저 일어나야 할 일이 영원히 되풀이될 뿐.

#기록: ∞

바닥에는 술병이 굴러다니고 있다. 지난 사흘 동안 내가 관할하는 모든 DU를 하나로 연결했다. 이제 스위치 하나만 누르면, 연쇄 폭발이 일어날 것이다. 나는 자유의지를 가진 살아 있는 수많은 존재를 소멸시킬 학살자일까, 혹은 영원히 되풀이될 우주를 탄생시켜 거추장스러운 자유의지로부터 인간을 구해낼 구원자일까. 그도 아니면 인과관계의 연쇄에 의해 움직이는 자동인형에 불과할까. 자유의지가 없다는 나의 믿음은, 그저 자신이 저지른 범죄를 정당화하기 위한 비겁한 변명에 지나지 않을까.

이제 아무래도 상관없다. 나는 다음번 우주에서도 한나를 만나 사랑에 빠지고 내 인생의 가장 큰 선물인 수지를 낳을 것이다. 영겁회귀는 저주가 아니라 축복이다. 기쁨뿐 아니라 슬픔도 영원히 반복되겠지만, 영원한 반복을 통해 우리는 불멸의 존재가 되어 구원받을 것이다. 어쩌면 내가 이 기록을 남기는 것도 처음이 아닐지 모른다. 어쩌면 당신이 이 기록을 읽은 것도 처음이 아닐지 모른다. 플랑크 길이에서 무한히 진동하며 우주를 존재케 하는 8자 모양의 리본. 무수한 리본은 지금 이 순간에도 무심히 진동하고 있다. 아무런 목적도 없이. 아무런 의도도 없이.

나의 디지털 호스피스

내 납치범은 미친놈이 분명하다.

평범한 창고나 지하실도 아니고 아무것도 없는 새하얀 방이라니. 방은 텅 비어 있다. 가구도, 창문도, 출입구도 없는 그저 텅 빈 새하얀 공간이다.

악몽을 꾸고 있는 게 아닐까, 하는 생각에 뺨을 때리고 벽에 머리를 박아보았지만, 이건 꿈이 아니었다. 게다가 사방은 온통 벽뿐이다. 환기구 따윈 보이지 않는다. 방의 크기는 싱글 침대를 두 개만 놓아도 꽉 찰 정도로 작다. 천장이 높은 것도 아니다. 벽과 바닥과 천장을 꼼꼼히 더듬었지만 빈틈 하나 찾지 못했다. 좁은 공간은 남아 있는 산소가 얼마 되지 않는다는 걸 뜻한다.

"이런 염병할……."

나도 모르게 욕설이 터져 나왔다. 질식사. 그게 부검의가 감정서에 적어 넣을 내 사망 원인이 될 거다. 인생 최고의 날 바로 다음 날이, 인생 최악의 날이 될 줄이야. 하필 오늘은 내 생일이다.

어제는 굉장한 날이었다. 올해 초, 나는 컨트리 명예의 전당과 로큰롤 명예의 전당에 동시에 이름을 올렸다. 이는 엘비스 프레슬리를 비롯한 소수의 음악가만이 이룬 업적이었고, 금세기 들어서는 처음 있는 일이었다. 내 소속사와 MTV는 이를 기념하기 위해 대형 콘서트를 기획했다. 장소는 그 유명한 '그랜드 홀'이었다. 보수적으로 유명한 그랜드 홀이 정통 클래식 음악과는 거리가 먼 뮤지션에게 공연장을 개방한 건 처음이었다. 나는 뉴욕 최고의 오케스트라와 협연하며 그랜드 홀을 꽉 채운 관객들에게 새로운 곡들을 선보였고, 관객들이 뽑은 애창곡을 열창했다. 공연의 대미를 장식한 것은 〈뷰티풀 어스(Beautiful Earth)〉였다. 지금도 관객들이 떼창하는 장면이 눈에 선하다. 내 인생을 통틀어서 가장 감격스러운 순간이었다. 나는 팬들에게 감사를 전하기 위해, 공연이 끝나고도 그랜드 홀 바깥에서 기다리고 있던 팬들 하나하나와 악수를 나누고 팸플릿과 앨범 재킷에 사인했다. 팬들은 내 사인이 적힌 팸플릿과 앨범을 가슴에 품고 흐뭇한 표정으로 집으로 향했다. 어떤 팬들은 매서운 추위에도 불구하고 나를 태운 차량이 그랜드 홀을 떠날 때까지 공연장 밖에서 대기했다. 하루 이른 생일 축하 플래카드를 들고서. 덧붙이자면 그렇게 끝까지 남아 있던 팬들이 결코 적지 않았다.

망할 놈의 두통 때문일까? 그 뒤의 일은 기억에서 가물가물하다. 한 시간 전 즈음 나는 끔찍한 두통과 함께 깨어났다. 평범한 두통이 아니었다. 마치 머릿속에서 코끼리 떼가 날뛰고 있는 듯했다. 얼마쯤 시간이 지나자 망할 놈의 코끼리 떼는 사라졌지만, 원숭이 한 마리가 손가락으로 뇌를 찌르는 듯한 통증이 간헐적으로 이어졌다. 이런 지독한 두통은 단 한 번도 겪어보지 못했다.

나는 원숭이의 방해를 견뎌내며 어제의 일을 기억하는 데 집중했다. 내가 공연장을 떠나 향한 곳은 어디였지……. 돌연, 〈나 홀로 집에〉라는 오래된 영화의 한 장면이 떠올랐다. 벙거지 모자를 눌러쓴 케빈이 더플라자 호텔의 복도에서 젊은 시절의 트럼프에게 로비가 어디냐고 묻는다. 트럼프는 홀을 따라 내려간 다음 왼쪽으로 꺾으라고 친절하게 답한다. 그래, 더플라자. 그 호텔 로비에서 공연 스태프들과 만나 뒤풀이 장소로 이동했던 일이 기억났다. 그때 누군가가 바로 여기가 케빈과 트럼프가 대화를 나누던 장소라고 말했더랬다.

더플라자 호텔의 연회장에서 열린 1차 뒤풀이에는 공연 스태프들은 물론 오케스트라 단원들까지 모두 참석했고, 맨해튼의 내 방에서 열린 2차 뒤풀이에는 가까운 지인들만이 참석했다. 나는 지인들과 술 게임을 벌였고 점점 취하기 시작했다. 그 뒤로는…… 잘 기억이 나지 않는다.

머릿속에 떠오른 한 가지 가설. 뒤풀이에 참석했던 지인들이 내 생일을 축하하기 위해서 이런 장난을 꾸민 게 아닐까. 나는 자리에서 일어나 한쪽 벽으로 다가갔다.

"저기요? 이봐요? 거기 누구 없어요?"

정적.

"깜짝 파티는 고마워요. 정말 고마운데, 이제 그만 나와주면 안 될까요?"

여전히 정적.

"여보세요? 저기요?"

벽을 두드리며 소리쳤지만, 아무 일도 일어나지 않았다. 나는 벽에 등을 기대 주르르 미끄러지면서 바닥에 주저앉았다. 혹시 이건 단순한 깜짝 파티가 아니라 탈출 게임 같은 게 아닐까? 그래, 어쩌면 출입구도 흰색일지 모른다. 교묘하게 숨겨져 있을 뿐 어딘가 분명 출구가 있을 것이다. 나는 손바닥으로 벽을 천천히 훑어가며 작은 틈을 찾기 시작했다. 좁은 방의 벽을 전부 훑는 데는 그리 많은 시간이 필요치 않았다. 벽에서는 어떤 작은 빈틈도 발견하지 못했다. 바닥에서도 마찬가지였다. 그래도 나는 포기하지 않았다. 다행히 천장은 상당히 낮았고, 발뒤꿈치를 들고 팔을 쭉 뻗으면 손바닥으로 천장을 훑을 수 있었다. 10분 혹은 20분쯤 천장을 훑었다. 사실, 정확한 시간은 모르겠다. 이 망할 놈의 하얀 방에는 시계 따윈 없으니까. 종아리가 아파왔다. 천장 역시 빈틈 같은 건 없었다.

"이런 염병할……."

질식사라는 말이 내 머릿속을 지배한 것은 그때였다. 갑자기 공기가 쑥, 하고 열어진 듯한 느낌이 들었다. 나는 그대로 바닥에 주저앉아 숨을 몰아쉬었다. 그 와중에도 원숭이는 손가락으로 뇌를 쿡쿡 찔러댔다.

"제기랄!"

나는 원숭이를 저주했다. 조금 전 원숭이 녀석이 유난히 세게 뇌를 찔러대는 통에, 눈물이 나올 지경이었으니까. 아니, 그보다는 뇌를 잡아 뜯는 느낌에 가까웠다. 대체 내 머릿속에서 무슨 일이 일어나고 있는 거지? 격통을 참는 동안, 어느새 호흡이 정상으로 돌아왔다. 호흡을 의식하지 않으니 호흡이 안정된 것이다. 아무래도 호흡 곤란은 심리적인 현상이었던 것 같다. 아니, 그러길 바란다.

벽에 등을 기댄 채 물끄러미 바닥을 내려다보았다. 기이할 정도로 새하얗다. 벽도 마찬가지로 순백 그 자체였다. 한 번도 순도 100퍼센트의 하양과 마주한 적이 없지만, 눈앞의 색상은 순백이라는 말로도 부족할 정도로 새하얗기만 하다. 호기심에 손바닥으로 바닥을 쓸어보았지만, 먼지 하나 묻어나지 않았다.

누가 이 장소를 준비했는지 몰라도 청소 실력 하나는 정말 끝내준다. 어쩌면 이곳을 만든 이는 편집광일지도 모르겠다. 그런데 이 방은 어딘가 이상한 느낌이 든다. 꼭 있어야 할 것이 없다는 느낌이랄까. 나는 자리에서 벌떡 일어났다. 그러고는 주변을 주의 깊게 살펴보았다. 잠시 후, 위화감의 원인을 깨달았다.

"어어?"

없다. 그림자가 없다. 주변을 볼 수 있다는 것은 어디선가 빛이 들어오고 있다는 뜻이고, 빛이 있으면 그림자가 생겨나기 마련이다. 하지만, 이 방에서는 눈을 씻고 찾아봐도 그림자를 발견할 수 없었다. 다리에 붙어 있어야 할 그림자는 실종된 상태였다. 그림자가 사라진 것은 다리뿐만이 아니었다. 내 몸 전체에서 음영이 송두리째 증발되어 있었다. 음영이 사라진 나의 두 손과 팔뚝은 하나의 색상으로 그리다 만 유화처럼 보였다. 일종의 모던아트라고나 할까.

"이게 대체……."

나는 방 한가운데 주저앉아 지금 내게 무슨 일이 벌어지고 있는지를 이해하려고 노력했다. 이건 깜짝 파티도 탈출 게임도 아니다. 그보다 뭔가 더 심각한 일이 벌어지고 있는 게 분명하다. 가구는커녕 먼지 하나 없는 공간. 완전히 밀폐된 공간. 그림자마저 사라진 공간. 아니, 세상에…… 어떻게 그림자를 없애버릴 수 있지? 누가 나에게 환각제를 먹였을까? 빛은 대체 어디에서 흘러들어오는 거지? 내가 모르는 사이에 벽을 투과하는 조명 장치가 등장한 걸까?

이 모든 상황을 단순한 장난으로 치부하기에는 일 처리가 지나치게 꼼꼼하다. 그래, 이건 어떤 편집광이, 미치광이가 벌인 짓이다. 누군가가 악의를 품고 나를 납치한 거다. 하지만 대체 왜?

……어쩌면 내가 정상이 아닐지도 모르겠다. 그게 그림자가 사라진 현상을 설명하는 가장 쉬운 답일 것 같다. '오컴의 면도날'에 의하면 불필요한 가정을 해서는 안 된다고 하지 않았던가. 나는 정신병원의 침대에 누워 그림자가 사라진 새하얀 방을 상상하는 미치광이일지도 모른다. 아니, 그 가설은 제외해도 될 것 같다. 정말로 미쳤다면 자신이 미쳤다고 가정하진 않을 테니까. 이런저런 가설을 떠올리는 사이, 다시 한번 바닥과 벽을 꼼꼼히 더듬었다. 하지만 이번에도 아무런 소득을 얻지 못했다.

생각보다 오랫동안 방 안을 탐색했는지 몸이 피곤했다. 바닥에 드러누워 두 눈을 감자, 고맙게도 빛이 완전히 차단되면서 시야가 암흑으로 물들었다. 애초에 빛이라는 것이 이 방안에 존재하는지 의심스러울 정도였다. 눈을 뜨면 순백, 감으면 완전한 암흑. 도무지 무엇 하나 정상적이지 않다. 잠이 들었다 깨면 이 기묘한 악몽에서 벗어날 수 있을까. 그런 마음으로 수면을 청했지만 좀처럼 잠이 오지 않았다. 나는 습관적으로 양을 세기 시작했다. 666마리까지 셌을 때 갑자기 정적을 깨고 단조로운 기계음이 들려왔다. 하필 악마의 숫자라니…….

"경고. 경고. 배드 섹터로 인해 에러가 발생했습니다."

"재진입을 위한 바이트가 모자랍니다."

"경고. 경고. 에러 코드 28918291-DKP."

사방에서 동시에 들려오는 기계음에 나는 반사적으로 자리에서 일어났다. 한쪽 벽면은 어느새 벽 전체가 디스플레이로 변해 있었는데, 좀 전의 기계음과 같은 내용의 메시지가 표시되어 있었다.

"여보세요?"

그 벽에 다가가며 물었지만, 벽은 그저 같은 메시지를 되풀이할 뿐이었다. 바이트가 모자란다고? 배드 섹터라니?

"저기요? 거기 누구 있어요?"

"……경고. 에러 코드 28918291-DKP."

벽은 같은 메시지를 한 번 더 읊조리고 나서야, 새로운 정보를 제공했다.

"상담원과 연결하시려면 버튼을 누르십시오."

어쩌면 나를 이곳에 데려온 것은 납치범이 아닐지도 모르겠다. 자신을 상담원으로 지칭하는 납치범 이야기 따윈 들어본 적도 없다. 역시 누군가가 꾸민 장난인 걸까.

화면 왼쪽에 떠오른 버튼을 누르자, '바이트 잔액이 모자랍니다'라는 메시지가 표시되었다. 새로 등장한 가상 화폐인가? 곧이어 '무료 상담원 연결'이라는 버튼이 떠올랐다. 무료라는 단어에 나도 모르게 안심했다. 하지만 어째서? 통장 잔액이 열 자릿수가 훌쩍 넘어가는 내가 왜 무료라는 말에 혹했는지 모르겠다.

어쨌든 지금은 이 버튼을 누르는 수밖에 없다. 달러는 차고도 넘쳤지만, 바이트 따윈 가지고 있지 않으니까. 버튼을 누르자 연결음이 두어 번 이어지더니 녹음된 음성이 흘러나왔다.

"무료 상담원이 모두 통화 중이오니 잠시만 기다려주시기 바랍니다."

잠시는 잠시가 아니었다. 그럼 그렇지. 내 이럴 줄 알았다, 라는 말이 입 밖으로 튀어나오려 했다. 어쩐지 이런 상황이 익숙했다. 돌연, 머릿속에 구멍이 뚫리는 듯한 격렬한 통증이 느껴졌다. 잠잠하던 원숭이 녀석이 다시 활동을 재개한 것이다. 나는 원숭이의 장난질을 잊기 위해 계속해서 대기음에 귀를 기울였다. 다행인 것은 대기음이 참 마음에 든다는 점이었다. 대기음은 여러 악기가 함께 협연하는 종류의 음악이었다. 오케스트라가 연주하는 곡. 이런 음악을 무어라 부르더라. 교향곡. 그래, 이런 음악은 교향곡이라고 부른다. 이 교향곡을 들으니 마치 숲속을 거니는 듯한 느낌이 든다. 새가 지저귀고 시냇물이 흘러간다. 나무 향이, 꽃내음이 느껴지는 듯하다. 합성음이 아니라 정통적인 악기들만으로 이토록 훌륭하게 자연의 정경을 표현해낸 작곡가는 분명 엄청난 재능의 소유자임에 틀림이 없을 것이다.

이 곡은 어딘가 〈뷰티풀 어스〉를 연상케 하는 구석이 있었다. 퍼뜩 깨달은 사실 하나. 이 곡은 〈뷰티풀 어스〉의 작곡에 영감을 준 곡이었다. 그런데 이 곡의 작곡가도 곡명도 기억이 나지 않았다. 그뿐 아니라 뭔가 중요한 걸 잊고 있을지 모른다는 불길한 생각이 뇌리를 스쳤다. 잊어서는 안 되는 중요한 걸 잊은 듯한 느낌이 들었다…….

곡을 더 듣다 보면 자연스레 필요한 기억이 떠오를지도 모른다는 생각에 다시 곡에 집중했다. 현악기들이 톡톡 튀어 오르는 느낌을 주는 음을 반복했다. 오보에가 유쾌한 멜로디를 선보이면, 바순이 낮은음으로 응답한다. 곧이어 클라리넷과 호른이 흥을 더한다. 흥겹게 춤추는 모습이 연상되는 악장. 호른이 시원하게 터지며 자연스럽게 새 악장으로 넘어간 직후, 첼로와 더블베이스가 전운을 암시하듯 낮게 깔린다. 곧이어 트롬본, 피콜로, 팀파니가 가세하자 숲속에 격렬한 폭풍이 불어닥친다. 하지만 격정의 순간, 음악이 툭 하고 끊어졌다. 그 대신 낯설고도 익숙한 여성의 목소리가 방 안에 울려 퍼졌다.

"지우 씨? 내 말 들려요?"

나는 정신 나간 사람처럼 사방을 두리번거렸다. 여기 나 말고 또 누가 있다고. 하지만 내 이름이 지우인지 확신이 서지 않았다. ……잊고 있었던 건 바로 나의 이름이었다. 나는 성공한 음악가였다. 컨트리 명예의 전당과 로큰롤 명예의 전당에 동시에 이름을 올린 음악계의 거물이었다. 하지만…… 대체 어떤 이름을 올렸는지가 기억나지 않았다. 아니, 잊고 있던 건 이름뿐이 아니었다.

그래, 나는…… 성공한 음악가이다. 그건 확실하다. 지금도 〈뷰티풀 어스〉를 떼창하는 팬들의 모습이 눈에 선하다. 하지만 나라는 인간의 디테일에 관해서는 잘 기억이 나지 않았다. 팬들에게 친절한 음악가. 열 자릿수의 통장 잔고를 자랑하는 거부. 그런 몇 가지 표면적인 특징들은 선명하게 떠올랐지만, 그 밖의 것들은, 정말 중요한 알맹이들은, 죄다 안개 속에 감추어져 있는 듯했다. 내가 어떤 인생을 보내왔는지, 어떤 과정을 거쳐 성공했는지, 나라는 인간은 대체 어떤 인물이었는지에 관해서는 무엇 하나 떠오르지 않았다. 나는 당황한 목소리로 이렇게 물었다.

"네. 들립니다. 그런데 제 이름이 지우인가요?"

내 말에 상담원은 웃음소리를 냈다.

"이번엔 안 속아요. 그보다 반갑다고 표현해도 될지…… 참 애매한 상황이군요. 아무튼 다시 만나서 정말 반가워요."

곧이어 벽면 스크린이 흔들거리더니, 젊은 여성의 모습으로 가득 채워졌다. 여성의 얼굴 아래에는 레이첼이라는 이름이 표시되어 있었다. 레이첼이라는 여성의 모습에도 음영은 존재하지 않았다. 그녀 또한 나와 마찬가지로 하나의 물감으로 그린 실험적인 모던아트처럼 보였다.

"저도 반갑습니다, 레이첼 씨. 진심이에요. 이 하얀 방 때문에 미치기 직전이었거든요. 그런데 우리가 구면인가요? 제 이름이 지우인가요?"

"지우 씨, 저 오늘은 장난칠 기분이 아니에요. 제 이름은 기억하면서 자기 이름은 잊었다고 주장하는 아니겠죠?"

지우라는 녀석은 양치기 소년 같은 놈이었나. 그런데 '양치기 소년'이란 게 대체 뭐였지? 그보다 〈나 홀로 집에〉의 한 장면은 기억하면서, 어떻게 나라는 인간에 대해서 잊어버릴 수 있을까? 머릿속이 엉망진창으로 엉켜버린 느낌이다.

"화면 아래 레이첼이라고 쓰여 있었어요. 미안하지만 저는 진지합니다."

"정말 기억이 나지 않아요? 자기 이름이?" 상담원이 걱정스러운 표정과 함께 물었다. 나는 여전히 당혹스러운 얼굴로 천천히 고개를 끄덕였고.

"으음…… 스캔 중이니까 잠시만 기다려요. 이런, 이런. 결국 우려했던 일이 일어났군요. 배드 섹터가 한두 개가 아니에요. 이래서야 자기 이름을 잊어버릴 만도 하죠. 시나리오에서 떨어져 나온 것도 그 때문이구요."

"저기, 잠시만요. 배드 섹터? 시나리오? 그게 다 무슨 뜻이죠? 아니, 그보다 여긴 대체 어디예요?"

내 질문에 상담원은 잠시 인상을 찡그리더니 이렇게 되물었다.

"지우 씨. 어디까지 기억이 나요?"

"어디까지라뇨?"

"예를 들면…… 지금이 몇 년도인지는 기억이 나요? 나노봇 사태가 뭔지 알겠어요?"

나는 고개를 가로저었다.

"날짜는 잘 모르겠어요. 하지만 제가 음악가라는 건 알겠어요. 바로 어제 그랜드 홀에서 공연이 있었습니다. 저는 맨해튼의 어퍼이스트에 살고 있고요."

상담원은 무언가를 골똘히 생각하고 나서 겨우 입을 열었다.

"지우 씨, 증상이 생각보다 심각하네요. 어디서부터 설명하는 게 좋을까요." 레이첼은 잠시 뜸을 들였다가 말을 이었다. "제가 역사 선생님은 아니지만, 최대한 짧고 쉽게 설명해 볼게요."

나는 레이첼의 이야기를 진지하게 경청했고, 납치보다 훨씬 더 끔찍한 일이 발생하고 있다는 사실을 알게 되었다. 레이첼이 나에게 거짓말을 하고 있는 게 아니라면.

"……그러니까 인류가 자가 복제하는 나노봇을 가지고 전쟁을 할 정도로 멍청했고, 결과적으로 제어 불가능한 변종봇이 등장해 지구에서 모든 유기 생명체가 사라졌다는 뜻인가요?"

"네, 쉽게 말하면 그래요."

"다행히도 나노봇 사태로부터 살아남기 위해 애를 쓴 결과, 의식을 스캔해서 디지털화하는 기술을 개발했고요? 그렇게 소수의 인류가 하드디스크 같은 전자 장치 속으로 피신을 했다는 말이죠?"

"정확히 말하자면, 나노봇 사태 이전에 이미 의식을 0과 1로 이루어진 데이터로 변환하는 일에 성공했어요. 하지만 스캔 과정에서 뇌가 파괴되기 때문에 의식 스캔은 큰 인기가 없는 기술이었죠. 고전적인 의미로는 일단 죽어야만 디지털로의 이행이 가능하니까요. 그러다 나노봇 사태로 상황이 돌변했죠."

"아무튼 우리는 지구 표면이 아니라, 컴퓨터로 만든 가상현실 속에서 살고 있다는 말이죠?"

"가상현실이라는 표현은 벌써 오래전에 폐기된 말이에요. 이곳은 우리에게 있어 완벽한 현실이니까. 우리는 이곳을 '뉴리얼리티'라고 불러요. 가상현실이란 말은 쓰는 건 세상을 저주하고 싶을 때뿐이에요. 일종의 욕설 같은 것이죠."

거기까지 들었을 때, 나도 모르게 참았던 웃음이 터져 나왔다. 이게 다 누가 꾸민 장난질인지 몰라도 배경 스토리가 너무 싸구려 같아 보인다.

"지금 농담하는 거죠? 가상현실이라니. 아, 욕을 해서 미안해요." 나는 그렇게 비아냥거리며 말을 이어나갔다. "대멸종이니 디지털 세상으로의 이주니…… 지금 나보고 그걸 믿으라는 건가요?"

"저도 그게 다 헛소리였으면 좋겠어요. 절반의 세상이 사라진 건 슬픈 일이니까요. 하지만 제 말은 모두 사실이에요. 지금 바로 증거를 보여드리죠."

"이봐요. 이제 장난은 그만두고 어서 여기에서 나를……."

레이첼은 내 말을 끊고 말을 이어나갔다.

"지우 씨한텐 그림자가 안 보이죠? 하지만 제가 셋을 세면 그림자가 나타날 거예요. 셋, 둘, 하나."

레이첼의 카운트다운과 함께 세상이 음영을 되찾았다. 나는 바보처럼 입을 쩍 벌리고 말았다. 모던아트에 깊이가 더해지면서, 내 몸이 살아 있는 인간의 몸으로 돌아왔다. 레이첼의 얼굴 또한 인간의 그것으로 변했고. 이곳이 정말로 가상현실이었나? 여전히 레이첼의 말이 잘 믿어지지 않았지만, 방금 일어난 현상은 그녀의 말을 뒷받침하는 듯했다.

"지우 씨는 바이트를 절약할 필요가 있으니까 다시 없애드리죠. 셋, 둘, 하나."

그녀의 말과 함께 내 몸은 다시 모던아트로 돌변했다. 레이첼은 그 뒤에도 몇 번이나 '마법'을 보여주었다. 내 주변이 일시에 암흑으로 변했다가(나는 암흑 속에서 영원처럼 느껴지는 시간 동안 자유낙하를 해야 했다) 그다음 순간에는 새하얀 방의 천장에 서 있었다.

"제 권한으로는 이 정도밖에 못 보여드리겠네요."

레이첼의 말과 함께 나는 바닥으로 돌아왔다. 나는 어리둥절한 표정과 함께 이렇게 물었다.

"이곳이 정말로 가상현실, 아니 뉴리얼리티라는 건가요? 솔직히 말해서 아직도 뭐가 뭔지 잘 모르겠어요. 이게 현실이지만 현실이 아니라니……. 사실은 제가 완전히 미쳤다거나 하는 건 아니겠죠?"

"저도 지우 씨와 같은 처지였다면 믿기 어려웠을 거예요."

"가상현실 속 사람들은……. 아, 이번엔 정말로 미안해요. 뉴리얼리티 속 사람들은 저처럼 가구도 창문도 없는 새하얀 방 안에서 살아가는 건가요? 이렇게 가끔 서로 잡담이나 하면서 말이에요."

나는 이 방의 허전함을 강조하기 위해, 디스플레이 벽 앞에 비스듬히 선 채로 방 안쪽을 향해 양손을 펼쳐 보였다.

"물론, 그건 아니에요. 이곳에도 도시가 있어요. 숲이나 바다 같은 자연환경도 존재하구요."

"오, 좋아요. 이제 나쁜 소식 대신 좋은 소식을 들을 차례로군요."

그런데 레이첼은 내 질문에 미간을 찡그리며, 심각한 표정을 지었다. 제길, 아직도 나쁜 소식 남아 있다는 말인가? 동식물을 비롯한 모든 유기 생명체가 자연 생태계에서 완전히 사라졌다는 이야기보다 나쁜 소식이?

"음…… 그게 말이죠. 진짜로 나쁜 소식은 지금부터예요."

"지구상에서 생물이 멸종한 일보다 더요?"

"제 말은, 물론 지금까지의 이야기도 충분히 나쁜 소식이었지만, 이제부터의 이야기는 좀 더 개인적인 내용이 될 거예요. 혹시 아직 마음의 준비가 안 됐다면 하루 정도 있다가……."

"아뇨, 그냥 지금 바로 말해주세요."

내가 그리 재촉했다. 인간의 상상력은 실제보다 더한 최악의 상황을 떠올리는 법이니까. 레이첼이 전하려는 게 얼마나 나쁜 소식인지 몰라도, 지금 바로 듣는 게 제일 나은 선택지일 것 같았다.

"지우 씨는 센트럴시티에서 쫓겨났어요."

"센트럴시티라는 게 혹시 맨해튼의 새 이름인가요?"

"아뇨, 센트럴시티는 뉴리얼리티에 있는 도시 이름이에요. 맨해튼보다 훨씬 더 거대한 곳이죠. 맨해튼은 이제 없어요. 예전에 맨해튼이 있던 자리는 폐허조차 남지 않았어요. 전쟁이 남긴 상처 중 하나예요. 하지만 센트럴시티의 어느 구역에는 맨해튼의 일부가 재현되어 있긴 해요."

"그럼 제가 친구들과 뒤풀이를 하던 방도 그 구역에 있겠군요. 그런데 저는 언제까지 도시에서 추방된 거죠?"

"한 가지씩 답변해드릴게요. 먼저 지우 씨가 기억하는 방은 뉴리얼리티의 맨해튼에는 없어요."

"네? 뭐라구요? 그럼 제 방은 어디에 있는 거죠? 진짜 맨해튼은 사라졌다면서요?"

"그건 시나리오였어요. 현실의 맨해튼을 거의 완벽하게 구현했지만, 현실이 아니었어요. 시나리오가 재생되는 동안에는 현실처럼 느껴지지만 사실 인위적인 꿈의 일종이죠. 지우 씨는 남은 바이트로 그 꿈을 구입했어요. 참고로 바이트는 뉴리얼리티에서 쓰이는 화폐이자 실질적인 재화예요."

"……그럼 제가 음악가가 아니란 말인가요? 그럼 대체 저는 누구죠? 그러니까 나는 뭘 하던 사람이었죠?"

"지우 씨는 음악가가 맞아요. 좀 더 정확히 말하자면 작곡가였죠. 가끔 노래도 직접 불렀지만 다른 사람을 위해 곡을 쓴 경우가 더 많았어요. 아무튼 기록에 의하면 그렇다고 하네요."

"좀 혼란스럽군요. 뉴욕에서 공연을 했던 기억은 가짜지만, 어쨌든 저는 작곡가라는 말이죠?"

레이첼은 고개를 끄덕이더니, 어떤 멜로디를 흥얼거리기 시작했다. 입에 착 달라붙는 그 멜로디는 센티멘털하면서도 유쾌한 구석이 있었다.

"〈뷰티풀 어스〉라는 곡이에요. 지우 씨의 곡 중에서 제가 아는 유일한 곡이기도 하죠. 사실, 이 곡을 모르는 사람은 거의 없어요."

레이첼이 거기까지 말했을 때, 불시에 뇌를 찔러대는 원숭이 때문에 신음을 내뱉고 말았다.

"두통이 심한 것 같군요. 배드 섹터가 계속해서 추가되는 탓일 거예요. 제 권한으로 해드릴 수 있는 건 별로 없지만 물을 한 잔 드릴게요."

다음 순간, 내 손에는 차가운 물이 가득 찬 유리컵이 들려 있었다. 나는 레이첼에게 고맙다는 말을 전하고는 단숨에 컵을 비웠다. 그와 동시에 유리컵이 거짓말처럼 사라졌다.

"물맛이⋯⋯ 어딘가 이상해요. 제가 알던 물맛이 아니군요. 아니, 이상한 건 물맛이 아니라 제 몸 상태일지도 모르겠어요. 제가 지금 컨디션이 엉망인 것 같으니까요."

"뉴리얼리티의 물맛이 좀 아쉽긴 하죠. 사실, 물맛뿐이 아니에요. 뉴리얼리티는 이론상 현실을 완벽하게 재현할 수 있어요. 하지만 효율적인 데이터 활용, 바꿔 말하면 데이터 절약을 위해서 많은 것들이 압축되거나 변형됐어요."

레이첼의 말을 들으니 방 안에 먼지 하나 없는 이유를 알 것 같았다. 그 또한 데이터 절약을 위한 조치이리라. 먼지 같은 섬세한 것들을 구현하려면 적지 않은 바이트가 필요할 테니까.

"그런데 그 배드 섹터라는 게 대체 뭐죠?"

"배드 섹터는 그러니까⋯⋯ 데이터 저장소의 특정 영역이 망가지는 걸 뜻해요. 지우 씨가 있는 곳은 오래된 장비 속에 구축된 공간이라, 언제 배드 섹터가 발생할지 몰라요. 지우 씨의 기억상실증도 배드 섹터의 부작용 중 하나예요."

"⋯⋯차라리 기억이 모두 증발했다면 덜 혼란스러웠을 것 같아요. 저는 하루 전에 〈뷰티풀 어스〉를 뉴욕 필하모닉과 협연했어요. 지금도 어제의 일이 눈앞에 생생해요. 하지만 그게

다 가짜 기억이라니……. 도무지 믿기지 않는군요."

"지우 씨가 〈뷰티풀 어스〉를 작곡한 건 뉴리얼리티력 52년이었어요. 그땐 이곳에 맨해튼을 재현한 장소도 없었죠. 그러니 뉴욕에서 그 곡을 공연하는 일 자체가 불가능해요. 지우 씨에게 남아 있는 기억은 대부분 시나리오에서 생성된 가짜 기억이에요. 물론 그 시나리오가 재생되는 동안에는, 그 모든 게 지우 씨에게 진짜 현실처럼 느껴졌을 거예요. 그 때문에 지금 혼란을 겪고 있는 거구요."

"저는…… 제가 누군지 알고 싶어요. 기억들이 죄다 안개 속에 파묻혀 있어요. 공연이 바로 어제였는데 〈뷰티풀 어스〉 이외의 곡들은 도무지 기억이 나지 않아요. 아니, 〈뷰티풀 어스〉의 멜로디도 잊고 있었어요."

"지우 씨에겐 선택권이 있어요. 정말로 알고 싶으세요? 이미 말씀드렸듯이 진실은 나쁜 소식에 속해요. 지우 씨는 나쁜 소식을 듣는 대신, 지금 당장 다른 시나리오를 구매할 수도 있어요."

"시나리오라는 걸 구매하면…… 그럼 진실은 어떻게 되는 거죠?"

"일단 시나리오를 구매하면 그 시나리오가 진실이 될 거예요."

레이첼의 설명을 듣자, 아이디어 하나가 떠올랐다.

"잠깐만요, 시나리오를 구매하면 나쁜 소식을 잊을 수 있다는 말인가요?"

"네, 맞아요. 시나리오 속 현실이 실제 기억보다 우선시되니까요."

"그렇다면 저는 진실이 알고 싶어요. 정말로 잊고 싶은 나쁜 기억이라면 시나리오라는 걸 구매해서 잊어버리면 되니까요. 각오는 됐으니까 뜸 들이지 말고 바로 말해주세요."

대체 무슨 생각으로 그런 말을 했을까. 이어지는 이야기는 꽤나 충격적이고 절망적인 것이었다. 그러니 최대한 간략하게 압축해서 언급하고자 한다. 세세한 뉘앙스까지 담아가며 그 모든 이야길 복기하는 건 너무나도 고통스러운 일이니까(사실, 기억 로그에 할당된 바이트가 부족하기도 하다).

레이첼은 나의 진짜 인생이 시나리오와 어떻게 다른지 설명해주었다. 시나리오 속에서 나는 숱한 명곡을 히트시킨 거물이었지만, 현실의 나는 〈뷰티풀 어스〉 단 한 곡만을 성공시킨 '원 히트 원더'였다. 그녀가 몇몇 기사를 인용하며 들려준 나의 일대기는 형편없는 실패로 점철되어 있었다. 나는 〈뷰티풀 어스〉의 성공에 취해 흥청망청 바이트를 낭비했다. 그러다 주변인들에게 손을 벌리기 시작했고 대부분의 빚을 갚지 않았다. 약에 절어 방탕한 세월을 보내면서 작곡을 하는 흉내를 내긴 했지만, 결과물은 하나같이 형편없었다. 〈뷰티풀 어스〉의 퀄리티를 기대하고 작곡을 의뢰한 이들은, 하나같이 실망스러운 표정을 지었다. 그들은 〈뷰티풀 어스〉의 작곡가가 만든 노래라고 홍보하기 위해 내 이름을 팔았지만, 내 노래는 다른 작곡가들에 의해 대폭 개작되고 말았다. 나는 그런 일에 불만을 터뜨리곤 했지만, 오래지 않아 불만의 원인이 사라지게 되었다. 〈뷰티풀 어스〉의 인기가 식어가면서 내 이름을 팔길 원하는 이들도 더는 찾아볼 수 없게 되었으니까.

나를 원조하던 몇몇 지인들과 〈뷰티풀 어스〉의 로열티(아쉽게도 로열티는 시간이 지날수록 빠르게 줄어들었다) 덕분에 그럭저럭 생계를 유지할 수 있었지만, 도박판에서 〈뷰티풀 어스〉의 저작권을 잃어버린 후로는 상황이 달라졌다. 그 무렵엔 끝까지 나를 응원하던 지인들도 모조리 떠나간 뒤였다. 당연한 일이었다. 레이첼이 들려준 말을 종합하자면, 나는 무책임하고 게으른 인간이었으니까. 약에 절어 세월을 허비한 쓰레기 같은 놈이었으니까.

결국 나는 파산 상태에 이르러 센트럴시티에서 쫓겨나고 말았다고 한다. 그리고 앞으로 10일 후에는 어떤 지인에게 간신히 빌렸던 잔여 바이트가 모두 소진되어, 나라는 존재는 세상에서 소멸된다. 레이첼은 그저 평범한 상담원이 아니었다. 나의 죽음을 도와줄 호스피스였던 것이다.

"……그러니까 레이첼은 제 호스피스라는 말이군요?"

"네. 유감이지만 그게 제 역할이에요. 저기, 지우 씨……."

자신이 호스피스임을 전하는 건 레이첼에게도 슬픈 일이었는지, 그녀는 젖은 눈가로 말을 잇지 못하고 간신히 감정을 억눌렀다.

영면 대상자를 사무적으로 대하는 게 결국 그녀 자신의 마음을 보호하는 일일 것이다. 하지만 그녀는 그런 방식으로 나를 대하는 대신 끝까지 나를 인간답게 대해주고 있었다. 나는 다른 이가 아니라 레이첼이 나의 호스피스라는 사실에 감사한 마음이 들었다. 그런 내 기분을 말로 표현하고 싶었지만, 레이첼이 먼저 입을 열었다.

"저는 하얀 방에 오기 전의 지우 씨에 관해서는 잘 모르지만, 제가 겪은 지우 씨는 용감하고 유쾌한 사람이었어요. 지우 씨는…… 영면 시나리오를 재생하는 최악의 상황에서도 유머를 잃지 않았어요. 그런 지우 씨의 모습은 저에게도 큰 위안이 되었구요."

레이첼의 따뜻한 말에 나도 모르게 눈가가 젖어 들었다. 혹은 그저 죽음이 두려워 눈물을 보이고 말았는지도 모른다. 최악의 상황에서도 유머를 잃지 않았다고? 내가 그렇게 강한 인간이었나? 어쩌면, 용기는 기억과 함께 증발해버렸는지도 모른다. 나는 죽음을 받아들이고 싶지 않았다. 레이첼이 지난번 영면 시나리오의 재생을 준비했을 때는, 너무나도 겁이 난 나머지 실없는 농담을 하면서 센 척을 했었는지도 모른다.

"혹시 바이트를 대출받을 방법은 없는 건가요? 뉴리얼리티에도 복지 재단 같은 게 있을 것 같은데요, 어떻게 도움을 청해볼 순 없을까요?"

감정을 추스르고 나서 그녀에게 질문을 쏟아냈다. 인생이 겨우 10일 후에 끝난다는 말에 쉽사리 동의할 수 없었으니까. 하지만 레이첼에게서 돌아온 답은 모두 부정적이었다. 제3금융권은 물론, 뒷골목 사채업자들에게까지 적지 않은 피해를 주고 파산에 이른 나에게 바이트를 빌려줄 곳은 존재하지 않았다. 레이첼의 도움으로 지인들에게 연락을 시도해보았지만, 그들은 약속이라도 한 듯이 한결같이 나의 연락을 거부했다(사실 이전에도 레이첼을 통해 몇 번이나 연락을 시도했었다고 했다).

결국, 레이첼은 호스피스답게 편안한 죽음을 맞이할 최상의 길을 제시했다. 10일을 텅 빈 공간에서 지내는 대신, 잔여 바이트로 시나리오를 구입하여 영면을 맞이하는 방법이었다.

"원래 지우 씨는 〈구시대의 성공담〉이라는 시나리오 재생 중에 영면할 예정이었어요. 하지만 배드 섹터로 인해 시나리오가 강제 중단되어 깨어나고 말았죠. 불행 중 다행인 점은 시나리오 구입 금액 중 일부가 환불되었다는 거예요. 그 덕분에 남은 수명이 10일로 늘어난 거죠. 환불이 되지 않았다면 그대로 삭제되고 말았을 거예요. 아무튼 그 정도 바이트면 텅 빈 공간에서 생을 마감하지 않아도 돼요. 잠깐만요. 시나리오를 검색 중이에요."

나는 환불로 인해 수명이 연장되었다는 사실이 다행인지 불행인지 판단하기 힘들었다. 레이첼은 전자라고 생각하는 것 같았지만. 곧 그녀가 말을 이었다.

"남은 바이트로 구입할 수 있는 건 〈등대지기〉와 〈스트리퍼〉예요. 알고리즘이 추천한 시나리오니까 어느 쪽을 고르든 후회하지 않을 거라고 생각해요. 참고로 알고리즘은……."

잠시 알고리즘에 관한 설명이 이어졌지만, 나는 제대로 집중하지 못했다. 두 시나리오 모두 마음에 들지 않았다. 〈등대지기〉는 너무 쓸쓸할 것 같았다. 〈스트리퍼〉는 건전한 죽음과는 거리가 멀 것 같았고. 레이첼의 말에 의하면 알고리즘은 나의 인생사에 비추어 시나리오를 추천한다고 하던데 나라는 놈은 대체 어떤 인생을 보냈던 걸까.

"〈구시대의 성공담〉으로 돌아갈 수는 없나요?"

"그 시나리오는 보험 플랜 없이 할인가에 구입한 거라서 다시 돌아가려면 재구매해야 해요. 지우 씨의 현재 잔액으로는 도저히 구매할 수 없는 가격이구요."

"지난번 저한테 돈을 빌려줬다는 그 지인 말인데요. 다시

한 번만 연락해봐도 될까요?"

다시 한번 레이첼의 도움으로 '민아'라는 이름의 지인에게 연락을 시도했지만, 결과는 처음과 마찬가지였다. 아니, 더 나빠졌다. 민아는 나를 블랙리스트로 지정했고, 나는 영원히 그녀에게서 단절되고 말았다.

"그냥 이대로 이곳에서 10일을 보내는 건 어떨까 해요. 〈등대지기〉도 〈스트리퍼〉도 마음에 들지 않거든요. 나라는 놈은 늘 인생을 정면으로 마주하지 못하고 도망치기만 한 것 같으니, 마지막 순간이나마 인생을 똑바로 직시하고 싶다는 생각이 들었어요."

"판단은 지우 씨의 몫이지만, 그 방법은 추천하고 싶지 않아요. 하얀 방은 종종 사람을 미치게 만들거든요……."

레이첼의 만류에도 나는 시나리오를 구매하지 않았다. 나에게는 뉴리얼리티라는 공간도 여전히 진짜 현실과는 괴리된 '가상의' 장소로만 느껴졌다. 하물며 시나리오는 가상 속의 가상이 아닌가. 시나리오를 구매하면 편안한 영면을 맞이할 수 있지만, 남은 수명이 단 하루로 줄어든다는 사실도 마음에 들지 않았다. 주관적 시간은 그보다 길게 느껴진다고 하지만 겨우 하루 동안 재생되는 시나리오 속에서 죽음을 맞는 것이다.

나는 레이첼과의 접속마저 끊어버린 채, 새하얀 방에 오롯이 홀로 남겨졌다. 접속을 끊기 전, 레이첼의 도움으로 남은 바이트를 이용해 어쿠스틱 기타와 1인용 소파를 구매했다. 나는 어쿠스틱 기타를 튕기며 생의 마지막 나날을 보낼 작정이었다. 남은 수명이 10일에서 9일로 줄어들었지만, 나에겐 인간다운 최후를 맞이하기 위한 마지막 쇼핑이 필요했다.

***

처음엔 그리 외롭지 않았다. 혼자서 맞이하는 죽음도 그리 나쁘지 않겠다는 생각이 들었다. 하지만 겨우 3일이 지나자, 나는 외로움에 항복했다. 벽면 스크린을 터치해 레이첼을 찾았지만, 뚱한 표정의 다른 상담원이 나를 응대했다. 레이첼은 다른 고객을 응대하느라 당분간 여유가 없을 거라고 했다. 나는 새로운 상담원과의 접속을 종료했다. 너절한 인생사를 낯선 이 앞에서 털어놓을 정도로 외롭지는 않았던 모양이다.

그 후로 며칠 동안, 이런저런 기억이 불시에 떠올랐다. 대부분은 민아와 함께했던 기억이었다. 민아는 단순한 지인이 아니라 나의 연인이었다. 서로에게 상처를 준 기억도 떠오르곤 했지만, 행복한 기억이 찾아올 때가 더 많았다. 하지만 민아와의 기억은 어딘가 비현실적인 구석이 있었다. 〈구시대의 성공담〉처럼 내장이 없는, 어딘가 흐물거리는 이야기랄까. 너무

나 흔하고 뻔한 민아와의 행복담은 엔도르핀을 쥐어짜내기
위해 급조된 또 하나의 시나리오처럼 느껴졌다.

조각조각 파편화되어 떠오른 기억들을 이어 붙인 이야기
는 이러하다. 민아는 실패한 음악가를 깊은 인내심을 갖고
응원했다. 내가 도박과 약물에 허덕일 때도 나를 포기하지
않았다. 나는 작곡가로서는 재기하지 못했지만 음악 교실을
열어 아이들을 가르치기 시작했다. 그런 인생도 나쁘지 않았
다. 아니, 충분히 행복한 인생이었다. 민아와의 이야기는 〈구
시대의 성공담〉 이전에 내가 구매했던 시나리오임에 틀림없
으리라. 나에게 그런 인생을 누릴 자격이 있었다면, 지금 이곳
으로 흘러오지도 않았을 테니까.

엉뚱한 망상 하나 또한 줄기차게 나를 찾아왔다. 그 망상
은 민아와의 이야기의 후속편이기도 했다. 평범한 음악 강사
로 살아가던 나는, 어느 날 뉴리얼리티의 창조자이자 운영자
인 '관리자들'의 파티에 불려 갔다. 뉴리얼리티 탄생 100주년
을 기념하는 그 비공개 파티에서, 나는 〈뷰티풀 어스〉를 그
들의 요청에 맞추어 개사하여 불렀다. 나의 공연은 성공적이
었다. 관리자들은 늦은 새벽까지 이어진 밀실 파티에서 나에
게 이런저런 곡들을 주문했다. 〈뷰티풀 어스〉 이외엔 죄다 남
의 곡이었지만, 팁으로 바이트를 두둑이 받았기에 그들의 요
청을 거부할 이유가 없었다. 그런 기회는 좀처럼 오지 않으니

거절하는 게 오히려 이상한 일이었다.

부호들의 파티가 흔히 그러하듯, 그 파티에는 술과 마약에 더해 성적 서비스가 제공되었다. 나는 그저 피아노 앞에 앉아 한낱 배경음을 연주하며 그 모든 걸 관조할 뿐이었지만, 친절한 관리자 하나에게 칵테일 한 잔을 대접받을 수 있었다.

연주와 연주 사이의 짧은 휴식 시간에, 나는 얼음이 절반쯤 녹은 칵테일에 겨우 손을 뻗었다. 그 칵테일은…… 압축되지 않은 날것이었다. 막대한 바이트로 만들어진 칵테일은 진짜 현실에서나 맛볼 수 있는 진짜 술맛을 제공했다. 뉴리얼리티 속에서는 데이터를 절약하기 위해 모든 것들이 이런저런 방식으로 간소화된다. 음식과 음료에서 맛을 느낄 수는 있지만, 원래의 풍미가 아니라 어딘가 김이 빠진 단조로운 맛에 불과하다. 하지만 관리자에게 받은 술은 달랐다. 압도적인 풍미가 혀를, 뇌를, 자극하자 저절로 눈에 물방울이 맺히고 말았다. 그건 내가 줄곧 잊고 지내던 진짜 현실의 감각이었다. 뉴리얼리티로 이주할 때 열일곱 살에 불과했던 내가 딱 한 번 맛보았던 '진짜' 칵테일의 맛이었다. 칵테일 한 잔에 눈물을 보이는 내 모습에 관리자 하나가 농담처럼 이렇게 말했다.

"자네, 그게 대체 몇 바이트나 되는 줄 아는가? 아마 자네 같은 사람의 생활 방식으로는 족히 100년을 보낼 수 있을 정도의 바이트라네. 그래도 자네는 지난번 연주자보다는 낫군

그래. 그때 그놈은 선물의 가치에 감사할 줄도 몰랐으니까."

관리자는 나에게 이런저런 술을 먹이면서 마치 처음 보는 동물을 바라보듯이 나의 반응을 지켜보았다. 오늘 이 파티에서는 대체 얼마나 많은 바이트가 낭비되었을까. 대체 이들에게 할당된 바이트는 얼마나 될까. 오늘 이 자리에서 쓰인 바이트라면 얼마나 많은 새 생명이 태어날 수 있을까(나와 민아는 이미 오래전에 잉태 신청을 해놓았지만 순번이 한없이 밀려 있어 기약 없이 아기를 기다리던 중이라 이런 생각을 하지 않을 수 없었다).

나는 죄의식을 느끼면서도 넙죽넙죽 술잔을 받아넘겼다. 술도 술이지만, 장식으로 얹어놓은 체리의 맛도 황홀하기 그지없었다. 평범한 시장에서 파는 체리와는 격이 다른 풍미가 나의 영혼마저 사로잡았다.

문득 깨달은 사실은, 파티장에서는 무엇 하나 압축되지 않았다는 것이었다. 건반 위에서 반짝거리는 물체에 손가락을 가져다 대보니 먼지가 묻어 나왔다. 나는 100년 만에 조우한 먼지 앞에 감격한 나머지, 울음을 터뜨리고 말았다. 그런 내 모습에 관리자들은 요절복통을 했고.

어느새 나는 피아노 앞에서 내려와 그들 사이에 앉아 있었다. 그들은 나를 유쾌하고 무해한 광대로 여기는 듯했다. 그즈음에는 헐벗은 미남미녀들도 모두 사라지고 없었다. 관리자들도 그들과 몸을 섞은 이들도 하나같이 역삼각형의 귀걸이를 귀에 걸고 있었는데, 나는 그 귀걸이가 그렇게 부러울 수 없었다. 그들은 압축되지 않은 날것의 오르가슴을 맛보았을 테니까. 압축되지 않은 형태의 섹스는 대체 어떤 감각일까(아쉽게도 나는 현실에 있을 때 동정이었다) 하고 궁금해하고 있을 때, 기이한 이야기를 듣게 되었다.

"처음 이곳을 만들었을 땐 허허벌판에 불과했지. 사람들도 턱없이 부족했고 말이야."

"그래, 사람들은 디지털화를 거부했지. 영생을 약속했는데도."

"자네가 떠올린 방법은 정말 신의 한 수였어. 변종봇이 아니었다면 이곳은 지금도 폐가나 마찬가지였을 테지……."

나는 내 귀를 의심했다. 변종 나노봇이, 그로 인해 발생한 멸종 사태가, 고의적인 일이었다고? 생에 대한 집착을 포기하지 못해 디지털 세계로 이주한 부호들이, 자신들에게 서비스를 제공할 인력을 구하기 위해 그 모든 일을 벌였다고?

……관리자들은 인공지능을 이용한 서비스에 만족하지 못했다고 했다. 그들은 현실에 있을 때와 마찬가지로 자신들을 섬길 노예들을 원했다. 현실에서는 돈을 매개로 사람들의 자유와 시간을 지배하던 그들은, 뉴리얼리티에서는 바이트를 매개로 삼았다.

그들은 뉴리얼리티에 유토피아를 구현할 수도 있었다. 누구나 자신의 이상을 펼치는 꿈의 공간을 창조할 수도 있었다. 실제로 초대 관리자 중 소수파는 그런 의도를 가지고 있었다. 소수파는 사람들의 기억 데이터를 관리자들이 멋대로 훔쳐볼 수 없는 개인적 영역으로 구축하는 데는 성공했지만, 다음 단계의 계획을 실행에 옮기기 전에 다수파에게 제거되고 말았다(다수파는 오랜 노력 끝에 본인이 동의한 경우, 해당 시점 이후의 기억 데이터를 들여다보는 일에 성공했다. 그러나 모든 기억 데이터에 무제한으로 접근하는 일에는 끝내 실패하고 말았다. 한편, 그들은 자신들을 거스르는 자들의 불만을 잠재우기 위해 조작된 기억을 주입해 원래 기억 데이터보다 우선시하는 기술을 만들어냈는데, 바이트만 내면 언제든 구매 가능한 '시나리오 서비스'와 편안한 죽음을 위한 '영면 시나리오 서비스'는 그 기술에서 파생되었다).

다수파가 파벌 싸움에서 승리하자, 관리자들은 유토피아를 만드는 대신 사람들을 굴복시키고 복종시키는 쪽을 택했다. 현실에서보다 더욱더 막강한 권한으로, 신과 같은 권능으로 사람들 위에 군림하는 쪽을 택했다.

술기운 때문일까. 나는 엄청난 이야기를 아무렇지도 않게 떠들어대고 있는 그들 사이에서 웃음을 터뜨리고 말았다. 그건 정말로 터무니없는 이야기였다. 변종봇에 의한 거대한 파괴가, 그 모든 죽음이, 아픔과 고통이, 모두 다 의도된 일이라니. 그들의 계획을 위한 부수적인 피해였다니…….

그건 정말 터무니없는 시나리오였다. 나는 어쩌면 음모론 따위에나 푹 빠진 멍청한 놈이었을지도 모른다. 정말로 지구가 평평하다고 믿는 그런 부류였을지도 모른다. 그래, 그게 실제였을 리가 없다. 그 증거로 나는 현실에서(그러니까 뉴리얼리티에서) 역삼각형 귀걸이를 한 사람은 구경해본 적도 없다. 그 시나리오의 마지막은 잘 기억이 나지 않는다. 관리자들이 나와 함께 웃음을 터뜨렸던 것도 같고, 섬뜩한 눈으로 나를 쳐다보았던 것도 같다. 그 밖에도 사소한 기억들(아마 또 다른 시나리오와 얽힌 기억들)이 종종 떠올랐지만, 대부분은 앞뒤가 잘려 나간 단편적인 기억뿐이었다.

내가 겪었던 시나리오들을 추억하는 사이, 시간은 빠르게 지나갔다. 나에겐 이제 단 하루밖에 남아 있지 않았다. 나는 그날도 기타를 튕기며 시간을 보냈다. 마지막 순간은 어떤 느낌일까. 갑자기 툭 하고 모든 게 끝나는 걸까. 혹은 친절한 관리자들이 편안한 죽음을 맞도록 설계해놓았을까. 인생의 아름다운 순간들만이 주마등처럼 눈앞에서 지나가게 될까.

죽음에 관해 떠올릴수록, 그로부터 도망치고 싶었다. 나는 필사적으로 기타를 튕기며 죽음을 머릿속에서 쫓아냈다. 문득 정신을 차리고 보니, 나는 낯선 노래를 부르고 있었다. 그 노래의 멜로디는 아득한 꿈속에서 빌려온 듯했고, 가사는 기억의 가장 깊은 곳에서 건져 올린 듯했다. 나는 직감했다. 이 노래는 폴 매카트니가 작곡한 〈예스터데이(Yesterday)〉와 싯다르타의 〈존 프럼 데이(John Frum Day)〉를 비롯한 몇몇 곡들이 그러하듯 사람들의 마음을 뒤흔들 거라고. 생의 마지막 순간에 내가 엄청난 곡을 써내고 말았다고. 하지만 이게 정말로 내가 작곡한 곡일까? 사실은 비틀스나 싯다르타의 곡이 아닐까. 혹은 다른 엄청난 뮤지션의 곡이거나. 어쨌든 나는 나를 믿기 힘들었다. 나는 한낱 기억상실자에 불과하니까.

나는 기타를 들고 디스플레이 벽면에 다가섰다. 레이첼은 벽면에 시계를 표시하는 방법을 알려주었지만, 나는 얼마 전부터 시간을 꺼놓고 있다. 나에게 있어 시계는 죽음의 카운트다운에 불과했으니까.

버튼을 누르고 상담원을 기다렸다. 지난번과 같은 대기음이 흘러나왔다. 나에게 시간이 얼마나 남아 있을까. 무료 상담원을 기다리다가 생을 마감할지 모른다는 생각에 씁쓸한 기분이 들었지만, 다행히 2악장이 시작되기 직전에 레이첼의 얼굴이 벽면에 표시되었다. 레이첼의 눈가는 젖어 있었다. 그녀는 밝은 인사를 건넸지만, 슬픔이 스피커를 통해 그대로 전달되는 듯했다.

"레이첼! 혹시 이 노래 들어본 적 있어요?"

나는 레이첼의 대답을 기다리지도 않고 다짜고짜 연주를

시작했다. 도입부부터 반응이 왔다. 그녀는 눈을 동그랗게 뜬 채 양손으로 크게 벌어진 입을 가렸다. 5분쯤 되는 연주가 끝나자 레이첼은 감격한 목소리로 말을 시작했다.

"이건…… 정말 괜찮은 곡이에요. 아니, 그냥 괜찮은 정도가 아니에요. 이건 대체 누가 만든 곡이죠?"

"사실 저도 그걸 모르겠어요. 내가 쓴 곡인데 정말로 내가 쓴 곡인지 모르겠거든요. 내 기억은 이 방처럼 텅 비어 있으니까요. 이 곡이 이미 존재하는 곡인지 혹은 표절에 불과한지 알고 싶어요. 그걸 알아보는 데 얼마나 걸릴까요?"

"잠깐만요. 대조 시스템에 넣고 돌리면…… 두 시간이 걸린다고 나오네요." 다음 순간, 레이첼의 얼굴이 급격히 어두워졌다. "어쩌죠? 이제 지우 씨에겐 한 시간 반밖에 남아 있지 않아요."

"아…… 그래요. 이제 괜찮아요. 저는 그저 막연히 이 곡을 팔아치운다면 며칠 정도는 더 벌 수 있지 않을까 생각했거든요. 하지만 이젠 정말 괜찮아요."

두 손으로 얼굴을 가린 레이첼의 어깨가 들썩였다. 그리고 잠시 후, 벽면 모니터에서 그녀의 모습이 사라졌다. 바이트는 어떤 방식으로 소모된다고 했던가. 무언가를 보고 듣고 또 생각하면 더 빠르게 바이트가 소모된다고 했던가. 나는 소파에 몸을 파묻고 눈을 감았다. 아무것도 생각하지 않으려고 노력했다. 하지만 그럴수록 온갖 생각과 감정이 격정적으로 나를 사로잡았다. 얼마나 시간이 지났을까. 누군가의 목소리가 들려왔다.

"지우 씨, 지우 씨. 내 말 들려요?" 목소리의 주인은 레이첼이었다. 어딘가 흥분한 목소리였다.

"네, 들려요. 이제 몇 시간 아니, 몇 분이나 남았죠?"

"아직 25분 정도 남았어요. 그보다 대조는 이미 끝냈어요."

"네? 어떻게요?"

"제가 팀장을 설득했어요. 대박 건수가 있다고 말이죠. 팀장은 대조 시스템을 가속할 수 있는 권한이 있거든요. 지우 씨가 들려준 곡이 정말로 지우 씨의 오리지널이라면, 팀장에게 1년 동안 수익금의 일부를 지급하기로 했어요. 멋대로 이런 계약을 해서 미안하지만 이것밖에 방법이 없었어요. 그 곡은…… 지우 씨의 오리지널이 확실했어요. 곡과 가사, 양쪽 모두."

나는 레이첼의 말에 두 주먹을 불끈 쥐었다. 앞으로의 일이 어떻게 되든, 엄청난 곡을 창조했다는 사실만으로도 가슴이 두근거렸다.

"팀장의 지인을 통해서 판권 계약을 진행 중이에요. 하지만 그렇게 단시간에 그쪽과 계약이 성사되긴 힘들 것 같아요. 아, 아직 실망하기엔 일러요. 플루멘이라는 유명한 스트리밍 서비스가 있어요. 거기에 지우 씨의 곡을 올려놨는데, 벌써부터 반응이 오고 있어요. 모니터에 페이지를 띄워볼게요."

레이첼의 말과 함께, 화면 한쪽에 푸른색으로 디자인된 페이지가 표시되었다. 페이지의 정중앙에는 기타를 튕기며 노래를 부르는 나의 모습이, 그 아래 수많은 작은 사각형에는 감격에 겨워하는 사람들의 얼굴이 표시되어 있었다.

"플루멘에서 기부받은 바이트만으로도 벌써 한 달 정도가 연장됐어요. 겨우 15분 만에 그 정도의 금액을 모은 건 이례적인 일이에요! 센트럴시티에서 필요한 하루 평균 바이트로 환산하면 겨우 며칠 분량이지만 점점 더 조회수가 높아지고 있으니까 복귀는 어렵지 않을 거예요. 아니, 제가 장담할게요."

나는 레이첼에게 고맙다는 말을 연발했다. 그녀가 적극적으로 나서주지 않았다면, 나는 그대로 삭제되고 말았을 테니까. 레이첼의 예상대로, 플루멘에서의 반응은 시간이 갈수록 뜨거워졌다. 레이첼이 친구의 도움으로, 홍보 페이지를 만든 일 또한 주효했다.

"하얀 방에서 삭제를 기다리던 뮤지션에게 일어난 역대급 반전!!!!"

느낌표를 남발한 홍보 페이지의 제목은 유치하기 짝이 없었지만, 실화라면 유치함도 용서받는 법이다. 사람들은 나의 스토리에 열광하기 시작했고, 플루멘에 업로드된 영상의 조회수는 기하급수적으로 증가했다. 그 덕분에 팀장의 지인과 굉장히 유리한 조건으로 계약을 맺을 수 있었음은 두말할 필요도 없다.

레이첼이 소개해준 법무법인을 통해 센트럴시티로의 복귀 절차가 거의 마무리되었다. 이제 하루만 지나면 도시로 돌아갈 수 있다. 어쩌면 이 끔찍하고 지긋지긋한 하얀 방이 그리워질지도 모르겠다. 이곳이 아니었다면 나는 〈트루 화이트(True White)〉라는 곡을 써내지 못했을 테니까. 모든 일이 잘 풀린 덕분인지 망할 놈의 코끼리 떼와 원숭이에게도 고마움이 느껴질 지경이다.

복귀를 기다리는 사이, 나는 그림자는 물론 온전한 기억들도 되찾았다. 레이첼이 내게 들려준 실패담은 모두 사실이었다. 민아가 나의 재활을 도운 것 역시 시나리오 속 거짓이 아니었지만, 나는 재활에 실패하고 뒷골목을 전전하다 이곳으로 흘러들어왔다. 하지만 과거는 아무래도 상관없다. 이번엔 원 히트 원더에 머물지 않을 것이다. 나는 느리고 둔한 인간이지만 실패로부터 배우고 있으니까.

좋은 소식이 한 가지 더 있다. 민아에게서 메시지가 도착했다. 하지만 나는 메시지를 읽지 않고 있다. 메시지의 내용과는 상관없이 그녀를 찾아갈 생각이다. 그녀가 만남을 거부하지 않길 바란다. 민아에게는 하고 싶은 말이 정말로 많지만, 내 마음속에 있는 감정들을 어떤 식으로 전해야 할지 벌써부터 먹먹하다. 나는 그녀가 나를 받아주든 그렇지 않든 상관없이, 로열티의 대부분을 그녀에게 보낼 생각이다. 그녀야말로 나의 영감의 원천이니까. 나의 모든 것이니까. 또다시 세상의 절반이 사라진다 해도, 그녀를 향한 나의 마음은 변하지 않을 것이다. 한 번에 너무 많은 일을 겪은 탓일까. 갑자기 졸음이 쏟아진다. 어서 내일이 왔으면 좋겠다.

***

"여기까지가 지우 씨의 영면 시나리오입니다." 레이첼이 말했다.

민아는 레이첼의 얼굴이 떠올라 있는 노트북 모니터를 바라보며 고개를 끄덕였다.

"행복한 최후였을까요?" 민아가 목이 멘 목소리로 물었다.

레이첼이 천천히 고개를 끄덕이고는 입을 열었다. "그럴 거라고 생각해요. 민아 씨 덕분에 좋은 시나리오를 맞이했으니까요. 민아 씨도 바이트가 많이 부족할 텐데 정말 어려운 결정을 내리셨어요. 지우 씨는 편안한 영면을 맞이했을 겁니다. 바이오 데이터도 그걸 증명하고 있구요."

"혹시 더 상세한 기억 데이터를 추출할 수는 없나요? 친구한테서 그런 서비스가 있다고 들은 적이 있어요." 민아가 금방이라도 터져 나올 듯한 울음을 참아내며 말했다.

"안타깝지만 지우 씨에겐 해당 사항이 없어요. 그런 종류의 서비스는 사전에 가입을 해야 하거든요. 가격 또한 상당하고 말이죠. 지우 씨의 상세한 기억 데이터를 건질 방법은 없어요."

"혹시 제 기억 속에서 지우와 관련된 추억을 뽑아내는 일도 불가능한가요?"

"음…… 민아 씨도 기억 백업 서비스에 가입한 적이 없다고 나오네요. 아쉽지만 지금부터 가입해도 지나간 기억에는 접근할 수 없어요. 암호화된 형태의 개인적 기억에는 오직 본인만이 접근할 수 있거든요. 설령 저희가 억지로 접근해도 노이즈가 너무 많아서 선명한 데이터로 뽑아내는 건 불가능해요."

민아는 무기력하게 레이첼에게 고개를 끄덕였다. 그러고는 고개를 돌려, 그녀의 작은 방을 둘러보았다. 좁은 공간이지만, 지우와의 추억이 곳곳에 배어 있는 아늑한 장소였다. 반대편 벽 선반에 놓인 트로피가 눈에 들어왔다. 〈뷰티풀 어스〉를 발표한 해에 빌보드 뮤직 어워드에서 받은 상패였다. 개심한 이후로는 음악 강사로 성실한 일상을 보내던 지우는 좀처럼 자신의 삶에 만족하지 못했다. 그러니 음악 강사로 일하던 기억 모두를 부정하고 싶었을 것이다. 민아와 지우는 현실에서부터 알고 지내던 사이였다. 나노봇 사태가 터졌을 때, 지우는 다리가 불편한 민아를 데리고 의식 스캔이 가능한 방주로 피신했다.

민아는 자리에서 일어나 트로피가 놓인 선반으로 다가갔다. 그녀는 뉴리얼리티에서 처음 눈떴을 때 자유롭게 걷게 된 일에 기뻐했다. 하지만 이곳은 광고로 접했던 이미지와는 전혀 다른 공간이었다. 가혹한 노동에 시달리며 뼈 빠지게 바이트를 벌지 않으면, 집세조차 감당하기 힘들었다. 하지만 지우와 함께라면 어떤 어려움도 이겨낼 수 있을 거라고 믿었다. 〈뷰티풀 어스〉로 인한 갑작스러운 성공 전까지 지우는 늘 믿음직한 연인이었다. 차라리 그가 평범한 인생을 보냈더라면……. 거기까지 생각했을 때 레이첼의 말이 민아를 뉴리얼리티로 데려왔다.

"민아 씨, 혹시 말인데요."

"네, 말씀하세요." 조심스러운 말투로 묻는 레이첼에게 민아가 트로피를 손에 쥔 채 말했다.

"지우 씨의 기억 로그에 있는 관리자들의 파티에 관해 들어본 적이 있으세요? 혹시 들어보셨다면 그 이야길 다른 사람에게 전한 적은 없으세요?"

"……들어봤어요. 지우가 갑자기 사라지기 얼마 전에 그런 말을 했던 걸로 기억해요. 참 이상한 시나리오를 체험했다고 생각했었고요." 민아는 그리 답변하면서도 레이첼의 귀에 주목했다. 조금 전까지만 해도 보이지 않던 역삼각형 모양의 귀걸이가 걸려 있었으니까.

"아…… 이거요?" 민아의 시선을 의식한 레이첼이 말했다. "특별한 이벤트가 열리는 날에만 착용하는 귀걸이예요."

"……네. 죄송하지만 아까 또 뭐라고 물으셨죠?"

"혹시 그 이야길 다른 사람에게 전한 적은 없으신지 여쭸습니다."

레이첼의 말을 듣자, 민아의 머릿속에서 톱니바퀴가 맞물리는 느낌이 들었다. 지우의 영면 시나리오 속에서 등장했던 독특한 귀걸이, 재활에 성공해 새사람이 되었던 지우가 돌연 사라진 타이밍, 그리고 레이첼의 마지막 질문……. 이 모든 걸 조합해보면 어쩌면 지우가 사라진 진짜 이유는 또다시 방탕에 빠져 파산했기 때문이 아니라, 알고 싶지 않던 끔찍한 사실을 알게 되었기 때문인지도 모른다. 만약 그렇다면…… 자신도 지우처럼 갑자기 증발하게 될지도 모른다.

"민아 씨? 듣고 계신가요?"

"죄송해요. 거기까진 잘 기억이 나지 않네요. 지우가 사라진 이후에 제가 제정신이 아니었거든요……."

"네…… 그러셨군요. 민아 씨, 혹시 나중에라도 기억이 나시면 저한테 말씀 좀 해주시겠어요? 관리자분들에 관한 유언비어가 퍼지는 일은 그리 바람직하지 않아서요. 아, 그리고 제가 며칠 후에 지우 씨가 유품으로 남긴 기타를 가져다드릴까 하는데요……."

레이첼이 말을 이어갔지만, 민아는 듣고 있지 않았다.

어쩌면…… 민아는 생각했다. 나는 지금 시나리오 속에 있는 건지도 몰라. 겨우 나 같은 사람이 관리자들의 실체를 아는 것은 불가능할 테니까.

민아는 섬뜩하고도 거대한 음모론을 머릿속에서 지우려고 애쓰며, 남은 바이트 대해 생각했다. 이곳이 시나리오 속이라면 얄팍한 바이트 계좌가 더욱더 얄팍해지고 말았을 테니까. 민아는 손에 쥔 트로피를 내려다보았다. 자신의 기억이 정확하다면, 이 시나리오는 지우의 마지막 순간은 물론 자신의 방을 그대로 재현하고 있었다. 이 트로피 또한 실제로 존재하는 물건을 재현한 것이고.

지우를 망친 원흉이나 다름없는 이 물건을 경매에 부치면 바이트를 얼마나 얻을 수 있을까. 민아는 대출까지 받아가며 지우에게 상당한 바이트를 보낸 터라 서둘러 더 좁은 공간을 찾아야만 했다. 눈덩이처럼 불어날 이자를 생각하니 벌써부터 내일이 막막하게만 느껴졌다. 하지만 그래도 상관없다, 하고 민아는 생각했다. 지우가 행복한 영면을 맞이했다면 다른 일은 아무래도 상관없었다. 언젠가 자신이 삭제되는 날이 온다면 착한 사마리아인이 도움의 손길을 건네기를. 자신이 지우에게 그러했듯이. 민아는 마음속으로 그렇게 빌었다.

신의 소스코드

인트로

“논리적 형식을 묘사하기 위해서는 우리는 명제와 함께 논리 밖으로, 즉 세계 밖으로 나갈 수 있어야 한다”(《논리철학논고》 4.12). 이것은 비트겐슈타인과 가장 의견이 일치했던 시기에, 내가 유일하게 납득할 수 없었던 논점이었다. 《논리철학논고》의 서문에서, 나는 어떠한 언어에 있어서도 그 언어로 표현할 수 없는 것들이 있지만, 그러한 것들에 대해 말할 수 있는, 상위 차원의 언어를 구성하는 것은 항상 가능하다고 제안했다. 그 새로운 언어 안에서도 여전히 말할 수 없는 것들이 존재하겠지만, 그것은 더욱 높은 층위의 언어에서 말하는 것이 가능하며, 그런 식으로 무한히 진행된다. 이 제안은 당시에는 새로운 것이었지만, 지금은 논리학에서 지극히 상식적인 것으로 받아들여지고 있다. 이 제안은 비트겐슈타인의 신비주의를 해소함은 물론, 괴델이 제시한 더 새로운 퍼즐 또한 해소할 수 있다고, 나는 생각한다.

— 버트런드 러셀, 《나는 이렇게 철학을 하였다(*My Philosophical Development*)》(1959) 중에서

제프 셰클리, 이론물리학자

우리의 세계가 시뮬레이션 속 세계라는 건, 널리 알려진 사실입니다. 한때 우리 세계가 시뮬레이션 안에 있다고 주장하던 사람들을 음모론자라고 불렀죠. 그러나 오늘날에는 우리 세계가 시뮬레이션이 아니라고 주장하는 사람들을 음모론자라고 부릅니다.

타이틀

신의 소스코드: 다큐멘터리

God's Source Code: A Documentary Film

안나 한, 프로그래머 & 모험가

세계 최고의 물리학자들이 모여 우리 우주가 시뮬레이션 속에 있다는 성명을 발표한 날, 저는 26년간 간직했던 모태

신앙을 잃었습니다. 제가 0과 1로 구현된 가짜라는 말은, 이 세계가 송두리째 거짓이라는 말은, 《성서》 어디에도 쓰여 있지 않았으니까요. 그날 저는 돌아가신 어머니에게 물려받은 《성서》를 불태웠습니다. 《성서》를 신성시하던 어머니는 입버릇처럼 말했어요. 《성서》를 함부로 대했다간 천벌을 받을 거라고……. 하지만 《성서》의 하얀 양가죽 커버가 시커멓게 타들어가도, 거룩한 신의 말씀이 속절없이 재로 변해도, 천벌 따윈 내려오지 않았습니다.

수현 킴 토마스, 추기경 & 이론물리학자

아이러니하게도 우리 우주가 시뮬레이션임을 밝혀낸 것은 시뮬레이션 우주론을 혐오하던 동료 물리학자였어요. 중력파 연구의 권위자인 셰클리 박사는 어느 날 기이한 현상을 발견했죠. 특정 주파수의 중력파를 인위적으로 생성해 중첩시키면 사물은 물론 생명체까지 돌연 세 개로 증식하는 버그 현상이 일어났던 겁니다. 영상이 공개되자 아주 난리가 났었죠. 노벨물리학상 수상자가 그런 터무니없는 영상을 공개했으니까요. 온갖 스트리밍 방송을 중심으로 시뮬레이션 우주론이 거론되었습니다. 하지만 진지한 물리학자들은 그 영상의 의의를 부정했죠. 그저 날조된 자료라고 치부했습니다. 저를 포함해서요. (웃음) 제 세례명은 토마스입니다. 예수님의 부활을 의심했던 바로 그 사도 토마스에게서 따온 세례명이죠.

의심하고 질문하길 좋아하던 토마스는 예수님의 부활을 믿지 않았습니다. 예수님께서 그의 눈앞에 나타나 "손가락을 옆구리에 넣어봐라"라고 말씀하시고 나서야 겨우 신의 아들이 부활하셨음을 믿게 되었죠. 사실 토마스는 예수님의 옆구리에 손가락을 넣지는 않았어요. 카라바조가 그린 그 유명한 성화의 극적인 장면은 상상에 불과하다는 뜻이죠. 저는 사도 토마스보다 더 의심이 많은 사람입니다. 젊어서 서품을 받아 신부가 되었지만, 신을 갈구하면서도 늘 신의 존재를 의심했어요. 그래서 다시 대학에 들어가 물리학을 공부하기 시작했죠. 물리학이란 것이 교황 요한 24세가 주장했듯이 신의 말씀인지 혹은 신의 말씀을 부정하는 이질적인 것인지 알고 싶었습니다. 무엇보다…… 증거를 찾고 싶었죠. 조물주가 존재한다는 확실한 증거를요.

저는 예수님의 옆구리에 손가락을 진짜로 찔러 넣을 정도로 의심이 많은 사람입니다. 그렇기에 자진해서 그 실험에 참여했죠. 버그 현상을 재현하는 데 쓰이는 피실험체로 말이죠. 그건 정말 끔찍한 경험이었어요. 돌연 제가 셋으로 늘어났으니까요. (웃음) 그나마 다행인 점은…… 증식된 개체들이 4분 만에 사라진다는 겁니다. 누가 알겠어요. 어쩌면 저는 가짜이고 원본은 진작에 사라졌을지도 모르죠. ……피실험자들은 하나같이 치료 불가능한 희귀 질환에 걸렸습니다. 저도 마찬가지죠. 그래도 저는 후회하지 않습니다. 실험에 참가한 덕분에 셰클리 박사와 엮이게 되었고, 결국에는 제가 그토록 원하던 '증거'와 마주쳤으니까요.

제프 셰클리, 이론물리학자

네, 그 현상은 실재했습니다. 그 현상에 관해서 가장 보수적인 태도를 견지하던 고(故) 수현 킴 박사마저 동의했던 일이죠. 수현 킴 박사가 진실의 절반만 접하고 세상을 뜬 건 안타까운 일이에요. 아니, 어쩌면 그에겐 그게 가장 행복한 결말이었을지도 모르겠군요.

어쨌든…… 당시 우리는 그 현상을 시뮬레이션 속 버그라고 생각하지는 않았습니다. 그저 경이로운 우주가 만들어내는 기이한 자연현상 중 하나라고 해석했죠. 어떻게든 과학적 이론을 동원해 그 현상을 설명하려고 시도했던 겁니다.

하지만 그런 노력은 얼마 가지 않아 모조리 물거품이 되고 말았죠. 버그 현상이 처음 발견된 지 반년 정도가 지난 후에, 문제의 중력파에서 특이한 노이즈 패턴이 발견되었는데, 그게 모든 걸 바꾸어놓았어요. 그 노이즈 패턴 속에는 프로그래밍언어처럼 보이는 데이터가 포함되어 있었습니다. 그 일을 계기로 시뮬레이션 우주론이 크게 조명받기 시작했죠. 저희는 물리현상에서 뜬금없이 프로그래밍언어가 튀어나온다는 정보를 철저히 통제하려고 했지만 (한숨) 이런 종류의 정보는, 그러니까 세상의 존재 방식, 그 자체를 혁명적으로 뒤바꾸게 하는 정보는 애초에 통제할 수 있는 게 아니었는지도 모르겠어요.

저희 연구소 이외에도 많은 곳에서 그 버그 현상을 재현하려고 시도했습니다. 모든 연구 기관에서 재현에 성공한 건 아니었어요. 하지만 적잖은 곳에서 버그 현상을 재현해냈고 그 현상이 발생할 때는 어김없이 중력파에서 노이즈를 추출할 수 있었죠. 그즈음엔…… 그들이 내린 결론도 우리가 내린 결론과 동일했어요. 네, 그건 프로그래밍언어임이 확실했습니다. 저는…… 시뮬레이션 우주론이 터무니없는 헛소리라고 생각하던 사람 중 하나입니다. 우리가 보고 느끼는 이 모든 공간이, 이 정교하기 짝이 없는 물리적 실체가 허구라뇨. 하지만 저는 인정할 수밖에 없었습니다. 아무리 검증하고 또 검증해봐도 그건 프로그래밍언어로밖에 보이지 않았으니까요. 그렇게 해서 제가 혐오하던 '시뮬레이션 우주론'은 정설이 되어버렸죠.

물론, 반발 또한 심상치 않았습니다. 한때 우주의 중심이었던 지구는 태양을 도는 행성 중 하나로 전락하더니, 이제는 지구를 포함한 우리 우주 전체가, 그 모든 것이, 심지어 우리 자신도, 디지털 세상 속 '가짜'가 되었으니까요. 속된 말로 미치고 환장할 노릇이었죠.

수현 킴 토마스, 추기경 & 이론물리학자

많은 학자들이 시뮬레이션 우주론의 반증을 찾으려고 눈에 불을 켜고 실험을 거듭했지만, 그 중첩된 중력파에서는 프로그래밍언어가 담긴 데이터가 거의 매번 검출되었죠. 결국, 반대파의 위세는 축소될 수밖에 없었어요. 반대파의 반복된 공개 실험 덕분에 사람들은 프로그래밍언어의 전체상에 점차 다가갈 수 있었고, 그 언어로 짜인 코드의 집합체를 '신의 소스코드(God's Source Code)'라고 부르게 되었죠. 약자로는 'GSSC'라고 하는데, 어째서 아포스트로피 뒤의 철자까지 약자에 포함되어 있는지는 불명확하다고 해요.

안나 한, 프로그래머 & 모험가

우리 세계가 시뮬레이션 속 세계에 불과하다는 것이 밝혀진 이후에 많은 이들이 저와 마찬가지로 종교적 신념을 잃었습니다. 그런데 기이한 점은 오히려 종교적 신념이 강화되거나 무신론자에서 유신론자로 돌아선 자들이 그 반대의 경우보다 훨씬 더 많다는 사실이에요. 그들이 주장하길, 기존 종교에서는 '조물주'를 '증명'할 방법 따윈 없었지만, 시뮬레이션 우주에서는 필연적으로 조물주의 존재가 증명된다고 했죠. 상위 차원에 사는 누군가가 시뮬레이션을 만들었다는 건 당연한 귀결이니까요. 그런 논리를 바탕으로 미지의 조물주를 숭배하는 새로운 종교가 대두되었고 급격히 신자 수를 늘려나갔습니다. 기존 종교 또한 시뮬레이션 우주론에 맞춰 교리를 활발하게 재해석했지만, 저는 그런 카멜레온 같은 교단의 태도가 마음에 들지 않았고 끝내 신앙을 회복하지 못했어요. 논리적으로는 상위 차원에 조물주가 존재한다는 그들의 주장에 동의할 수밖에 없지만, 저는 여전히 이 새로운 종교적 신념에 공감하기 힘들었습니다.

그 이유는 어쩌면 '프로그래머'라는 제 직업 때문일지도 모르겠군요. 어떤 신비한 초월자가 아닌, 나와 같은 프로그래머가, 모니터 앞에 앉아 키보드나 두드리는 너드 따위가, 신의 자리를 대체한다는 것은 어딘가 쿨하지 못한 구석이 있었으니까요. 나처럼 두꺼운 안경을 쓰고 키보드 앞에 앉아 있는 너드가, 과자 부스러기가 묻은 땀에 전 티셔츠를 입고 있는 컴퓨터광이, 우리의 조물주라니……. '지저스 크라이스트(Jesus Christ)'라는 말이 그 어느 때보다 간절하게 입에서 터져 나오더군요.

대니얼 핸슨, 철학 교수 & 뇌과학자

시뮬레이션 우주론이 정설이 된 이후, 처음 몇 년 동안은 세상이 떠들썩했지. 회의에 빠져 집단 자살을 도모하는 종교 집단이 여럿 등장했고, 조물주의 눈에 띄고 싶다며 학살을 벌이는 이들도 많았어. 그들의 주장에 의하면 시뮬레이션 속 살인은 살인이 될 수 없었지. 어차피 다 게임 속에서 일어난 일이라는 거야. 그들이 죽인 건 인간이 아니라 게임 속 캐릭터라는 거지. 내 오랜 친구도 그 당시에 그런 사건에 휘말려 생을 마감하고 말았어……. 총기 난사로 쉰여 명의 목숨을 앗아 간 범인이란 작자가 했던 말이 지금도 머릿속에서 잊혀지지 않아. 그 망할 자식이 이런 말을 남겼지. 자기는 컨트롤러를 쥔 누군가에게 조종당했을 뿐이라고. (침묵)

어쨌든, 그 당시엔 온갖 미친놈들이 온갖 기발한 이유로 기행을 벌였어. 버그 현상을 처음 발견한 물리학자는 신의 소스코드를 이용해 상위 차원으로 올라가겠다며 막대한 투자금을 모은 뒤, 돈을 들고 튀었고 말이야.

그런 떠들썩한 시기가 지나자, 다시 평화가 찾아왔지.

차원 이동 연구소가 제작한 CF에서 발췌(목소리: 제프 세클리)

저희는 신의 소스코드 안에서 상위 차원으로 올라가는 힌트를 얻었습니다. 이제 우리는, 인류는, 저 공허한 우주가 아니라, 상위 차원으로의 탐험을 시작해야 합니다. 저희에게 투자해주십시오. 저희에게 힘을 보태주십시오. 저희를 후원하는 것으로 인류가 세계의 실체에 다가가는 일을 도우실 수 있습니다.

안나 한, 프로그래머 & 모험가

신앙을 잃기 전, 저는 독실하고 신실한 신자였어요. 일주일 내내 세속적 쾌락에 젖어 있다가 일요일 오전에만 주님을 찾는 그런 '습관적인 신자'가 아닌, 진심으로 신의 거룩함을 믿는 '주님의 어린 양'이었죠. 《성서》는, 신앙은, 제 인생을 완전케 하는 나침반이자 등대였어요. 주님을 향한 믿음 안에서, 저는 인생의 의미를, 우주의 의미를, 삶의 목적을, 온전히 이해할 수 있었죠. 하지만 빌어먹을 시뮬레이션 우주론은, 제 온전했던 삶을 뿌리부터 송두리째 뒤흔들었어요. 주님의 가르침은, 제게 있어 GPS로 무장된 내비게이션과 같은 존재였죠. 그런데 돌연 저는 GPS는커녕 지도 한 장 없이, 도스토예프스키적 지옥이나 마찬가지인, 모든 것이 허용되는, 바꿔 말하면 어떤 가이드라인도 없는 삶의 한복판에 던져지고 말았던 겁니다.

대니얼 핸슨, 철학 교수 & 뇌과학자

조금 시간을 되돌려볼까. 평화가 찾아오기 전, 어느 날부터 주요 텔레비전 채널과 스트리밍 플랫폼이 25초짜리 광고로 도배되었어.

불안에 떠는 말라깽이가 이렇게 말하지. "우리 세상이 시뮬레이션 세상이래. 누가 전원 코드를 뽑으면 세상이 사라질지 모른대."

그에 터프한 뚱보 대머리가 발끈하지. "아, 그래? 씨발, 그래서 어쩌라고(So fucking what?)"

그리고 중후한 목소리의 내레이션이 이어져. "우리 우주가 시뮬레이션 속 우주라고 해도, 바뀌는 건 아무것도 없습니다."

내레이션이 끝나면, 메탈리카의 〈소 퍼킹 왓(So Fucking What)〉 도입부가 흘러나온다네. 원제는 〈So What〉이지만 언젠가부터 'So'와 'What' 사이에 F 워드를 넣은 제목으로만 불리는 곡이 되었지. (웃음)

'씨발, 그래서 어쩌라고'라는 이 저속한 구호는, UN이 만든 공식 캠페인의 구호였어. 사실, 내가 고안한 구호였지. 아마 그런 이유로 생명 연장 시술로도 어쩌지 못하는 나 같은 늙은이가 이 다큐멘터리에 얼굴을 들이밀 수 있게 된 것 같군. (웃음) 사실 나는 F 워드를 혐오하는 쪽이야. 그런 말을 들으면 저절로 눈살이 찌푸려지곤 하지. 하지만 꼭 필요할 때 적절하게 사용한다면 대단히 효과적인 단어라고 생각한다네. 나는 이 구호 속에 F 워드가 꼭 필요하다고 믿었어. 현실을 강하게 긍정하게 만들기 위해서 말이지.

안나 한, 프로그래머 & 모험가

그 구호를 기억하냐고요? 그래요, 기억해요. 그 구호가 너무 저속하다고 싫어하는 사람들이 많았지만, 저는 그 구호가 아주 마음에 들었어요. 사실을 고백하자면, 저 역시 지극히 냉소적이면서도 우리의 세상을 한없이 긍정하는 그 광고에서 위안을 얻었죠.

광고 속 내레이션처럼, 세상이 시뮬레이션 속에 존재한다는 게 밝혀졌다고 해도 달라진 건 아무것도 없었어요. 사람과 사물이 세 개로 증식되는 특이한 버그 현상이 존재하지만, 이를 구현하려면 엄청난 전력과 특수 장비가 요구되잖아요. 게다가 언젠가부터는 그 버그 현상의 재현이 불가능해지고 말았고요. 그 때문에 어떤 사람들은 시뮬레이션 우주론이 처음부터 사기였다고 주장하지만, 여전히 중력파에서는 프로그래밍언어, 바꿔 말하면 신의 소스코드가 검출되었죠.

대다수의 학자들은 그 버그 현상이 사라진 이유가 조물주들이 '버그 패치'를 실시했기 때문이라고 말하더군요. 저는

상위 차원의 너드들이 그랬을 거라고 생각했지만요. (웃음)

재킷을 벗어도 될까요? 더워서 그러냐고요? 아뇨, 그게 아니라 보여드릴 게 있어서요. 자, 보세요, 제 티셔츠에 그 저속한 구호가 쓰여 있군요.

이 구호를 만든 잘생긴 분이 저쪽에 앉아 있어서 하는 말이 아니에요. 저는 이 구호에서 정말로 큰 위안을 얻었어요. 우리 세상이 가짜든 진짜든, 게임이든 시뮬레이션이든, 삶은 늘 꾸역꾸역 굴러가죠. 하루 또 하루가 일상이란 이름으로 우리에게 주어집니다. 불안에 빠져, 회의에 빠져, 일상을 누릴 기회를 차버리는 건 개인의 자유예요. 하지만 저는 그러는 대신, 꾸역꾸역 일상을 영위하며 프로그래밍에 빠져 살았죠.

마르쿠스 해밀턴, 프로그래머

뭐, 우리 같은 프로그래머들이 대부분 그렇지만, 저도 그 티셔츠를 즐겨 입습니다. 광고의 마지막 멘트처럼 우리 우주가 시뮬레이션 속 우주라고 해도, 바뀌는 건 아무것도 없었으니까요. 아, 잠깐. 그건 거짓말이군요. 신의 소스코드는 저를 비롯한 숱한 프로그래머들에겐 축복이었습니다. 신의 소스코드를 이용해도 그 먹튀 물리학자의 말처럼 상위 차원으로 올라가는 건 불가능하지만, 그걸 이용해 우리가 만든 하위 차원에서 '조물주 놀이'를 하는 건 가능하니까요.

대니얼 핸슨, 철학 교수 & 뇌과학자

신의 소스코드는, 게임 속에서 '의식을 가진 존재'를 구현 가능케 했어. 정확히 그게 어떤 원리로 작동하는지는 누구도 알지 못하지. 확실한 건 소스코드의 특정 영역을 응용하면, 게임 속에서 의식을 가진 NPC를 생성할 수 있고, 파라미터를 조작해 캐릭터 하나하나에 개성을 부여할 수도 있다는 거야. 혹시 게임이란 말이, 우리가 게임 속에 산다는 뉘앙스를 풍겨 마음에 들지 않는다면 시뮬레이션이라고 표현해도 무방하다네. 아직까지는 직접적인 조작이 불가능한 NPC만 생성할 수 있지만, 언젠가는 조작 가능한 캐릭터 또한 생성할 수 있을 거라는 의견이 대세지.

나도 신의 소스코드로 프로그래밍을 시도해본 적이 있다네. 하지만 내 프로그래밍 실력이 형편없어서 그런지 에러 코드만 발생하더군. 나 같은 사람들에겐 신의 소스코드를 이용해서 할 수 있는 일이 거의 없지만, 전문가들은 놀라운 일을 해낼 수 있어. 동식물의 DNA를 디지털 정보로 변환해 신의 소스코드와 결합하면, 게임 속에서 다양한 동식물을 비교적 쉽게 구현할 수도 있지. 물론 인간도. 오류 없이 잘만 만들면, NPC들은 심지어 생식 활동을 하면서 번성하고 문명을 형성하기도 한다네.

마르쿠스 해밀턴, 프로그래머

다른 차원에서 건너온 프로그래밍언어를 어떻게 우리 세계의 PC에서 구현할 수 있었냐고요? 그건, 신의 소스코드가 기본적으로 0과 1, 즉 이진법 체계로 구성되어 있기 때문입니다. 사실 우리가 PC에서 구동하는 신의 소스코드는 여러 버전이 존재해요. 중력파에서 검출된 데이터를 100퍼센트 그대로 가져다 쓴 건 아니라는 말입니다. 자, 너희들을 위해서 상위 차원의 우리가 프로그래밍언어를 보내줄게, 하는 형태로 보기도 좋고 먹기도 좋은 방식으로 데이터가 전달이 된 건 아니라는 뜻이기도 합니다. 미지의 언어가 우리 세계의 PC에서 구동될 수 있도록 일종의 '컨버팅' 과정을 거쳐야 했어요. 선구자적인 언어학자들과 프로그래머들이 합심한 결과물이죠. 사실, 몇몇 집단에서 서로 다른 버전을 만들었죠.

컨버팅된 데다가 버전도 여러 개니 원본하고는 다른 게 아니냐고요? 그 왜 《성서》도 다양한 해석본이 존재하잖아요. 정확한 비유는 아니지만 여러 버전의 신의 소스코드가 존재하는 건, 대충 그런 거라고 보시면 됩니다. 원본은 하나지만, 번역본이 여러 버전인 셈이니까요. 하지만 어느 걸 사용하셔도 무방해요. 큰 차이점은 없으니까요. 물론 세부적인 레벨까지 파고들어가면, 어느 버전을 사용하는가에 따라서 구현 가능한 세계나 물리 구조의 범위가 약간 달라지긴 하지만요.

대니얼 핸슨, 철학 교수 & 뇌과학자

그 당시, UN과 각국 정부에서는 윤리적인 이유를 내세우며 신의 소스코드를 활용하는 걸 금지했지만, 수많은 개발자들은 이미 공개된 지 오래인 신의 소스코드로 조물주 놀이에 열심이었지.

안나 한, 프로그래머 & 모험가

저는 조물주 놀이가 참 마음에 들었어요. 나의 주님은 잃어버렸지만, 내가 창조한 세계에서 스스로 주님이 될 수 있었으니까요.

마르쿠스 해밀턴, 프로그래머

신의 소스코드는 여전히 베일에 싸여 있는 부분이 많은 신비로운 언어예요. 우리가 파악한 문법은 전체의 2할 정도에 불과하다는 주장도 있죠. 언젠가 모든 비밀을 밝혀내면 조물주 게임을 만드는 것만이 아니라, 우리 차원의 물리법칙을 마음대로 조작할 수 있는 치트키를 얻게 될 거라 믿는 사람들이 많습니다. 저도 그걸 믿냐고요? 네, 저도 그걸 믿는 사람들 중 하나예요. 다만, 그게 불가능하길 바랍니다. 누군가 치트키를 쓰다가 실수로 저나 우리 가족을 날려버리면 곤란하니까요.

안나 한, 프로그래머 & 모험가

딱히 자랑하려는 건 아니지만, 제가 만든 게임, 옴 월드(AUM WORLD)는 다크넷에서 굉장한 인기를 끌었어요. 유저가 적극적으로 게임 내 환경과 상호작용하는 게임이 아닌, 다시 말해서 적극적인 인터랙티브 요소가 없는 게임 장르치고는 성적이 굉장히 좋은 축에 속했죠. 사실, 평생을 흥청망청 써도 남아돌 만큼의 돈을 모은 지 오래였어요.

신의 소스코드, 바꿔 말해 GSSC를 이용한 게임은, 서버비를 걱정할 필요가 없답니다. 제가 옴 월드로 부자가 된 이유 중의 하나죠. GSSC가 제시하는 미지의 저장소를 활용하면 되니까요. 어떤 이들은 그 미지의 저장소가 최상위 차원에 존재하는 데이터 센터라고 주장하고, 어떤 이들은 우리 차원(system) 안에 돌돌 말려 있는 다른 차원들…… 그러니까 초끈이론이 주장하는 열한 개의 차원 중 상위 차원(dimension)이 곧 저장소라고 주장하죠. 저는 그런 이론에는 별다른 관심이 없어요. 제가 만든 게임이 문제없이 돌아가기만 하면, 그런 이론 따윈 아무래도 상관없으니까요.

옴 월드는 극사실주의를 표방했어요. 그곳은 우리의 세계만큼이나 현실적인 공간이죠. 그 세계 속 사람들은, 자신들이 시뮬레이션 속에 살고 있다는 사실을 알지 못해요. 많은 프로그래머들이 자신의 세계 속에 적극 개입하며 온갖 변태적인 방법으로 NPC를 학살하는 게임을 제작했죠. 그중에서도 가장 악명이 높은 크툴루 시리즈에 대해서는 한 번쯤 들어본 적이 있을 거예요. 저는 그런 게임들을 혐오하는 쪽에 속해요. 이미 신앙을 잃은 지 오래지만, '대접받고자 하는 대로 대접하라'라는 주님의 말씀은 여전히 제 마음속 규율 중 하나거든요.

마르쿠스 해밀턴, 프로그래머

안나 한이 만든 옴 월드는 제가 가장 좋아하는 조물주 게임 중 하나예요. 우리에게 익숙한 온갖 동물과 식물이 존재하고 사람들이 가족과 부족을, 국가와 문명을 이루며 살아가는 옴 월드는 우리 세상과 크게 다르지 않아 보이죠. 가운데 땅과 웨스테로스를 닮은 대륙이 있다는 점과 우리에게 익숙한 도시나 지명이 거의 등장하지 않는다는 점에서는 이곳과 동떨어진 곳처럼 보이기도 하지만요. 안나 한은 《반지의 제왕》과 《얼음과 불의 노래》의 골수팬이라더군요. 그래서 그런 대륙을 만들었다고 했어요. "나는 죽으면 천국이 아니라 웨스테로스에 갈 거야." 그 말이 어릴 적 안나 한의 입버릇 중 하나였다고 해요. 그 말을 내뱉을 때마다 어머니에게 등짝을 맞았다고 들었습니다.

안나 한, 프로그래머 & 모험가

옴 월드는 제게 있어 노스탤지어를 자극하는 마음의 고향 같은 곳이에요. 저는 세 살 이후로 줄곧 마인크래프트에 빠져 살았었죠. 마인크래프트의 세계 안에서 수많은 시간을 보내며, 온갖 건축물을, 섬과 대륙을 창조했어요. 때론 친구들의 도움을 받았고, 온라인에서 만난 타인들과 함께 작업하기도 했지만, 대부분은 처음부터 끝까지 혼자서 만든 것들이었어요. 그렇게 30년 넘게 마인크래프트 안에서 구축했던 추억의 건축물과 장소들을 옴 월드 안으로 옮겨놓았죠.

옴 월드의 주민들이 고대 유적이라고 부르는 숱한 건축물들은, 자연이 낳은 빼어난 절경이라고 믿는 지형들은, 대부분 제가 마인크래프트 속에서 만들었던 것들이에요.

마르쿠스 해밀턴, 프로그래머

자극적인 콘텐츠를 찾아볼 수 없는 옴 월드가 큰 인기를 구가한 것은, 안나 한이 인생의 절반을 투자해서 만든 다양한 지형지물 덕일지도 모르겠습니다. 그녀는 가끔씩 신화나 설화 속의 인물에서 착안한 멋진 NPC들을 만들어 배치하기도 했지만, 옴 월드는 NPC보다는 세계관 자체가 근사하다는 평을 받았으니까요.

유저가 옴 월드에 개입할 수 있는 수단은 '후원하기'와 '배속하기'뿐입니다. 유저는 옴 월드를 배속으로 관찰하다가 자신의 마음에 드는 문명이나 국가나 단체 혹은 개인에게 '후원'을 할 수 있죠. 후원을 받은 국가에서는 돌연 막대한 천연자원 등이 발견됩니다. 어떤 이는 후원을 받아 불치병이 기적처럼 낫기도 하죠. 옴 월드의 NPC들은 자신들에게 일어난 기적 같은 일이, '후원하기'라는 유료 콘텐츠의 결과라는 사실을 꿈에도 모릅니다.

후원하기도 배속하기도 안나 한이 처음 발견한 기능이 아닙니다. 사실 다른 프로그래머들이 이미 시도했던 것들이죠. 하지만 옴 월드의 배속하기는 정말 놀랍고도 혁신적입니다. 다른 게임이 제공하는 배속하기는 툭하면 말썽을 일으키죠. 저도 배속하기를 도입했다가 게임이 완전히 꼬여버리는 바람에 해당 기능을 제거할 수밖에 없었어요. 치명적 오류 없이 배속하기 서비스를 제공하는 건, 오직 옴 월드뿐이죠.

안나 한, 프로그래머 & 모험가

옴 월드에 10년이라는 세월을 바친 후, 저는 옴 월드에 관한 모든 사업과 권리를 매각했어요. 믿을 만한 지인이 운영하는 사업체에 과격한 업데이트를 하지 않는다는 조건을 내걸고 말이죠. 다만, 배속 기능의 구현을 가능케 하는 코드는 철저히 암호화해놓았습니다. 전남편의 변호사 군단에게 패해서 파산 직전에 이르게 되는 최악의 시나리오가 펼쳐질 경우에, 저만의 필살기인 배속하기를 넣은 게임을 만들어 다시 돈을 모을 작정이었거든요.

마르쿠스 해밀턴, 프로그래머

옴 월드의 배속하기는 상당히 독특합니다. 세계 전체를 배속하는 것도 가능하지만, 어떤 개인이나 단체만을 배속하는 것도 가능하죠. 전자는 특별한 이벤트 기간 중 유저 전체에게 주어진 목표가 달성되어야만 가능하지만, 후자는 과금을 하면 언제든지 가능해요. 이 경우…… 배속을 당하는 NPC들은 다른 NPC들과 시간적 괴리가 발생하죠. 옴 월드는 이 부분을 신화적으로 풀어내고 있어요. 옴 월드에서는 시간에 관한 오래된 전설이 하나 있죠. '선택받은 자들은 특별한 공간에서 남들보다 압축된 시간을 경험할 수 있다'라는 이야기죠.

안나 한, 프로그래머 & 모험가

왜 옴 월드에서 손을 뗐느냐고요? 조물주 놀이에 질리고 말았거든요. 시뮬레이션 우주론은 저에게서 신앙을 앗아 갔어요. 그래서 저는 영영 잃어버린 주님의 빈자리를 메우기 위해서, 조물주 놀이에 뛰어들었죠. 하지만 10년 만에 겨우 깨달았어요. 제가 진짜로 원하는 건 주님 노릇이 아니라, 주님을 섬기는 일이라는 걸 말이죠.

저는…… 한때 제 안에 충만했던 신앙심을 되찾고 싶었어요. 제 인생의 모든 층위에 의미를 부여했던, 신의 계시와 은총을 되찾고 싶었어요. 그런 마음으로 이런저런 종교 단체를 기웃거려보았지만, 어떤 종교도 제가 잃어버린 완벽했던 주님을 되돌려주지 못했죠.

마르쿠스 해밀턴, 프로그래머

안나가 옴 월드를 팔고 싶다고 제의했을 때, 저는 횡재했다는 기분이 들었습니다. 옴 월드의 완벽한 배속하기 기능의 비밀을 들여다볼 수 있을 거라고 생각했으니까요. 하지만 안나는 배속하기에 관련된 부분은 암호화하길 원했어요. 저는 얼마쯤 고민하다가 안나의 제의를 수락했죠. 어쨌든 옴 월드는 안정적인 배속하기를 제공하는 유일한 조물주 게임이고, 여전히 상당한 매출을 올리고 있었으니까요.

안나 한, 프로그래머 & 모험가

저는 성공하기 전부터 이 티셔츠를 즐겨 입었어요. 억만장자가 된 이후로도 여전히 이 티셔츠를 애용했지만, 사실 저는 이걸 입을 자격이 없었죠. 이 티셔츠는 시뮬레이션 우주론이 우리에게 끼치는 영향은 아무것도 없다고 주장하지만, 적어도 나라는 인간의 삶을 완전히 바꿔놓았으니까요. 바로 떼부자가 되게 하는 것으로 말이죠.

마르쿠스 해밀턴, 프로그래머

옴 월드를 인수한 뒤에, 배속하기 기능을 개선해보려고 했습니다. 좀 더 다양한 유료 콘텐츠를 도입하고 싶었거든요. 하지만 그런 시도는 엄청난 실수였다는 게 밝혀졌죠. 시간이 무한히 가속되는 오류가 일어나는 바람에 한동안 서비스를 중지해야 했으니까요. 다행히 게임의 모든 지역에서 가속이 일어난 건 아니었어요. 아주 좁은 범위에서만 일어난 오류였고, 저희는 어찌어찌 그 일을 해결할 수 있었죠.

안나 한, 프로그래머 & 모험가

떼부자가 되는 것은 신나는 일입니다. 뭐, 처음 몇 년간은 그랬어요. 하지만 많은 돈은 필연적으로 저를 사람들로부터 멀어지게 만들었죠. 사람들은, 돈 때문에 저에게 접근했고 돈 때문에 저에게서 떠나갔어요. 막대한 부는 마치 거대한 중력장처럼, 사람들의 마음을 왜곡시키고 굴절케 했어요. 그 망할 중력장 탓에, 언젠가부터 저에겐 절친이라 부를 만한 사람들이 남아 있지 않았죠. 결국에는 가족과도 파국을 맞고 말았습니다. 이혼한 이후로 전남편과 아이들과는 소원하게 지내고 있어요. 전남편은 변호사 군단을 내세워 어떻게든 저에게서 한 푼이라도 더 뜯어갈 궁리에 몰두할 뿐, 저와는 삶을 나누려 하지 않았죠.

그는 입버릇처럼 이렇게 말했어요. "당신은 일에 빠져 가족을 돌보지 않았어. 아이들에게서 엄마라는 존재를 앗아갔어."

그래요, 그 말이 완전히 틀리진 않아요. 하지만 전남편이 셀러브리티가 된 건, 누구보다 호화로운 삶을 누리는 건, 365일 스물네 시간 그와 아이들을 지키는 경비원들을 부리는 건, 제가 아이들과 보낼 시간마저 희생하며 뼈 빠지게 옴 월드에 헌신했기 때문이에요. 치열한 조물주 장르 게임에서 성공하려면, 그런 희생은 필연적이었죠. 그런데 전남편은 성공의 과실은 누리면서 성공의 대가는 함께 치르려 하지 않았어요.

……이건 저의 일방적인 주장일 뿐이에요. 전남편에겐 전남편의 입장이 있겠죠. 제 말에 귀를 기울이면 그가 악당처럼 보이겠지만, 그의 말에 귀를 기울이면, 제가 죽일 년으로, 마녀로 보일 테죠. 이건 선과 악의 싸움이 아니에요. 태곳적부터 있어왔던 사람과 사람 사이의 구정물 튀기는 다툼에 지나지 않았죠. 그 다툼에서 패배한 것은 바로 저였어요. 전남편은 첫째보다 겨우 여덟 살 많은 갓 스물이 된 모델과 행복

한 재혼 생활에 빠져 있었지만, 저는 인간에게 회의를 품고 세상과 격리된 채 살아야 했으니까요.

필립 한, 셀러브리티(무직)

어디에서 나오셨다고요? 뭐요? 전처의 삶을 조명하는 다큐멘터리를 찍고 있다고요? 대체 어떤 내용입니까? (한숨) ……그런 내용이라면 촬영에 동의할 수 없겠군요. 그 염병할 카메라 좀 치워주시겠어요? 아, 잠깐만요. 딱 한마디만 신게 해줄게요. 그 더러운 레즈비언 년에게 가서 지옥에나 떨어지라고 전해주십쇼. (침 뱉는 소리) (무언가가 부서지는 소리)

자막

필립 한은 카메라를 빼앗고는 모든 부품이 망가질 때까지 거칠게 밟아버렸다. 그에게 수리 비용을 요구했지만, 그는 요구에 응하지 않았다.

안나 한, 프로그래머 & 모험가

그녀와 만난 것은 어느 때보다 암울한 나날을 보내고 있을 때였습니다. 그날 저는 마약에 취했다는 이유로 막내딸의 생일 파티에서 쫓겨났죠. 약에 취한 건 사실이었지만, 제가 복용한 건 마약이 아니라 의사가 처방해준 항우울제였어요.

그날 저는 전남편의 집에서 쫓겨나 정처 없이 거리를 배회하다가 어느 허름한 동네에 있는 낡고 지저분한 바에 발을 들여놓았죠. 거기, 바의 카운터석 제일 안쪽에, 여신처럼 광채를 뿜고 있는 그녀가 앉아 있었죠.

앨리스 리들, 바텐더

손님의 첫인상요? 마치…… 등 뒤에서 어떤 광채가 뿜어져 나오는 듯한 인상이었어요. 텔레비전이나 영화에서만 보던 매력이 철철 넘치는 배우를 눈앞에서 마주한 느낌이랄까요. 그리고 무엇보다 그 눈부시게 환한 미소는…… 사람의 마음을 한순간에 녹이는 그런 미소였어요. 머리가 짧은 다른 손님이 나타나서 그 손님에게 추근거리기 시작했을 땐 마음속에서 질투가 날 정도였죠.

안나 한, 프로그래머 & 모험가

바텐더와 이야기를 나누던 그녀는 환하게 웃고 있었어요. 그녀가 제가 서 있는 출입구를 향해 무심코 고개를 돌렸을 때, 저는 그 눈부신 미소에 반해버리고 말았죠. 그 미소는…… 그 얼굴은…… 제 첫사랑을 떠올리게 만들었어요.

양성애자인 저는, 남자 보는 눈보다 여자 보는 눈이 훨씬 더 까다로운 편이에요. 어린 시절, 이웃집 소녀에게 흠뻑 빠졌던 일이 저를 그렇게 만들었죠. 여자를 연애의 대상으로 바라볼 때면, 저도 모르게 모든 것이 완벽하게 느껴졌던 그 아이와 비교하곤 했으니까요.

제가 살던 작은 마을은 굉장히 보수적인 곳이었어요. 점점 《성서》의 가르침과 멀어지고 있는 세상으로부터 떨어져 나와, 신앙을 지키려 했던 사람들이 모여서 세운 마을이었으니까요. 성서적 교리를 철저하게 지키려고 노력하는 그런 마을에서, 저는 동성애에 눈을 뜨고 말았죠. 저는 죄책감을 느끼면서도 이웃집 소녀에게 점점 더 빠져들었어요.

하지만 늘 교리가 제 마음에 고삐를 조였습니다. 《성서》는 동성애를 크나큰 죄악으로 간주했으니까요. 교리는…… 그 밖에도 많은 것들을 제약했죠. 당시 막 사춘기에 접어들었던 저는, 온종일 안락의자에 앉아 뜨개질이나 하는 노파나 다름없는 지루하고 따분한 일상을 보내야만 했어요.

그러던 어느 날, 우리 마을에서는 금서 중의 하나인 《도리언 그레이의 초상》이라는 소설을 읽고 나서, 그 아이에게 고백하기로 결심했습니다. 그 소설에 등장하는 한 공작부인이, 탐미주의의 화신인 헨리 경에게 이렇게 묻죠. "아! 헨리 경, 다시 젊어지는 법을 알려주겠나?"

그러자 헨리 경이 답합니다. "공작부인, 혹시 젊은 시절에 저질렀던 큰 잘못 중에 기억나시는 게 있는지요?"

"애석하지만 너무 많다네." 공작부인의 말에, 헨리 경이 위험하면서도 매력적인 제안을 제시하죠. "그렇다면 그 잘못을 다시 저지르세요. 젊음을 되찾으려면 그 시절의 잘못을 되풀이하면 됩니다."

저는 헨리 경의 가르침을 실천하기로 마음먹었어요. 더는 노파처럼 살고 싶지 않았으니까요. 잘못을 저지르는 것으로 제 나이에 어울리는 그런 인생을 살아보고 싶었으니까요. 앵두빛 입술이 시들기 전에, 젊음이란 짧디짧은 시절이 영영 빛을 잃기 전에 말이죠. 네? 생명 연장 시술을 받으면 손쉽게 회춘하지 않느냐고요? 우리 마을에선 그런 시술은 지옥행 특급 열차의 티켓처럼 취급당하곤 했어요. 그러니 당시 저에겐 젊음은 일시적인 것에 불과했죠.

올리비아 골딩, 교사

참 눈에 띄는 아이들이었어요. 우리 공동체에서는…… (기침) 아시죠? 그런 종류의 관계는 엄격히 금지하고 있으니까요. 아이들에게 올바른 길을 제시해야 하는 우리 교사들은 아이들이 은연중에 서로에게 보내는 작은 신호에 어떤 불경한 것이 섞여 있는지 빠르게 눈치채야 합니다. 저는 그런 쪽으로는 관찰력이 뛰어난 편이에요. 사실…… 저도 그런 성향을 타고났거든요. 하지만 신앙심으로 유혹을 극복했죠. 저는 그 아이들에게 몇 번이나 주의를 주었어요. 하지만…… 그

아이들은 결국 빗나가고 말았습니다.

안나 한, 프로그래머 & 모험가

그 아이가 이성애자인지 동성애자인지 어떻게 알았냐고요? 저는 모를 수가 없었어요. 제 얼굴과 몸을 훑는 그 아이의 시선에서, 관능이라 부를 수밖에 없는 어떤 것을 느꼈으니까요.

"오직 관능만이 영혼을 치유할 수 있지. 마치 영혼만이 관능을 치유할 수 있듯이." 헨리 경의 명언 중 하나예요. 저는 굶주린 영혼을 치료하기 위해, 그 아이를 유혹했습니다. 그저 눈빛으로만 수줍게 관능의 언저리를 맴돌던 그 아이를, 우리 어머니의 표현을 빌리자면 타락하게 만들었습니다.

이웃집 아이와의 첫사랑은, 제대로 시작되기도 전에 허무하게 끝나고 말았어요. 저의 진취적인 성적 지향성에 놀란 어머니가 대륙 한쪽에서 반대쪽으로 서둘러 이사를 가는 것으로요. 그 아이와 침대에서 서로의 몸을 더듬고 있다가 어머니에게 들통난 바로 다음 날의 일이었죠.

올리비아 골딩, 교사

안나가 마을을 떠난 이후로 비극이 일어났습니다. 저도 그 일에 큰 책임을 느껴요. 두 아이의 관계에 대해서 안나의 어머니와 엘리의 아버지에게 경고했던 게 바로 저니까요. 그 일이 그런 식으로 흘러갈 줄은, 엘리가 그렇게 큰 충격을 받게 될 줄은…… 꿈에도 몰랐습니다. 후회하냐고요? 네, 그래요. 후회해요. 차라리 그때 그 일을 모른 척했다면, 사춘기 소녀들의 짧은 불장난으로 끝났을지도 모르죠.

안나 한, 프로그래머 & 모험가

나중에 알게 된 사실이지만…… 그 아이는 제가 마을을 떠나고 나서 그리 오래되지 않아 자살로 생을 마감했다더군요. 우리 둘에 대한 소문이 돌았다고 했어요. 그런 작은 마을에서는, 그런 종교 공동체에서는, 그런 종류의 소문이야말로 가장 잔혹하고도 끔찍한 일에 속했어요. 어머니는…… 제게 그 아이가 교통사고로 죽었다고 말했어요. 저는 오랫동안 그 아이가 죽은 진짜 이유를 모르고 살았죠.

죽음의 이유가 무엇이든, 그 아이가 죽었다는 사실은 큰 충격으로 다가왔어요. 아직 어린 나이에 불과했던 저는, 신의 가르침을 어긴 죄로 벌을 받았다고 생각했습니다. 그래서…… 그 마을을 떠난 이후로는 스스로에게 동성애를 금지했어요. 아주 오랫동안이요. 저는 그 어느 때보다 신의 가르침에 따라 살기 위해 노력했습니다. 시뮬레이션 우주론이 정설이 된 이후, 신앙을 잃고 난 이후부터 조금씩 동성과 연애를 시도하기 시작했죠. 하지만…… 상대가 누구든 상관없이, 늘 완벽했던 그 아이와, 눈부신 미소를 보여주던 그 아이와 비교할 수밖에 없었어요. 그렇다 보니 관계는 늘 삐거덕거리기만 했죠.

그런데…… 바에서 우연히 마주친 그녀는, 그 아이와 똑 닮은 미소를 짓고 있었어요. 이제는 흐릿해진 그 아이의 얼굴을 선명하게 떠올리게 했고요. 그래요, 마치 그 아이가 그대로 자라나 어른이 된 모습처럼 보였습니다. 그 아이가 자라나 여신이 되어 눈앞에 현현한 것처럼 보였습니다.

앨리스 리들, 바텐더

안나 한을 아냐구요? 그럼요. 어떻게 모를 수가 있겠어요. 우리 시대 최고의 모험가의 이름을요. 사실, 그 눈부신 미소를 지어 보이던 그 손님에게 추근거리던 손님이 바로 안나 한이었어요. 하지만 그 당시엔 그녀를 몰라봤죠. 그때는 안나 한이 모험가가 아니었고, 저는 가십 잡지에 종종 등장했다던 억만장자 프로그래머의 생김새에는 별 관심이 없었거든요.

안나 한, 프로그래머 & 모험가

무언가에 홀린 듯 그녀 옆에 자리를 잡고 앉았지만, 감히 여신에게 말을 건넬 용기를 내지 못했죠.

"내가 향하는 길을 그가 알고 계시나니, 나를 시험하시고 나면 내가 정금처럼 나올지니라."

그녀는 어느새 바텐더와의 잡담을 그만두고, 《성서》를 읽고 있었습니다. 제가 가장 좋아하던 〈욥기〉의 한 구절을 경건한 목소리로 속삭이듯 읽고 있었죠. 당장이라도 훔치고 싶은 탐스러운 입술을 움직여가며. 그 《성서》의 커버는 제가 불태운 것과 마찬가지로 하얀 양가죽이었어요.

"왜 제 《성서》만 하얀색이에요?" 어린 시절 어머니에게 그런 질문을 한 적이 있었죠.

어머니는 이렇게 답하셨어요. "안나야. 검은색은 때가 묻지 않아서 사람들이 즐겨 사용하지. 하지만 검은색은 눈속임에 불과하단다. 사람의 마음을 방심하게 만들 뿐이야. 자, 엄마의 《성서》를 잘 보거라. 얼룩 하나 없이 깨끗하지? 네 할머니에게 물려받은 이 《성서》가 때 묻지 않게 평생토록 조심하고 또 조심했단다. 네 《성서》도 네 마음도 항상 이렇게 정갈하고 깨끗하게 관리해야 해, 알겠지?"

돌이켜보면 우리 어머니는 광신적인 신자였어요. 치료 가능한 초기 암을 의도적으로 방치했으니까. 그걸 신이 내린 시련이라고, 신앙의 힘으로 극복해야 할 시험이라고 굳게 믿었으니까. 생명 연장 시술이 등장한 이래, 필요한 비용을 내고 관리를 제때 받으면 누구나 세 자릿수의 수명을 누리는 일이

가능해졌지만, 어머니는 이미 오래전부터 감기와 다를 바 없어진 암 따위에 목숨을 내다 버린 거죠.

저는 그런 어머니가 싫지 않았습니다. 아니, 부러웠습니다. 제가 겪은 많은 이들은 신념을 휴지 조각처럼 쉽게 내던지곤 했어요. 하지만 어머니는 그러지 않았죠. 당신의 신념은 어떤 역경이 찾아와도 굳건하기만 했습니다. 아니, 역경은 오직 신념의 양분이 될 뿐이었죠. 어머니라면 시뮬레이션 우주론 따위에 신앙이 흔들리지 않았을 겁니다.

앨리스 리들, 바텐더

제가 추근거렸다는 표현을 썼는데, 정확히 말하면 안나 한이 그 정도로 노골적으로 들이댄 건 아니었어요. 눈빛은 꽤 노골적이었지만요. (웃음) 사실 먼저 말을 건 쪽은 먼저 와 있던 손님이었죠.

안나 한, 프로그래머 & 모험가

"제 《성서》 표지가 좀 눈에 띄긴 하죠?" 그녀가 미소를 지으며 말했어요.

"미안해요. 그걸 보니 옛날 생각이 떠올라서요. 저도 예전에 하얀 양가죽 《성서》를 가지고 있었거든요." 저도 모르게 그녀의 하얀 《성서》를 바라보고 있던 제가 사과의 말을 건

넸죠.

“정말요? 굉장한 우연이네요. 하얀《성서》를 가진 사람은 아직 만난 적이 없거든요. ……저는 쥬쎄 가너럼(Jusse Ganaram)이라고 해요.” 그녀가 손을 내밀며 이름을 밝혔어요.

“저는 나나 안(Nana Ahnn)이에요.” 저는 몇 년 전부터 쓰는 가명으로 자신을 소개했습니다. 평범한 인간관계를 맺으려면, 빌어먹을 부(富)의 중력장을 감추려면, 억만장자라는 사실은 숨기는 편이 나으니까요. 나나 안이라는 이름은 본명인 안나 한(Anna Hann)의 철자를 재배열한 애너그램이었어요. 여전히 지키려고 노력하는 십계명의 아홉 번째 계율을 위한 일종의 타협점이라고나 할까요. 철자만으로 따지자면 애너그램으로 만든 가명은, 그 배열만 다를 뿐 완전한 거짓은 아니니까요.

앨리스 리들, 바텐더

그때 안나 한은 몰골이 참, 말이 아니었어요. 꼭 마약중독자처럼 보였죠. 행색도 남루하기 짝이 없었고요. F 워드가 들어가는 그 문구가 박힌 티셔츠를 입고 있었는데, 하도 오랫동안 입어서 넝마 조각처럼 보일 지경이었죠.

안나 한, 프로그래머 & 모험가

"안색이 참 형편없군요. 괜찮으세요?" 그녀가 걱정스러운 표정으로 물었습니다. 낯선 타인에 불과한 그녀는, 주름투성이의 싸구려 옷을 걸친 저에게, 약에 취해 눈이 풀린 저에게, 진심 어린 호의를 내보였죠. 하지만 당시 저는 그 호의를 의심했어요. 제가 복용하던 항우울제의 부작용 중 하나는, 실제보다 세상을 멋지고 아름답게 보이게 한다는 점이었으니까요.

So Fucking What.

약물이란 필터가 제 마음을 왜곡시키고 있다는 회의감에 고개를 떨구니, 티셔츠가 그렇게 말하고 있었습니다. ……그래, 그 호의가 실제든 아니든 그게 뭐 대수인가, 하는 생각과 함께 고개를 쳐들었죠. 그녀가 여신처럼 아름다운 게, 나의 잃어버린 주님처럼 경건하고 신성하게 느껴지는 게, 약에 취했기 때문이라고 해도 상관없지 않은가 하는 마음이 들었습니다. 그 순간, 저에겐 그 호의가 실제처럼 느껴졌고, 그녀가 여신처럼 보인 것은 사실이니까요.

그래서 저는 그녀의 호의에 기대 신변잡기를 털어놓았습니다. 막내딸의 생일 파티에서 쫓겨난 일을 시작으로, 세상으로부터 사람들로부터 격리된 저의 인생이 얼마나 비참한지에 대해서, 주님과 함께했던 완전무결한 삶을 되찾기 위한 노력이, 스스로 주님이 되려 했던 노력이 얼마나 부질없는 일이었는지에 대해서 낱낱이 털어놓았죠. 그녀는 시종일관 진지하게 제 말에 귀를 기울였어요. 제가 열두 잔째 위스키를 주문했을 때, 꾸지람을 준 걸 빼고는 그녀는 제 이야기가 세상에서 가장 중요한 일이라도 된 듯이 제 말을 경청해주었죠.

그녀는 저보다 족히 열 살은 더 어려 보였어요. 물론 외모가 실제 연령 차를 알려주는 것은 아닙니다. 저는 대부분의 이들과 마찬가지로 생명 연장 시술을 받았지만, 어려 보이는 얼굴을 선호하지 않아 30대 초반처럼 보이는 얼굴로 커스터마이즈했으니까요. 애초에 거의 모두가 생명 연장 시술을 받게 된 뒤로 외모는 나이를 알려주는 지표가 되지 못했죠.

앨리스 리들, 바텐더

바텐더 일을 하다 보면 어쩔 수 없이 손님들의 대화를 들을 수밖에 없어요. 물론 매시간 매초 손님들의 대화에 귀를 기울이는 건 아니지만, 그렇게 가까운 거리에서 나누는 이야기를 듣지 않는 게 오히려 어려운 일이죠. 그날, 안나 한은 거의 일방적으로 온갖 이야길 쏟아냈어요. 주로 자신이 얼마나 처량한지에 대한 이야기였죠. 한마디로 흔해빠진 술주정이었어요. 그런데…… 그 손님은 시종일관 귀를 기울이며 맞장구를 쳐주더군요. 그런 태도를 보고 있자니 신세타령이라면 신물이 난 저도 덩달아서 안나 한의 이야기에 집중하게 되더군요. 정신을 차리고 보니 어느새 가게를 닫을 시간이 다 되어 있었죠. 두 손님은…… 팔짱을 끼고 바를 나섰어요. 안나 한이 그렇게 부러울 수가 없더군요. 그런 매력적인 손님을 낚아채는 데 성공했으니까요.

안나 한, 프로그래머 & 모험가

다음 날, 저는 지독한 숙취와 함께 낯선 방에서 깨어났어요. 방문을 열고 나가자, 세상에서 가장 근사한 미소를 짓는 여신이 소파에서 막 몸을 일으키고 있는 모습이 보였죠. 그래요, 약 기운 때문이 아니었어요. 그녀는 원래부터 여신이었던 겁니다.

첫사랑을 영영 잃어버린 트라우마 탓에 여자 보는 눈이 지극히 까다로운 저였지만, 바에서 만난 그녀는 마치 그 아이처럼 모든 것이 완벽하게만 느껴졌습니다. 아니, 그 이상처럼 다가왔어요. 그녀의 외모는, 그녀의 성격과 인품은, 제 마음속 이상형의 이데아를 족히 능가하고도 남았어요.

그녀와 함께 보낸 3년 6개월은 저에게 있어 기적과도 같았습니다. 항우울제의 부작용 때문에 그녀와의 섹스는 신통치 못했지만, 그런 건 아무래도 상관없었어요. 그녀는 바에서 그랬던 것처럼, 제가 세상에서 제일 중요한 사람인 것처럼 저를 대해주었고, 저 또한 그녀를 그렇게 대했습니다. 저는 그녀에게 제가 가진 부를 철저히 감추었어요. 프리랜서 프로그래머로 싸구려 모텔을 떠돌며 근근이 살아가는 괴짜 행세를 하면서요.

그녀는 조부모가 남긴 신탁 계좌가 있어서 평생 일을 할 필요가 없었어요. 신탁 계좌에서 매달 직장인의 평균 월급 정도를 인출할 수 있다고 하더군요. 하지만 그녀는 마술사로 일하며 적지 않은 돈을 벌어들였죠. 쥬시의 마술은……. 아, 쥬시는 쥬쎄의 애칭이었어요. 아무튼, 쥬시는 마술 실력이 굉장히 뛰어났어요. 대체 어떤 트릭이 숨어 있는지 알아차리기 힘들 정도로 솜씨가 좋았죠. 사실, 한 번도 트릭을 간파하지 못했어요. (웃음) 그 이유는 차차 말씀드리죠.

그녀와 함께했던 시간은…… 더할 나위 없이 행복했어요. 하지만 그렇다고 해서 제 삶이 다시 온전해지지는 못했어요. 〈누가복음〉에 이런 구절이 있습니다.

"예수께서 말씀하셨다. '카이사르의 것은 카이사르에게, 하느님의 것은 하느님에게 바쳐라.'"

세속적인 것과 영적인 것이 분리될 수 있다는 주님의 가르침이죠. 쥬시와의 일상은 세속적인 행복과 욕망을 채워주었지만, 저는 여전히 영적인 행복에, 욕망에 목말라 있었습니다. 언젠가부터는 그녀를 혼자 내버려두고, 다시 이런저런 종교 단체를 기웃거리기 시작했죠.

조엘 로빈슨, 0과 1의 교회 장로

네, 기억합니다. 우리 교회에 몇 번인가 찾아왔었죠. 그녀는 진심으로 신앙을 되찾고 싶어 했습니다. 당시 많은 교회가 그러했듯, 저희도 시뮬레이션 우주론 때문에 신앙을 잃은 사람들을 위한 자조 모임을 운영하고 있었어요. 그녀는 누구보다 성실하게 모임에서 활동했지만 결국 내보낼 수밖에 없었죠. 우리는 조물주 게임을 철저히 금지하고 있는데, 그녀가 자기 입으로 직접 그런 게임을 만드는 일에 종사하고 있다고 밝혔으니까요. 네? 다시 말씀해주시겠어요? 아, 우리 교회가 조물주 게임을 금지하는 이유 말씀이십니까? 우리는 기존 종교와는 달리 이곳이 시뮬레이션 세계임을 인정해요. 그러니 우리 교회가 조물주 게임을 금지하는 건 모순적인 일로 보일 겁니다. 그럼에도 불구하고 우리는 조물주 게임을 금지해야 했어요. 우리 세계에서 만든 조물주 게임 대다수는…… 대단히 비윤리적입니다. 온갖 학살과 재앙이 일어나는 그곳은, 인간이 만든 지옥이나 다름없습니다.

안나 한, 프로그래머 & 모험가

그러던 어느 날이었어요. 그녀와 함께 보낸 기적 같은 3년 6개월이 지난 후 나의 그녀는, 쥬시는, 흔적도 없이 사라졌습니다. 쪽지 하나만을 남긴 채로.

"정말 내가 누군지 모르겠어?"

그녀는 전에도 쪽지에 남겼던 그 말을 몇 번인가 언급한 적이 있었습니다. 아침 햇살에 눈을 떠 나를 바라보고 있는 그녀를 바라보았을 때, 물고기 입에서 은화를 꺼내거나 빵을 여러 개로 늘리는 마술을 시연했을 때, 대야에 물을 받아 제 발을 씻겨줄 때, 불쑥 자기가 누군지 모르겠냐는 질문을 던지곤 했던 겁니다.

쥬시가 그런 질문을 던질 때마다, 저는 기억을 훑으며 동창들의 얼굴을, 함께 일했던 직장 동료들의 얼굴을 떠올리며 생각에 잠겼지만, 끝내 어떤 접점도 찾아내지 못했어요. 쥬시는 언젠가 그 질문의 해답을 알려준다고 약속했지만, 끝내 저와의 약속을 어기고 말았죠.

잃어버리고 나서야 소중함을 깨달을 때가 있잖아요. 그때 제가 그랬습니다. 쥬시가 증발하자 그녀가 제게 있어 얼마나 커다란 존재였는지를 새삼 깨달았죠……. 저는 그녀를 찾기 위해, 제가 가진 재력을 아낌없이 쏟아부었어요. 남편과의 법정 싸움을 빼곤, 어떤 일에 그렇게 막대한 돈을 쏟아부은 건 처음이었죠.

필립 콜킨스, 사립 탐정

처음 나나 안이라는 사람에게서 연락을 받았을 때는, 의뢰를 거절할 생각이었습니다. 허름한 옷차림을 보니 제가 책정한 의뢰비를 그대로 받긴 힘들 것 같았거든요. 그런데 대뜸 거액의 수표를 내밀더군요. 비서를 통해 몇 번이나 확인해봤지만, 수표는 진짜였습니다. 그래서 쥬쎄 가너럼이라는 정체 불명의 인물에 대해서 조사하기 시작했죠.

쥬쎄 가너럼 씨는…… 마치 땅에서 솟아난 사람 같았습니다. 아니면 하늘에서 떨어졌거나요. 나나 안 씨, 그러니까 안나 한 씨가 보내준 지문과 DNA로 국내외의 모든 데이터베이스를 뒤졌지만, 일치하는 사람은 없었습니다.

안나 한, 프로그래머 & 모험가

"바로 이곳이 그녀가 마지막으로 목격된 곳입니다." 제가 묵고 있던 싸구려 모텔방을 찾아온 탐정이 말했어요. 캘리포니아주에서 가장 비싼 탐정인 그의 일당은 억 하는 소리가 나올 정도였지만, 결국 그는 비싼 값어치를 했습니다. 그가 내민 사진 속 풍경은 어딘가 익숙해 보였죠.

"그 먹튀 물리학자……. 셰클리 박사의 연구소가 아닌가요?"

제 질문에 탐정이 이렇게 답하더군요. "네, 그래요. 그 먹튀의 '차원 이동 연구소'가 맞습니다."

필립 콜킨스, 사립 탐정

차원 이동 연구소로 이어지는 흔적을 찾아내긴 했지만, 연구소 내부 정보에 접근하는 데는 실패했습니다. 믿을 만한 소식통에 의하면 어느 정부 기관에서 정보를 철저히 차단하고 있다더군요. 같은 소식통이 말하길 조만간 연구소가 경매가 붙여질 거라고 했고요. 투자자들에게 투자금을 돌려줄 여력이 없어서 결국 경매로 팔려 나가게 됐다고 들었습니다.

그즈음에서 포기하는 게 어떻겠냐고 조언했지만, 안나 한 씨는 포기할 생각이 없었습니다. 막대한 돈을 쏟아부어 그 연구소를 통째로 손에 넣더군요. 그 일 때문에 놀라진 않았어요. 의뢰인이 누군지는 수표의 진위 여부를 확인할 때 알게 되었으니까요.

정부 관계자들은 수장이 사라진 연구소를 경매를 통해 헐값에 사들일 예정이었지만, 안나 한 씨가 끼어드는 바람에 경매가는 천정부지로 치솟았고 그들은 결국 연구소를 포기해야만 했죠. 하지만 연구소를 손에 넣었다고 해서 모든 정보가 순순히 주어진 것은 아니었습니다. 그녀가 연구소에 겨우 발을 들여놓았을 때는, 정부 관계자들이 이미 핵심 인력과 정보를 빼돌린 뒤였죠. 결국, 안나 한 씨는 관련 기관에 막대한 자금을 후원하겠다는 협약서에 사인하고 나서야 원하는 정보를 손에 쥘 수 있었습니다.

수현 킴 토마스, 추기경 & 이론물리학자

저는 셰클리 박사의 연구를 부정하던 대표자 격이었어요. 하지만 그의 열린 사고방식에 감화되어 그와 함께 차원 이동 연구소를 지휘했었죠. 셰클리 박사님이 먹튀라는 건 오명이었습니다. 우리 연구소를 인수한 안나 한 씨에게도 그렇게 말해 주었죠. 안나 한 씨는 연구소 사람들에게 참 고마운 존재예요. 정부에 넘어갈 뻔한 우리 연구소를 인수하고, 또 저를 그 음침한 정부 기관에서 빼내주었으니까요.

셰클리 박사님은, 우리 연구소의 소장님은, 절대로 먹튀가 아닙니다. 박사님은…… 투자자들에게 한 약속을 지켰어요. 박사님은 안나 한 씨가 찾는 그 여성분과 함께 상위 차원으로 올라가는 데 성공했습니다.

안나 한, 프로그래머 & 모험가

제가 찾던 그녀가 먹튀라고 불리던 이론물리학자와 상위 차원으로 올라갔다고 그러더군요. 그러니까 수현 킴 신부님이 그러셨어요. 아, 추기경님이라고 불러야 할까요. 저는 신부님 생전에 추기경님이라고 불러본 적이 없어서 신부님이라는 호칭이 익숙하네요. 그때는 추기경으로 임명되기 전이었거든요. 어쨌든 신부님은 셰클리 박사가 쓰던 연구소 안쪽의 서재에서 그렇게 말씀하시고는 로만 칼라 아래서 십자가 목걸이를 꺼내 경건한 표정으로 입을 맞추셨죠. 저는 신부님의 말에 말문이 막히고 말았습니다. 그녀를 쫓아서라면 세상 끝까지라도 갈 생각이었지만, 상위 차원이라면…… 이야기가 조금 달라지니까요. 그게 안전한지 확인할 길도 없고 애초에 그게 가능할 법한 이야기로 들리지도 않았어요.

수현 킴 토마스, 추기경 & 이론물리학자

GSSC, 신의 소스코드에 상위 차원으로 올라가는 힌트가 숨겨져 있었습니다. 셰클리 박사님이 공언했던 것처럼요. 중력은 차원을 이동할 수 있다고 알려져 있죠. 그래요, 비밀은 바로 중력에 있었습니다. 중력미자를 이용하면 상위 차원으로 정보를 보낼 수 있었던 거죠. 일찍이 셰클리 박사님은 신의 소스코드에 차원 이동에 관한 정보가 숨겨져 있다는 사실을 발견했습니다. 박사님은 결코 사기꾼이 아니었어요. 하지만…… 우리는 겨우 힌트 몇 줄만 해독했을 뿐이었죠. 우리는 그 몇 줄에 의존해서 숱한 실험을 거듭했지만, 번번이 실패하고 말았습니다. 셰클리 박사님은 막다른 골목에 부딪히자 바로 이 서재에 틀어박혀, 수년을 소스코드를 들여다보며 지냈죠. 박사님은 단 한 번도 도망친 적이 없습니다. 우리 연구소가 실패하길 바라는 정부 기관에서 악의적인 정보로 사람들을 선동했을 뿐이죠. 그들은 우리의 자금줄을 끊기 위해서 후원자들에게 압박을 가하기도 했어요. 이유요? 그거야 뻔하죠. 차원 이동이 현실이 되면, 그들이 세계를 지배하는 일에 어떤 식으로든 방해가 되지 않겠습니까. 그들 입장에서는 근본에서부터 질서가 무너질 수 있는 일이었던 거죠.

(긴 침묵)

그분은 이미 완성된 차원 이동 장치를 갖고 계셨습니다. 그분의 장치는 완벽했어요. 사소한 고장이 나 있었지만, 우리 연구소의 도움으로 어렵지 않게 수리할 수 있었죠. 아마 시간만 충분했다면 그분 혼자서도 어렵지 않게 고칠 수 있었을 겁니다. 그 장치는, 휴대폰의 4분의 1 정도의 사이즈에 불과했지만, 구동하기 위해서는 막대한 전력이 필요했습니다. 아마도 전력 때문에 이곳을 찾아오셨던 거라고 생각해요. 어쨌든 우리는 전력을 제공해드렸고, 그 대가로 셰클리 박사님은 평생의 숙원이 된 차원 이동에 성공했죠. 그분과 함께 상위 차원으로 승천하신 겁니다. 저는 그분이 상위 차원에서 내려오셨을 거라고 확신해요. 저희에게 있어서는 마법에 가까운 기술을 보유하고 계셨으니까요. 그래요, 그분은 바로 저희의 조물주였어요. 저는 진심으로 그렇게 믿고 있습니다. 이게 바로 제가 안나 한 씨에게 보여줬던 그분의 사진입니다.

안나 한, 프로그래머 & 모험가

신부님이 내민 것은 나의 그녀, 바로 쥬시의 사진이었습니다. 저는 당혹스러웠어요. 쥬시는 그저 마술사에 불과했으니까요. 상위 차원에서 내려온 조물주가 아니라.

수현 킴 토마스, 추기경 & 이론물리학자

저는 테이블 밑에서 나무로 된 알파벳 블록이 담긴 상자를 꺼내, 테이블 위에 올려놓았어요. 이게 그때 사용했던 그 물건입니다. 저는 블록을 배열해 어떤 이름을 만들었죠. 바로 이 이름을요. 쥬쎄 가너럼(Jusse Ganaram). 이게 그분이 밝히신 이름이었죠. 자, 잘 보세요. 이렇게 철자를 재배열하면…….

안나 한, 프로그래머 & 모험가

신부님은 가너럼(Ganaram)에는 손을 대지 않고, 쥬쎄(Jusse)라는 낱말을 재배열했습니다. 그러자 곧, '지저스(Jesus)' 즉, 제가 잃어버린 주님의 이름이 나타났어요.

수현 킴 토마스, 추기경 & 이론물리학자

이번엔 가너럼(Ganaram)을 재배열해보죠. 자, 보세요. 애너그램(Anagram)이라는 단어가 나타나는군요. 쥬쎄 가너럼(Jusse

Ganaram)은 지저스 애너그램(Jesus Anagram)의 애너그램이었습니다. 그렇게 저는 그분이 셰클리 박사님과 함께 승천하신 후에야 깨달았어요. 그분의 이름 속에는 노골적인 힌트가 숨겨져 있다는 사실을요.

안나 한, 프로그래머 & 모험가

신부님이 거기까지 말했을 때, 머릿속에서 퍼즐이 맞춰졌어요. 제가 그녀와 함께했던 3년 6개월이라는 시간은, 바로 주님이 공생애로 사역했던 기간이었습니다. 그녀가 주로 선보이던 물을 와인으로 바꾸거나 빵을 불리거나 하는 마술은…….

수현 킴 토마스, 추기경 & 이론물리학자

저희는 그분의 마술을 구경한 적이 있습니다. 그건…… 마술이 아니었습니다. 그분은 차원 이동 장치뿐만이 아니라, 시공간을 조작할 수 있는 어떤 장치를 가지고 계셨죠. 그래요, 그분이 선보인 건…….

안나 한, 프로그래머 & 모험가

바로…… 주님이 일으켰던, 기적의 재현이었습니다. 감격에 북받친 신부님의 눈가가 촉촉이 젖어 들었어요. 신부님은 다시 한번 십자가 목걸이에 입맞춤하고는 성호를 그으셨죠. 그러고는 셔츠 주머니에서 무언가를 꺼내며 입을 여셨어요.

"그분께서 이걸 당신께 직접 전해달라고 신신당부하셨습니다."

말을 마친 신부님의 손에는 작고 매끈한 검정 조약돌처럼 보이는 물체가 놓여 있었죠.

수현 킴 토마스, 추기경 & 이론물리학자

제가 건넸던 건 바로 차원 이동 장치였습니다.

안나 한, 프로그래머 & 모험가

신부님이 건넨 작지만 묵직한 그 물건을 손에 쥐자, 그녀가 종종 입 밖에 꺼내던 그 말이 떠올랐어요.

"정말 내가 누군지 모르겠어?"

그녀는…… 제가 잃어버린 주님이었을까요? 〈이사야서〉에서 예언되었던 외모와는 천지 차이였지만, 《신약성서》가 증언한 성별과도 달랐지만, 제가 그녀를 알아봤어야만 했을까요?

"내가 향하는 길을 그가 알고 계시나니, 나를 시험하시고 나면 내가 정금처럼 나올지니라."

바에서 처음 마주쳤을 때, 그녀는 〈욥기〉를 읽고 있었어요. 〈욥기〉는…… 신께서 인간을 시험하는 무섭고도 매력적인 내용을 담고 있죠. 어쩌면 주님이 여자의 모습으로 내려오셔서 제가 주님을 알아보는지 시험하고 계셨던 걸까요? 만약에…… 제가 만난 것이 진정한 주님이었다면, 어쩌면 《성서》가 정말로 진리를 담고 있을지도 모른다는 생각이 들더군요. 수천 년 전에 그녀가 남자의 모습으로 내려와, 자신이 만든 세상 속에서 사랑이라는 가르침을 전해주었을지도 모른다는 그런 생각이요. 제가 믿었던 그 모든 것이 사실이었을지도 모른다는 생각에 가슴이 뛰었습니다. 비록 《성서》에는 이곳이 0과 1이라는 말은 기록되어 있지 않았지만, 그 모든 은유와 비유 속에는 진실이 살아 숨 쉬고 있을지도 모른다는 생각이 고개를 쳐들었습니다.

하지만…… 상위 차원에서 내려온 누군가가 그저 저를 가지고 논 것에 불과할지도 모르겠다는 의심 또한 고개를 쳐들었습니다. 저는 신앙을 잃어버린 이후로 수현 킴 신부님처럼 의심과 질문이 많은 그런 사람이 되었거든요. 아니, 신부님보다 오히려 더 의심이 많아졌어요. 신부님은 쥬시가 선보인 '차원 이동 장치'에 압도당해 쥬시를 그분이라고 여겼지만, 저는 여전히 그 모든 일이 의심스러웠으니까요.

(침묵)

설령 쥬시가 정말로 그분이라고 해도, 그녀는 왜 제 앞에 현현했을까요. 왜 저와 함께 세속적인 사랑을 나누었을까요.

세상의 많고 많은 사람들 중에서 왜 저를 선택했던 것일까요. 많은 것들이 의문투성이였습니다.

저는 진실을 알고 싶었습니다. 쥬시의 진짜 정체를 알고 싶었어요. 쥬시가 그분인지 그저 사기꾼에 불과한지 알아야만 했습니다. 그러려면 그녀와 재회해야 했죠. 이 조약돌같이 생긴 차원 이동 장치를 이용해, 상위 차원으로 나아가야만 했습니다.

수현 킴 토마스, 추기경 & 이론물리학자

그분은 우리 세계의 언어로는 말할 수 없는 초월적인 존재입니다. 그러한 존재에 닿으려면, 언젠가 비트겐슈타인이 말했듯이 세계 밖으로 나아가야만 하죠.

자막

수현 킴 추기경은 본 다큐멘터리 제작 도중, 급성 심근염으로 사망했다. 부검의에 의하면 직접적인 사인은 심근염이지만, 이는 희귀 질환으로 인한 합병증의 결과라고 한다.

대니얼 핸슨, 철학 교수 & 뇌과학자

수현 킴 추기경이 비트겐슈타인을 언급했다고? 그런데도 우리의 상위 차원에 하느님이 살고 있었을 거라고 믿고 있었다고? 그것참 안타까운 일이로군. 왜냐하면…….

타미르 크루페, 농부

뒷마당에서 커다란 굉음이 들려왔어요. 그 바람에 개들이 미친 듯이 짖어대기 시작했죠. 산탄총으로 단단히 무장을 하고 조심스레 뒷마당에 나가보니, 웬 젊은 아가씨가 쓰러져 있더군요. 크게 다친 것 같지는 않았지만 그렇다고 상태가 좋아 보이지도 않았어요. 마누라를 불러서 같이 집 안으로 옮겼죠. 왜 구급차를 부르지 않았냐구요? 이런 시골에서는 구급차를 불러봤자 아무런 소용이 없어요. 가까운 병원까지 족히 네 시간도 넘게 걸리니까.

안나 한, 프로그래머 & 모험가

'차원 이동'은 유쾌하지 못한 경험이었습니다. 몸을 이루는 원자가 모조리 분해되었다가, 상위 차원에서 재조립되는 차원 이동은, 이론적으로는 분해 전의 몸을 원상태로 복구한다고 하죠. 원상태는 개뿔……. 저는 며칠 동안이나 지독한 멀미에 시달렸어요. 깨어 있는 내내 헛구역질을 해댔고요. 몸 상태만이 문제가 아니었어요. 저는 상위 차원에서 통용되는 화폐 따윈 가지고 있지 않았으니까요. 만약을 위해 챙겨 온 금반지가 아니었다면 저는 홈리스 신세가 되고 말았을 겁니다. 마음 같아서는 금괴도 챙겨 오고 싶었지만 필요한 전력량이 급격히 늘어나는 바람에 그러진 못했죠.

타미르 크루페, 농부

저도 먹고살아야 할 거 아닙니까. 마침 그 아가씨가 금반지를 끼고 있더군요. 그래서 적선하는 셈 치고 시가보다 좀 더 후하게 줄 테니 그걸 달라고 했죠. 저는 정말로 시가보다 후하게 쳐줬어요. 30년 전 시가였지만……. 뭐, 최근 시가로 쳐준다는 약속은 안 했으니까 꼭 거짓말이라고 할 수는 없죠. 안 그래요, 젊은 양반?

안나 한, 프로그래머 & 모험가

다행히도 언어는 문제가 되지 않았어요. 그곳 사람들도 우리 세계의 말을 쓰고 있었으니까요. 이는 어느 정도 예상했던 일이었습니다. 옴 월드를 비롯한 많은 게임의 공용어 또한 우리 세계의 말이었죠. 하위 차원의 사람들을 통역기 없이 관찰하려면, 언어를 통일하는 게 편하거든요. 일부러 낯선 언어를 탄생하게 설정한 게임도 있었지만, 그런 게임은 인기가 적은 편이에요.

제가 전송된 장소는 어느 한적한 시골 마을이었어요. 멀미에서 회복되자마자 도시로 이동했고, 금반지를 처분하고 받은 돈이 떨어지기 전에 프로그래머로 일을 시작할 수 있었죠. 당장이라도 쥬시를 찾고 싶은 마음이 굴뚝같았지만, 길거리로 내몰리지 않으려면 우선 일을 하며 돈을 모아야 했어요.

산사르 티케, 조물주 게임 개발사 대표

이곳이 국경 근처에 있는 도시다 보니 몰래 국경을 넘어온 뜨내기들이 차고도 넘치죠. 안나 한도 그중 하나라고 생각했습니다.

안나 한, 프로그래머 & 모험가

수현 킴 신부님은 상위 차원을 마치 천국처럼 여기고 계셨죠. 어쨌든 우리 세계를 만든 조물주가 사는 곳이니까요. 저는 그런 환상은 일절 가지고 있지 않았습니다. 저 같은 너드들이 즐비할 거라고 짐작하고 있었거든요. 실제로도 그랬고 말이죠. 적어도 제가 일했던 업계에서는 그게 사실이었죠. (웃음)

제가 몸담은 곳은 GSSC, 그러니까 신의 소스코드를 이용해 조물주 게임을 제작하는 개발사였어요. 제가 담당했던 본 게임 파트는 GSSC만이 쓰이기 때문에, 상위 차원에서 통용되는 낯선 프로그래밍언어를 배울 필요는 없었죠. 제가 주로 쓰던 버전과는 조금 달라서 약간의 공부가 필요하긴 했지만,

그건 큰 문제가 아니었어요. 한마디로 저는 회사가 원하던 준비된 프로그래머였습니다. 10년 차 조물주 게임 개발 경력을 가진. 저에겐 조물주 게임 제작은 식은 죽 먹기나 마찬가지였죠. 물론, 윗선의 요구에 따르다 보면 저도 애를 먹을 때가 있긴 했지만요.

진짜 문제는…… 제가 신분증도 없는 불법체류자 신분이다 보니, 급여가 대단히 낮다는 점이었어요. 최저 임금의 절반 정도밖에 안 되는 수준이었는데, 그 돈으로는 싸구려 모텔의 월세를 지급하기에도 빠듯했죠.

산사르 티케, 조물주 게임 개발사 대표

마음에 안 들면 언제든지 때려치워도 좋아. 그게 제 입버릇이었습니다. 월급에 불만을 제기하는 녀석들에겐 그렇게 호통을 쳤어요. 다들 찍소리도 하지 못했죠. 지들이 어쩌겠어요. 신분이 불분명한 처지니 그냥 주는 대로 시키는 대로 할 수밖에 없죠.

안나 한은 꽤 쓸 만한 프로그래머였습니다. 아니, 꽤 훌륭한 프로그래머라고 하는 게 맞겠군요. 하루는 배속하기 기능을 획기적으로 바꿀 수 있다고 장담하더군요. 성공하기만 하면 10년 치 월급을 한 번에 준다고 약속했죠. 뭐, 그 일에는 실패하긴 했지만 어쨌든 실력이 굉장히 뛰어나다는 점은 누구도 부정할 수 없을 겁니다.

안나 한, 프로그래머 & 모험가

어느 날 배속하기 기능을 시험해본 적이 있어요. 그런데 제 코드가 제대로 작동하지 않고 오류만 뱉어내더군요. 참 이상한 일이었어요. 그 코드는 초소형 메모리에 담아서 가져온, 제 원래 세계에서 멀쩡히 작동되던 코드였으니까요. 아주 먼 훗날이 돼서야 알게 된 사실이지만, 차원에 부여되는 몇몇 물리상수가 아주 미묘하게 달라지기 때문이었어요. 제 코드가 통하지 않았던 이유가 말이죠.

산사르 티케, 조물주 게임 개발사 대표

새 게임의 출시를 앞둔 어느 날이었습니다. 안나 한이 월급을 안 올려주면 당장 그만두겠다고 협박을 하더군요. 뭐, 어쩌겠어요. 어디 가서 그런 프로그래머를 찾기도 힘드니 달라는 대로 줘야 했죠.

안나 한, 프로그래머 & 모험가

굶어 죽을 염려에서 벗어난 뒤로, 게임 만드는 일과 병행해가며 두 가지 일에 착수했습니다. 첫째는 원래 목적인 쥬시를 찾는 일이고, 둘째는 제가 있던 하위 차원, 즉 제가 NPC로 있던 게임을 찾아내는 일이었어요.

NPC라는 말이 나와서 말인데, 상위 차원의 프로그래머들도 아직 플레이어블 캐릭터를 만드는 방법을 알아내지 못하고 있었어요. 이는 다행스러운 일이었죠. 저와 제가 알던 모든 사람들이 누군가에게 직접적으로 조작당하고 있지 않았다는 뜻이니까요.

아무튼, 저는 두 가지 일에 착수했는데 사실 그 두 가지가 크게 다른 일이라고 생각지 않았습니다. 쥬시를 찾으면 그녀가 제가 속했던 게임을 알려줄 것이고, 제가 속했던 게임을 찾아내면 개발자인 그녀에게 다가갈 수 있을 테니까요.

두 번째 일은 불가능에 가까웠습니다. 상위 차원은 해변의 모래알만큼이나 많은 조물주 게임이 판을 치는 세상이었거든요. 만약에 제가 아는 역사가, 제가 속한 세계만의 역사였다면, 바꿔 말하면 유일무이한 역사였다면, 그 세계를 찾는 일은 매우 간단했을 겁니다. 하지만 알고 보니, 제가 알던 세계사는 상위 차원에서 일어난 역사를 거의 그대로 모방한 역사였어요. 제가 속했던 세계가 역사적 배경의 재현과 시대 고증이 충실한 게임이었다는 뜻이죠. 그런데 세상엔 그런 게임들 천지였죠.

산사르 티케, 조물주 게임 개발사 대표

안나 한은 근무 시간 중에도 종종 어떤 역사 게임을 찾는 일에 몰두했어요. 다른 직원이 그런 짓을 했다간 당장 고함을 질렀겠지만, 안나 한은 한 번도 마감을 어긴 적이 없으니 그냥 내버려뒀죠. 한번은 그 일을 가지고 트집을 잡아봤는데, 곧바로 그만두겠다는 협박을 시전하더군요. 참, 배짱도 두둑한 여자였어요.

안나 한, 프로그래머 & 모험가

무수한 역사 게임 속에서 원래 세계를 찾는 건 불가능할 것 같더군요. 그래서 쥬시의 행방을 직접 쫓는 일에 더 힘을 실어보았지만, 그 일도 불가능하긴 마찬가지였어요. 저는 가불까지 해가면서 쥬시의 DNA를 이용해, 그녀를 찾아보려고 시도했지만…… 상위 차원에서도 쥬시는 유령 같은 존재였어요. 그렇게 두 가지 시도가 모두 실망스러운 결과로 끝이 나고 말았죠.

……실망스러운 일은 그뿐만이 아니었습니다. 제가 속했던 차원, 즉 원래 세계에서는 '차원 이동'이 불가능한 일이었죠. 그건 오직 쥬시만이 가능한 마법 같은 기술이었어요. 그런데 이 세계에서는 '차원 이동'이 대단히 흔한 일이었습니다. 그 상위 차원도 더 높은 상위 차원에서 만든 시뮬레이션 속

세계였는데, 그곳 사람들은 벌써 100년도 전에 상위 차원으로 올라가는 방법을 개발했더군요. 그곳 사람들은 차원 이동에 도전하는 이를 '모험가'라고 불렀고, 그를 지원하는 단체를 '길드'라 칭했죠.

한마디로 말해, 쥬시의 마법 같은 승천 기술은 그저 흔하디흔한 것이었습니다. 저는 수현 킴 신부님처럼 그녀를 《성서》 속의 메시아라고 여기고 있던 것은 아니지만, 저도 모르게 일말의 가능성을 믿고 싶었던 것 같아요. 아무튼, 쥬시의 차원 이동 기술이 매우 흔해빠진 것이라는 사실에 실망하고 말았죠. 그런데…… 한 가지 사실이, 어쩌면 쥬시가 수현 킴 신부님이 말씀하신 것처럼 정말로 특별한 존재일지도 모른다는 생각을 품게 만들었습니다.

아달 툰실레, 차원 K314N726 모험가 길드 길드장

"뭐? 하위 차원으로 이동하는 게 가능하냐고? 그걸 지금 질문이라고 하는 거야?" 제가 그렇게 쏘아붙였죠. 그런 멍청한 질문을 하는 사람은 본 적도 없으니까 말이죠. 그 모험가 지망생은 하위 차원으로 내려온 사람을 직접 본 적이 있다고 주장하더군요. 그래서 제가 말했죠. 그건 사기꾼이 분명하다고. 차원 이동은 일방통행이니까 그 사실을 명심하라고.

안나 한, 프로그래머 & 모험가

길드장은 필요한 전력을 구매해서 차원 이동을 하는 건 제 마음이지만, 다시는 돌아오지 못할 거라고 경고했어요. 그러니까⋯⋯ 쥬시는 우리 차원은 물론, 그곳 상위 차원에서도 아직 등장하지 않은 '하위 차원으로 내려가는 기술'을 가지고 있었던 겁니다. 그뿐만이 아니었어요. 쥬시가 마술을 부릴 때 사용하던 시공간 조작 장치도 아직 발명되지 않은 상태였죠. 그렇다는 건 쥬시는 그곳보다도 더 높은 차원에서 내려온 존재라는 뜻이었습니다. 그런 생각이 그녀를 다시 조금은 특별한 존재로 부상하게 만들었죠.

프로그래머로 일하며 네 개의 게임을 성공적으로 출시하는 동안, 어느새 차원 전송을 위한 막대한 전력을 살 정도의 돈을 모을 수 있었습니다. 그 인정머리 없는 고용주가 달콤한 제안을 했지만, 저는 그 제안을 뿌리쳤어요. 쥬시가 없는 그곳엔 더는 미련이 없었으니까요. 저는 '하위 차원으로 내려가는 기술'이 등장한 진보된 세계를 찾아서 다시 모험을 떠났습니다. 쥬시가 속해 있는 차원과 조우할 때까지 계속해서 모험을 떠날 작정이었죠.

⋯⋯그 뒤로 수도 없이, 더 높은 차원으로 끊임없이 이동했습니다. 하지만 계속해서 보다 높은 차원으로 올라가도, 그곳은 어김없이 더 높은 차원이 만든 게임 속이었어요. 마치

양파 껍질 속의 또 다른 껍질처럼, 러시아 인형 속의 작은 인형처럼, 차원은 혼자서 존재하지 않고 항상 더 높은 차원에 속해 있었습니다.

대니얼 핸슨, 철학 교수 & 뇌과학자

수현 킴 추기경이 비트겐슈타인을 언급했다고? 그런데도 우리의 상위 차원에 하느님이 살고 있었을 거라고 믿고 있었다고? 그것참 안타까운 일이로군. 왜냐하면…… 상위 차원 위에는 또 다른 상위 차원이 존재할 개연성이 매우 높기 때문이지.

우리가 신의 소스코드로 만든 가상 세계 중에서는, 가상 세계 속 NPC들이 더 낮은 차원의 가상 세계를 만든 곳도 있어. 그들이 우리처럼 조물주 놀이를 한 셈이야. 언젠가는 가상 세계 속의 가상 세계 속 사람들도 더 낮은 차원의 가상 세계를 만들겠지. 상위 차원에서는 이미 그런 일이 벌어지고 있었을 거야. 어쩌면 까마득히 오래전부터, 시뮬레이션 속 시뮬레이션이 끊임없이 생성되고 있었을지도 모르고 말이야. 그래…… 우리 세계는 끝없는 차원 생성의 연속선상에 놓여 있는 하나의 세계에 불과할지도 모른다네.

어떤 이들은 끝없이 이어지는 상위 차원이 필연적이라고 말하기도 하지. 사실 나도 그런 사람들 중 하나라네. 괴델의 불완전성 정리에 대해 한 번이라도 들어본 적이 있을 거야. 괴델의 증명에 의하면, 어떤 체계도 태생적으로 완전할 수 없지. 어떤 체계 안에는 증명할 수 없는 명제가 반드시 존재하니까. 그러한 명제는 한 단계 높은 상위 체계에서만 증명할 수 있어. 언젠가 비트겐슈타인이 주장했듯이 세계 밖으로 나아가야만 하는 상황이 발생하는 거지. 그런데 그 높은 상위 체계에서도, 여전히 증명할 수 없는 명제가 존재한다네. 그걸 증명하려면 또다시 한 단계 높은 차원으로, 세계 밖으로 나아가야만 하지. 비트겐슈타인의 스승인 버트런드 러셀이 언급했듯이 그런 식으로 무한히 진행되는 거야. 왜냐면 닫혀 있는 체계는 불완전하기 때문이지. 애초에 독립된 체계는, 닫힌 체계는, 존재할 수 없기 때문이라네.

안나 한, 프로그래머 & 모험가

수많은 차원을 거쳤지만, 여전히 '하위 차원으로 내려가는 기술'을 낳은 차원은 없었습니다. 시공간 조작 장치 역시 마찬가지였어요. 어쩌면 그런 불가능한 기술을 가지고 있던 쥬시야말로, 진정한 조물주일지 모르겠다는 그런 생각이 저절로 마음속에 싹트게 되더군요.

대니얼 핸슨, 철학 교수 & 뇌과학자

수현 킴 추기경이 비트겐슈타인의 스승인 러셀의 발언에 대해 알고 있었다면, 좀 더 넓은 시야로 차원의 구조를 바라봤을 거야. 비트겐슈타인은 매력적인 철학자이지만…… 너무 신비주의로 빠지는 경향이 있지. 그에 비해 러셀은 모든 신비주의를 해소하려고 노력했던 그런 철학자였고 말이야. 나는 러셀이야말로 진짜배기라고 생각한다네.

안나 한, 프로그래머 & 모험가

한때…… 세속적 욕망과 영적 욕망이 일치했던 시기가 있었습니다. 제가 아직 어리고 어리석었을 때였죠. 그 시절의 일을 말하려면, 우선 어느 영화에 관해 이야기해야 할 것 같군요. 〈아마로 신부의 범죄〉라는 영화가 있어요. 아주 오래된 소설을 바탕으로 제작된 아주 오래된 영화죠. 그 영화에 나오는 아멜리아라는 매력적인 어린 아가씨가 아마로라는 젊은 신부에게 고해성사를 해요.

신부가 말합니다. "죄를 고백하세요, 어린 양이여."

아멜리아가 대답하죠. "신부님, 저는 너무 쾌락적이에요."

"쾌락적이라니 정확히 무슨 뜻이죠?" 신부가 묻습니다.

"성욕을 주체할 수 없다는 말이에요. 남자친구에게 키스를 하고 제 몸을 더듬습니다."

아멜리아의 말에 신부가 다시 묻습니다. "남자친구와 서로 더듬나요?"

그러자 아멜리아가 단호하게 대답하죠. "아뇨. 아니에요, 저는 제 몸을 더듬어요, 신부님. 샤워를 할 때 물줄기를 느끼며 혼자서 제 몸을 애무해요. 이게 죄가 될까요?"

"아뇨." 신부가 확신에 찬 목소리로 말합니다. "그건 죄가 아닙니다. 몸과 영혼은 근원적으로 같습니다. 성욕은 정상적인 겁니다."

"하지만 제가 자신을 애무할 때…… 두 눈을 감고 누군가를 생각해요……."

아멜리아의 망설이는 말에 신부가 묻습니다. "누구를요?"

"지저스." 아멜리아가 대답하죠.

"지저스라뇨?" 신부가 그렇게 물어요. 감탄사나 놀람의 표현으로 예수의 이름을 말했거나 잘못 튀어나온 말일 수도 있다는 투로요. 하지만 아멜리아는 이렇게 답하죠.

"예수님요. 우리의 주님 말이에요, 신부님. 저는 예수님을 생각하며 저를 애무해요. 그게 죄가 되나요?"

아멜리아의 말에, 신부가 답합니다. "네, 그건 죄입니다."

저는 아멜리아와 같은 짓을 했어요. 성스러운 그분을 생각하면서, 제 몸을 애무했죠. 어린 저에게는, 세속적 욕망과 영적 욕망이 분리되지 않았어요. 무지했기 때문이기도 하지만 세상에 물들지 않았기 때문이기도 했죠. 수많은 차원을 오르는 동안에도 여전히 불가능하다고 여겨졌던 하위 차원으로 내려가는 능력과 시공간 조작 능력을 오직 혼자서만 소유하고 있던 쥬시가…… 만약에 정말로 그분이라면, 세속적 욕망과 영적 욕망이 다시 한번 온전히 일치하게 될지도 모르겠다는 생각이 고개를 쳐들었습니다.

대니얼 핸슨, 철학 교수 & 뇌과학자

그래, 그건 꽤 불경스러운 생각이군. (웃음) 하지만 역사를 자세히 들여다보면 꽤 흔하게 등장하는 이야기야. 몸과 영혼의 결합, 세속적인 것과 영적인 것의 합치, 이런 것들에 대한 갈구가 말이지. 중세 시대의 성화를 보면…… 관능과 정숙 그리고 일탈과 수양의 경계가 굉장히 흐릿하게 묘사되는 경우가 많지. 신께 기도를 올리는 영적인 절정에 빠진 성녀의 얼굴은 마치…… 오르가슴의 한복판에 있는 것처럼 보이기도 하고 말이야. 우리가 영적이라고 여기는 모든 것들은 결국, 뇌라는 육체 안에서 일어나는 일이야. 영적인 것이 바로 육체적인 것이고, 육체적인 것이 바로 영적인 일인 셈이지. 애초에 그 둘은 같은 곳에 뿌리를 두고 있어. 모두 의식이라고 하는 여전히 베일에 싸인 곳에서 일어나는 일이라네.

안나 한, 프로그래머 & 모험가

조금 건전한 이야기로 화제를 돌려보죠. 차원 O49W7261에서 만난 승려는, 현자라고 불리는 인물이에요. 저는 꼬박 보름 동안 줄을 선 끝에 그 승려와 대면할 수 있었죠. 지위고하를 막론하고 누구나 딱 한 가지 질문만 던질 수 있었습니다. 저는 고심 끝에 이런 질문을 던졌어요.

"가장 높은 차원으로 올라가도 여전히 그보다 더 높은 차원이 존재할까요? 이 모든 시뮬레이션 세계의 근원이 되는 가장 높은 차원으로 올라가도, 여전히 그보다 더 높은 차원이 존재할까요?"

마르멜로 예세, 승려

가장 높은 차원보다 더 높은 차원은 바로 신의 품 안일 겁니다. 부동(不動)의 동자(動者)인 신이 바로 모든 차원 위에 군림하는 근원일 겁니다. 모든 것을 존재케 하는 근원일 겁니다.

안나 한, 프로그래머 & 모험가

애타게 쥬시를 찾아 차원 이동을 끝없이 되풀이하고 나서…… 저는 드디어 최상위 차원에 도달할 수 있었습니다. 그곳에도 모험가 길드에 해당하는 조직이 존재했어요. 저와 마찬가지로 하위 차원에서 올라온 이들이 만든 조직이었죠.

길드장은 바로 그 먹튀, 아니 먹튀라 오해받던 셰클리 박사였어요.

제프 셰클리, 이론물리학자 & 차원 BIQ3U2GB 모험가 길드 길드장

그곳은 가장 높은 차원으로 알려진 곳이었습니다. 누구도 그보다 높은 차원에 올라가는 일에 성공하지 못했죠. 꽤 오래전에 누군가 딱 한 번 더 높은 차원으로 이동하는 일에 거의 성공할 뻔했다고 하지만, 거대한 폭발과 함께 모든 것이 수포로 돌아갔다고 하더군요. 그 폭발과 함께 이전 길드 건물이 형체도 알 수 없이 완전히 날아갔다고 해요. 예전 길드원들도 대부분 그 일로 인해 재로 변했다고 들었죠.

안나 한, 프로그래머 & 모험가

최상위 차원이라고 알려진 그곳에서는 빛의 속도 c가 아주 약간 빨랐어요. 사실 다른 상수값도 차원마다 조금씩 달랐지만, 당시엔 누구도 그 사실을 눈치채지 못했죠. 빛의 속도만큼 유명한 상수도 아니고, c값보다도 훨씬 더 미묘하게 달라졌거든요.

자막

차원 BIQ3U2GB의 빛의 속도: 초속 299,792,459미터

대부분의 차원에서의 빛의 속도: 초속 299,792,458미터

부길드장 아리오나 미르가 어느 토론회에서 행한 발언

모든 차원에서 빛의 속도는 똑같았습니다. 끝자리가 8이었죠. 하지만 이 차원에선 끝자리가 9입니다. 이게 바로 이곳이 최상위 차원이라는 걸 증명하고 있어요. 차원 이동 장치가 이곳에선 먹통이라는 것도, 이곳보다 높은 차원이 없다는 걸 증명합니다.

길드장 제프 셰클리가 어느 토론회에서 행한 발언

빛의 속도가 조금 다르다고 해서, 이곳이 최상위 차원이라는 걸 납득하기는 힘듭니다. 이곳에서도 중력파를 이용한 버그 현상이 존재했었다는 기록이 있죠. 그 기록이 사실이라면, 이곳은 최상위 차원이 될 수 없습니다. 이곳이 정말로 최상위 차원이라면 우리 조직은 더는 존재할 이유가 없죠. 그래요, 당장이라도 해산해야 할 겁니다.

제프 셰클리, 이론물리학자 & 차원 BIQ3U2GB 모험가 길드 길드장

안나 한은 반드시 상위 차원이 존재할 거라고 믿고 있었습니다. 거의 맹목적일 정도로요. 그건 저도 마찬가지였죠. 안나 한과 저는…… 우리 차원에 내려왔던 특별한 존재와 조우한 적이 있으니까요. 안나 한이 나타나기 전까지 제 말을 믿어주는 사람은 없었죠. 저는 원래 세계에서 안나 한과 만난 적조차 없지만, 우리는 금세 의기투합했어요. 우리는 결심했죠. 전 세계가 정전이 될 정도로 막대한 전력을 투입해보기로. 물론, 그게 다가 아니었어요. 그런 식으로 해결될 문제라면 이미 상위 차원으로 넘어가고도 남았겠죠. 우리는 차원 이동 장치를 개조하고 또 개조했습니다. 옛 길드 건물이 폭발할 때 살아남은 어떤 문서를 손에 넣었거든요. 그걸 가이드라인 삼아 개조했죠.

안나 한, 프로그래머 & 모험가

셰클리 박사님이 몰래 전력을 끌어다 줬습니다. 그건 굉장히 위험한 실험이었어요. 모 아니면 도라는 식이었죠. 성공한다는 보장이 없었으니까요.

제프 셰클리, 이론물리학자 & 차원 BIQ3U2GB 모험가 길드 길드장

"이런 터무니없는 전력으로는 차원 전송기가 망가지고 말 거야. 자네는 숯덩이로 변할 테고. ……정말 이 미친 짓을 실행할 생각인가?" 제가 그렇게 말했죠.

그러자 안나 한은 이리 답하더군요. "네, 닥치고 전기나 공급해주세요."

안나 한, 프로그래머 & 모험가

너무 긴장해서 했던 말이었어요. (웃음) 정신 나간 실험을 위해, 길드 건물을 완전히 개조했던 참이었죠. 특수 제작된 절연 코팅지로 덕지덕지 도배된 길드 건물 안에는 저와 길드장뿐이었어요. 목숨을 내놓으면서까지 실험을 강행할 정도로 미친 건 우리 둘뿐이라는 뜻이었죠.

박사님이 테이블에 설치된 버튼을 주먹으로 내려치자, 막대한 전력이 제 목에 걸린 전송기에 쏟아져 내렸어요. 차원 전송기는 엄청난 속도로 전력을 흡수하기 때문에, 보통의 경우라면 전송기를 들고 있는 사람이 다칠 일 따위는 없죠. 하지만 그건 보통의 경우가 아니었습니다. 전송기가 붉게 달아오르며 금이 가기 시작했고, 곧 굉음을 내며 폭발하고 말았죠. 박사님의 말이 옳았다는 생각이 들더군요. 곧 숯덩이로 변하고 말 거라는, 이젠 정말로 다 끝이라는, 그런 생각이 들었습니다.

제프 셰클리, 이론물리학자 & 차원 BIQ3U2GB 모험가 길드 길드장

저는 운 좋게 폭발에서 살아남을 수 있었어요. 창문으로 튕겨 나가서 어찌어찌 목숨을 부지할 수 있었죠. 안나 한의 시체를 찾지는 못했지만 그렇다고 실험이 성공했다고 확신할 순 없었어요. 그 폭발 때문에 재로 변했을지도 몰랐으니까요.

저는 그 일로 인해 아주 긴 세월 동안 징역형을 살아야 했죠. 끔찍한 경험이었지만, 각오했던 일이었습니다.

안나 한, 프로그래머 & 모험가

눈을 뜬 곳은, 또 다른 차원이었습니다. 풀밭에서 몸을 일으킨 저는 가벼운 전신 화상을 입은 상태였어요. 폭발이 저를 완전히 집어삼키기 직전, 차원 이동에 성공했다는 뜻이었죠. 제가 전송된 곳은 한적한 시골 마을이었어요. 사막 한복판이나 바다 한가운데가 아니라서 다행스럽지 않았냐고요? 차원 이동 장치는 그런 식으로 작동하지 않아요. 저도 정확한 원리는 모르지만, 차원 이동 장치는 이동할 곳을 미리 감지하죠. 끔찍한 오류가 일어나지 않는 한, 민가 근처에 전송되는 경우가 대부분이에요. 그런 안전장치가 없었다면, 대부분의 모험가는 오지에 고립돼서 죽고 말았을 거예요. 생각해 보세요, 지구 표면에서 준비된 물자 없이 인간이 살아남을 수 있는 곳이 얼마나 되는지를요. 모든 차원이 그런 건 아니지만 대부분 바다의 면적이 육지의 면적을 상회하는 편이죠. 랜덤으로 이동한 곳이 망망대해나 극지방이라면, 잠자코 죽음을 기다릴 수밖에요.

늦은 밤이었습니다. 저는 풀밭을 헤치며 저 멀리 보이는 빛을 향해 걷기 시작했어요. 한참을 풀에 베이며 나아간 끝에 작은 농가에 도착했죠. 그날은 어느 농가의 헛간에서 몰래 신세를 졌지만, 다음 날부터는 꽤 번듯한 모텔에 묵을 수 있었어요. 이번엔 전력량이 상당했던 만큼 열 개의 금반지에 더해, 금괴를 두 개나 들고 이동한 참이었거든요. 어느 때보다 자금이 두둑했지만, 멀미 또한 가장 심했죠. 저는 금반지 하나를 바꾼 돈으로 모텔에 틀어박혀 화상이 낫기를 기다렸어요.

어느 정도 몸이 회복되자, 마을 도서관에서 빛의 속도 c에 관해 조사했어요. 가장 높은 차원이라고 알려졌던 곳보다 더 높은 차원에서는, c값에 어떤 변화가 생겼을지 궁금했거든요. c값은 아래 차원과 달랐어요. 하지만, 제 예상과는 정반대였죠. 제가 태어난 원래 세계보다도 빛의 속도가 아주 약간 느렸어요. 바로 전 차원에서는, 빛의 속도가 달라진 이유를 두고 상위 차원으로 계속 올라가다 보면, 계단식으로 빨라지게 된다는 해석이 대세였죠. 하지만 바로 한 차원을 올라왔을 뿐인데 c값이 변해버린 데다가 빨라지기는커녕 느려진 거예요.

자막

차원 W3AICM9I의 빛의 속도: 초속 299,792,457미터

차원 BIQ3U2GB의 빛의 속도: 초속 299,792,459미터

대부분의 차원에서의 빛의 속도: 초속 299,792,458미터

안나 한, 프로그래머 & 모험가

이번엔 자금이 두둑했던 만큼, 저는 생계유지에 관한 걱정 없이 이 세계에 대해 조사하기 시작했어요. 다른 모든 차원과 마찬가지로, 이곳에서도 신의 소스코드가 널리 활용되고 있었죠. 그런데 상위 차원으로의 이동은 일시적으로 금지된 상태였습니다. 아쉽게도 '하위 차원으로의 이동'은 이번 차원에서도 불가능한 일이었고 말이죠.

저는 서둘러 위로 올라가고 싶었어요. 이번 차원에서도 아래 차원으로 이동하는 기술이 발명되지 않았다는 사실을 알게 된 만큼, 엉뚱한 차원에서 시간 낭비를 하고 싶지 않았으니까요. 저는 상위 차원으로 이동할 허가를 받기 위해서 길드를 찾아갔어요.

잠파 산자, 차원 W3AICM9I 모험가 길드 부길드장

제대로 인사도 하지 않고 대뜸 어떻게 하면 허가를 받을 수 있는지 묻더군요. 저는 뭐라고 한마디 해주고 싶었지만, 꾹 참았습니다. 길드장에게서 예의를 갖추라고 지시받았으니까요. 저는 상위 차원으로 이동하는 유일한 방법은 길드장을 직접 만나 예외적인 허락을 받는 것뿐이라는 말을 전했죠.

안나 한, 프로그래머 & 모험가

일시적인 금지라고는 하지만, 그게 언제 풀릴지는 기약이 없다고 했어요. 예외적인 허가를 받으려면 길드장을 만나야 한다고 하길래 면회를 신청했죠. 그런데 이상한 조건을 내걸더군요. 세계 일주를 해야 길드장과 만날 수 있다는 거예요.

잠파 산자, 차원 W3AICM9I 모험가 길드 부길드장

새로 맡은 임무가 그리 내키진 않았지만, 안나 한 씨를 데리고 세계 일주에 나설 수밖에 없었어요. 우리 길드는 권력 구조가 참 보수적이거든요. 안나 한 씨는…… 첫인상은 안 좋았지만, 생각보다 괜찮은 사람이더군요.

안나 한, 프로그래머 & 모험가

그 세계의 역사는, 제가 태어나고 자란 세계와는 별다른 접점이 없었어요. 제가 체험했던 대부분의 세계에서는 원래 세계의 국가와 도시가 비슷한 이름으로 변주되어 등장하곤 했지만, 이곳에서는 그런 국가와 도시를 찾아볼 수 없었죠.

그들은 그 세계를 '지구'라 불렀지만, 제게 가장 익숙한 원래 지구와는 대륙의 형태가 완전히 달랐어요. 다른 차원들은 제 고향과 비슷한 구석이 꽤 많았는데 말이죠. 그런데 기이하게도 그곳이 그렇게 낯설지만은 않았어요. 마치…… 누군가가 제 취향에 딱 맞춰서 그 세계를 만든 것 같다는 착각이 들 정도였죠. 각 대륙에 존재하는 온갖 유적들과 건축물 그리고 지형지물도 어딘가 그리움을 자극하곤 했어요. 저는 어느새, 여행에 완전히 매료되어 자발적으로 여행 기간을 계속 늘려갔죠.

잠파 산자, 차원 W3AICM9I 모험가 길드 부길드장

처음엔 하루빨리 여행이 끝났으면 했던 안나 한 씨가, 나머지 대륙에도 가보고 싶다는 말을 꺼내더군요. 하지만 그건 예상했던 일입니다. 길드장이 그런 식으로 일이 흘러가게 될 거라고 미리 언질을 줬었거든요.

안나 한, 프로그래머 & 모험가

세계 일주에 나선 지 두 달이 지났을 때, 길드장과의 약속이 잡혔어요. 약속 당일, 저는 약속 시간까지 시간을 때우려고 호텔 밖을 어슬렁거렸죠. 그러다 호텔 뒤편에 있는 인공수로가 내려다보이는 카페의 테라스에 자리 잡고 앉아 책을 읽기 시작했어요. 그 차원에서 제일 잘 팔린다는 판타지 소설이었죠. 어딘가 조지 R. R. 마틴의 〈도어웨이즈〉를 연상시키는 그 소설에 막 빠져들기 시작할 무렵, 이상한 광경을 목격했어요. 저 멀리서 누군가가 물 위를 걸으며 저를 향해 똑

바로 다가오고 있었던 겁니다. 차원 이동을 거듭한 탓에 이제 헛것이 보이는구나 싶었죠. 저는 테이블 위에 올려놓았던 발을 내리고, 선글라스를 벗었어요. 선글라스에 무슨 문제가 있기라도 한 것처럼. 눈을 가늘게 뜨고 다시 눈앞의 수로를 바라봤어요. 선글라스에는 아무런 문제가 없었죠. 물 위를 걷는 이는, 여전히 저를 향해 똑바로 걸어오고 있었어요. 그때 부길드장에게서 전화가 걸려오더군요. 그가 말하길, 길드장이 이쪽으로 오고 있다고 했어요.

제가 무어라 대답하기도 전에, 전화가 끊어졌죠. 그러는 동안에도 물 위를 걷는 이는 저와의 거리를 점점 좁혀왔어요. 이윽고 얼굴을 알아볼 수 있을 정도로 거리가 가까워지자, 기행을 벌이는 이의 정체를 알아차릴 수 있었습니다. 그건 쥬시였어요.

저는 막 인공 수로에서 빠져나온 쥬시에게 다가가 몸을 숙였어요. 그리고 그녀의 발에 입을 맞추었죠. 〈누가복음〉에 등장하는 죄 많은 여인이 주님에게 그러했듯이. 제가 수현 킴 신부님처럼 쥬시가 바로 그분이라고 믿었냐고요? 글쎄요……. 저도 잘 모르겠어요. 하위 차원으로 이동할 수 있는 유일한 존재인 건 확실하지만, 시공간을 조작해 마법을 부릴 줄 아는 유일한 존재이기도 하지만…… 어쨌든 《성서》 속의 메시아와는 좀 다른 존재처럼 느껴졌으니까요. 그녀의 발에 입을 맞춘 건, 그저 충동적으로 저지른 행동에 가까웠죠. 어쨌든 쥬시는 제가 겪은 모든 차원을 통틀어서도 가장 경이로운 존재였으니까, 마땅한 경의를 표현하고 싶었던 것 같아요.

고개를 들자, 쥬시가 말했어요. "너에게 보여줄 게 있어. 나랑 같이 어디 좀 가줄 수 있지?" 예의 그 눈부신 미소와 함께 말이죠. 어느 날 갑자기 사라졌던 쥬시를 원망하고 싶은 마음도 들었지만, 그런 마음은 그녀의 미소를 보는 순간 증발하고 말았죠. (웃음)

엘리 바야르(aka 쥬쎄 가너럼), 차원 W3AICM9I 모험가 길드 길드장

안나가 묻더군요. 자기를 데리고 어디로 갈 거냐고. 그래서 저는 오른손을 들어 하늘을 가리켜 보였죠.

안나 한, 프로그래머 & 모험가

"상위 차원 말이지?" 제가 물었어요.

쥬시는 제 말에 고개를 가로젓더니 답했죠. "아니, 하늘로 가는 거야."

"하늘로? 네가 원래 있던 하늘에 계신 아버지 곁으로 나를 데려가주려는 거야? 다른 시뮬레이션 속으로 가는 게 아니라 '진짜 승천'을 하는 거야? 네가 가지고 있는 시공간 조작 장치를 사용해서?" 제 말에 쥬시는 당황한 표정을 짓더군요.

엘리 바야르(aka 쥬쎄 가너럼), 가짜 메시아

"승천 같은 건 불가능해. 미안……. 일부러 너를 속이려던 건 아니었어." 안나에게 그렇게 말했어요.

안나 한, 프로그래머 & 모험가

쥬시는 왼손에 쥐고 있던 하얀 공 같은 물체를 보이며 말을 이었어요. "이건 그냥…… 사소한 버그를 최대화하는 장치일 뿐이야. 나는 네가 생각하는 그런 존재가 아니야. 우리 관계는…… 네가 생각하는 거랑 정반대에 가까워. 나는 저 하늘 위에서가 아니라 바로 이곳에서 태어났어."

쥬시의 말은 저를 혼란스럽게 했습니다. 쥬시가 진짜 그분인지 아닌지에 관해서는 여전히 확신이 없었지만, 적어도 어딘가 특별한 차원 출신이라고 생각했으니까요.

"하지만…… 너는 하위 차원으로 내려갈 수 있잖아? 누구도 흉내조차 내지 못하는 기술을 가지고 있잖아? 물 위를 걸을 수도 있잖아?"

제 말에 쥬시가 고개를 가로젓더니 입을 열었어요. "그러니까 그건 사소한 버그를 이용한 장난감에 불과해. 일단…… 나랑 같이 하늘로 올라가자."

엘리 바야르(aka 쥬쎄 가너럼), 가짜 메시아

우리는 하늘로 올라갔어요. 경비행기를 타고서 말이죠. 상공 500미터 위에서 보이는 풍경을 안나에게 보여주고 싶었거든요.

오해를 낳을까 봐 노파심에 덧붙이자면 제가 가진 시공간 조작 장치는…… 그리 대단한 물건이 아니에요. 언젠간 신의 소스코드로 하위 차원뿐 아니라 현실도 마음대로 조작할 수 있게 될지 모르지만, 제 기술은 그저 미세한 버그를 이용한 일종의 잡술에 불과해요. 그러니까 조물주 게임을 제작할 때, 신의 소스코드를 이용해 하위 차원을 마음껏 주무르는 수준에 비한다면 말이죠.

안나 한, 프로그래머 & 모험가

"정반대의 관계라니, 대체 그게 무슨 뜻이야?" 저는 그런 비슷한 질문을 쏟아냈지만, 쥬시는 창밖을 가리키며 정답은 저 아래에 있다고 말할 뿐이었어요. 할 수 없이 입을 다물고 창밖을 통해 지상을 내려다보았죠.

……저공비행을 하는 동안, 저는 진실을 알게 되었습니다. 어째서 세계 일주를 하는 동안 그리움이라는 감정을 느꼈는지를, 그녀가 말한 '정반대의 관계'가 무얼 뜻하는지를 깨닫게 된 거죠. 지상에 있는 동안엔 눈치채지 못했지만, 하늘에

서 내려다본 지상에는…… 제가 만든 작품들이 즐비해 있었습니다. 30년이 넘는 세월 동안 마인크래프트에서 만들었던, 옴 월드로 옮겨 왔던 건축물과 지형지물이었어요. 그래요, 그곳은 제가 만든 게임인 옴 월드였습니다. 그곳이 옴 월드라는 사실을 깨닫자, 가운데땅과 웨스테로스를 연상시키는 지형지물과 건축물들이 지상에서 저를 반기고 있더군요.

세계 일주를 하는 동안에도 비행기를 타지 않았냐고요? 맞아요. 하지만 그때는 너무 높은 고도를 비행했기 때문에 마치 달에서 내려다본 것처럼 모든 것이 너무 작게 보여서, 그 세계가 옴 월드라는 걸 깨닫지 못했던 거죠. 숲속에 있는 동안엔 숲의 형태를 알아차리지 못하는 것처럼, 저는 제가 만든 익숙한 장소를 여행하면서도 어떤 곳에 와 있는지를 알아차리지 못했던 겁니다.

그리고 그녀의 정체는…….

엘리 바야르(aka 쥬쎄 가너럼), 가짜 메시아

"나는 네가 만든 NPC 중 하나였어." 제가 그렇게 고백했죠. 상공 500미터 위에서요.

안나 한, 프로그래머 & 모험가

그제서야 기억이 났습니다. 저는 가끔씩 신화나 설화 등의 인물에서 착안한 멋진 NPC들을 만들어 배치하기도 했죠. 그녀는, 쥬시는, 그런 종류의 NPC는 아니었어요. 그녀는…… 저의 첫사랑인 이웃집 소녀를 떠올리며 만든 NPC였습니다. 성년이 된 이후, 옴 월드로 거대한 부를 손에 넣은 이후, 저는 옛 고향을 찾아갔었죠. 남편과 이혼한 뒤로, 오랜 추억을 들추고 싶을 정도로 극심한 외로움에 빠져 있었으니까요.

올리비아 골딩, 교사

안나는 엘리가 죽은 진짜 이유를 모르더군요. 저는 진짜 이유를 말해줬어요. 그걸 알게 되면 죄책감을 느낄 것 같아 망설여졌지만, 어차피 다른 사람의 입을 통해서 알게 될 거라고 생각했거든요.

안나 한, 프로그래머 & 모험가

그 아이가 죽은 건…… 저 때문이었어요. 예전에도 죄책감에 시달린 적이 있었죠. 제가 그 아이를 유혹했기 때문에 신이 벌을 내려서 차에 치여 죽은 거라고 생각했었으니까요. 하지만 신앙을 잃게 되면서 그런 죄책감도 사라졌었죠. 천벌따윈 없다는 걸 알게 됐으니까요. 그런데…… 이번엔 죄책감을 피해 갈 방법이 없었어요. 제가 선을 넘었기 때문에 몹쓸 소문이 돌았고, 그 아이는 그 일로 괴로워하다가 스스로 목숨을 끊은 겁니다.

저는 그 아이를 위해 가장 몸값이 높은 장인을 고용해 대리석으로 깎은 천사상을 묘지에 세웠어요. 경제적 어려움을 겪고 있던 그 아이의 부모와 형제들에게 익명으로 막대한 돈을 전했죠. 하지만 그런다고 죄책감이 수그러들진 않더군요.

저는 옴 월드에서 그 아이를 만들어냈습니다. DNA가 남아 있지 않았기에 그 아이의 원본과 똑같이 재현할 수 없었지만, 무수한 시행착오를 거듭하며 기억 속의 그 아이를 빚어냈어요. 제가 그 아이의 목숨을 앗아 갔으니 다시 되돌려주고 싶었던 거죠.

저는…… 그 아이를 똑 닮은 눈부신 미소를 가진 옴 월드 속의 NPC를, 그 소녀를 매일처럼 관찰했어요. 따돌림을 당하던 그 소녀가 안전하고 행복하게 지낼 수 있도록, 세심하게 배려하고 주시했어요. 어느새 저는 소녀를 관찰하고 또 지키는 일에 완전히 중독되고 말았죠. 그 일에 너무 깊게 빠져들어서 더는 다른 일을 할 수 없을 지경에 이를 즈음, 양육권 소송에서 보기 좋게 패하고 말았어요. 어떤 언질도 없이 재판에 불출석한 대가였죠. 그 일을 계기로 저는, 그 소녀를 관찰하는 일을 그만두었고 얼마 지나지 않아 옴 월드를 매각했어요.

엘리 바야르(aka 쥬쎄 가너럼), 가짜 메시아

"어떻게…… 어떻게 너를 몰라볼 수 있었을까." 안나가 말했습니다. 그건 바로 제가 안나에게 하고 싶었던 말이었죠. 제가 어른이 되면서 얼굴이 좀 달라지긴 했지만…… 안나라면 저를 알아봐줄 거라고 믿었어요. 하지만 생각보다 훨씬 더 긴 시간을 기다려야 했죠.

안나 한, 프로그래머 & 모험가

정반대의 관계라는 건, 쥬시가 조물주고 제가 피조물이 아닌, 그 반대라는 의미였어요.

엘리 바야르(aka 쥬쎄 가너럼), 가짜 메시아

저는 어릴 때부터 어렴풋하게 아니…… 확실하게 느낄 수 있었습니다. 저 하늘 높은 곳에 있는 누군가가 저를 지켜주고 있다는 사실을. 이 세계가 시뮬레이션 속 우주임이 밝혀진 이후에, 저는 상위 차원으로 가기 위해서 모든 시간을 쏟아부었죠. 저를 지켜주던 수호천사를, 조물주를 만나고 싶었으니까요. 그리고 끝내 그 일에 성공했죠. 상위 차원에서 안나를 찾아낸 겁니다. 우리 세계를 만든 조물주와 만난 겁니다.

……그런데 안나는 자신이 만든 세계에, 자신이 만든 피조물에 더는 아무런 관심이 없었어요. 자신을 만든 조물주에게

만, 잃어버린 신앙에만 관심이 쏠려 있었죠. 그래서 저는 그런 만남을 연출했습니다. 하얀 《성서》를 펼쳐 〈욥기〉를 읽으며 안나와 마주치는 그런 만남을요. 그 뒤로도 마술을 부리며 일부러 안나를 헷갈리게 만들려고 시도했죠. 안나가 바로 저의 조물주이지만, 마치 제가 안나의 조물주인 것처럼 행세했어요. 그래야 저를 더욱 깊이 사랑해줄 수 있다고 믿었으니까요. 그런데 안나는…… 제 마술을 그저 재밌는 장난 같은 걸로 치부하더군요.

한편으로는 안나가 저의 진짜 정체를 알아봐주기를, 제가 안나의 피조물임을 알아봐주길 바랐습니다. 그래서 안나에게 묻곤 했죠. 정말 내가 누군지 모르겠냐고. 하지만 안나는 끝내 알아차리지 못했어요. 3년 6개월 동안…… 우리가 그리 나쁘지 않은 시간을 보낸 건 사실입니다. 꽤 행복한 시절이라고 할 수 있죠. 하지만 안나의 마음은 늘 어딘가 다른 곳을 향하고 있었습니다. 그녀는 여전히 잃어버린 신앙을 되찾고 싶어 했어요. 조물주를 갈구하고 있었어요. ……그래서 저는 안나를 떠나야 했죠. 이번엔 안나가 저를 찾아오게 만들고 싶었으니까요. 온전히 저를 사랑하게 만들고 싶었으니까요.

안나 한, 프로그래머 & 모험가

주시의 고백을 듣고 나서, 말없이 주시에게 키스를 퍼부었어요. 쥬시의 작전이 성공했다는 뜻이죠. (웃음) 숱한 차원을 이동하며 그녀를 애타게 찾아 헤매는 동안, 그녀를 향한 사랑은 거대해져만 갔으니까요. 그녀가 NPC든 그분이든 상관없이, 아무런 조건 없이 그녀를 사랑하게 되었으니까요.

그날, 우리는 그 어느 때보다 열정적인 밤을 보냈어요. 함께 절정에 이르고 나서 한참이 지난 뒤에, 호텔 방의 침대 위에서 제가 그녀에게 물었죠.

"그런데 말이야. 나는 분명히 상위 차원으로 이동했어. 그런데…… 어째서 이곳으로 오게 된 거지?"

엘리 바야르(aka 쥬쎄 가너럼), 가짜 메시아

저도 처음엔 그게 잘 이해가 가지 않았습니다. 적당한 차원에서 안나를 기다리려고 했지만, 원래의 차원으로 돌아오고 말았죠. 지금껏 알려진 가장 높은 차원 위에, 게임에 불과한 저의 세계가 상위 차원으로서 존재하다니…… 정말 이상한 일이었어요. 그런데 그것보다 더 기이한 건…… 우리 세계에서 만든 어느 게임이 바로 그 '지금껏 알려진 가장 높은 차원'이라는 점이었어요. 그리고 그 게임 속에서 만든 게임 또한 제가 통과했던 차원 중 하나였죠. 게임 속의 게임 속 게임…… 그렇게 무한히 내려가다 보면, 안나가 태어난 바로 그 차원이 등장해요. 우리보다 높은 차원이 우리가 만든 게임 속 게임 중의 하나였던 겁니다. 그리고 안나의 차원에서는 안나가 바로 우리의 세계를, 옴 월드를 만들었고요.

……그렇게 안과 밖이 만나게 되는 뫼비우스의 띠처럼 상위 차원과 하위 차원이 엮이면서 차원 생성이 무한히 반복되고 있었던 거죠.

대니얼 핸슨, 철학 교수 & 뇌과학자

시간 여행을 다룬 영화나 소설에서 보면 타임 패러독스라는 게 있어. 클래식 걸작 영화 중 하나인 〈터미네이터〉를 예로 들어보면…… 존 코너라는 미래인이 자신의 부하인 카일 리스를 과거로 보내, 어머니인 사라 코너를 지키게 하지. 그런데 사라 코너는 미래에서 온 카일 리스와 사랑에 빠지고 임신을 하게 돼. 그렇게 태어난 아이가 바로 존 코너야. 미래에서 온 인물의 개입으로 인과관계의 순서가 뒤바뀌게 되는 모순이 발생하는 거야. 마치, 그런 타임 패러독스처럼, 차원 사이에서도 패러독스가 일어나고 있었던 거지. 그래, '차원 패러독스'가 존재했던 거야. 'So fucking what' 때처럼 내가 제안하고 채택받은 표현이지. (웃음)

안나 한, 프로그래머 & 모험가

쥬시는 '차원 패러독스'라는 말을 사용하지는 않았지만, 비슷한 말로 세계의 구조를 설명했어요. 하지만 여전히 이해가 가지 않는 일이 있었습니다. 쥬시의 차원은…… 그러니까 옴 월드는 어떻게 보면 제가 태어난 차원보다 높은 차원이라고 볼 수도 있어요. 하지만 제가 만든 게임 속 세계라는 건 여전히 분명한 사실입니다. 그런데 어떻게 우리 세계보다 뒤늦게 등장한 낮은 차원의 세계에서, 우리 세계에서도 등장하지 않았던 '차원 이동 장치'가 등장할 수 있었던 건지 잘 납득이 가지 않았습니다. 게다가 어떻게 그 짧은 시간 동안 옴 월드 속에서 무수한 하위 차원이 생겨난 건지도 의아했죠.

엘리 바야르(aka 쥬쎄 가너럼), 가짜 메시아

그 이유는 간단해요. 안나가 뛰어난 프로그래머였기 때문이기도 하고, 어떤 오류가 발생했기 때문이기도 하죠. '배속하기' 덕분에 우리 차원은 빠르게 기술을 발전시킬 수 있었습니다. 생명 연장 기술도 '후원하기'를 통해 간접적으로 전해졌는데 그걸 더욱 발전시킬 수 있었고요. 하지만, 그것만 가지고는 상위 차원의 기술 발전 속도를 따라잡긴 힘들었어요. 출발이 워낙 늦었으니 말이죠. 안나가 옴 월드를 매각한 이후에, 시간이 무한 배로 가속되는 오류가 우리 세계의 특정 지역에서 발생했어요. 바로 제가 살던 지역에서 일어났던 일이었죠. 그 오류는 좀 독특했어요. 제가 있던 지역을 무작정 무한 배로 가속했던 건 아니었어요. 그랬다면 저라는 존재 또한 오류에 휘말려 증발하고 말았을 겁니다. 그 오류는 우리가 만든 시뮬레이션 속 세계를 따라 하위 차원으로 내려가면서 시간을 가속했죠. 그렇게 해서 무한한 하위 차원이자 상위 차원이 탄생했던 겁니다.

제가 있던 공간 또한 적잖이 시간이 배속된 덕분에, 저는 안나의 차원에서도 만들지 못한 차원 이동 기술을 손에 넣었죠. 그에 더해 어느 차원에서도 만들지 못한, 시공간 조작 장치 또한 만들 수 있었어요.

안나 한, 프로그래머 & 모험가

쥬시와 저는, 우리가 발견한 다차원의 구조를 사람들에게 알리기로 했어요. 이유가 뭐냐구요? 글쎄요, 태양이 지구를 도는 게 아니라 지구가 태양을 돌고 있다는 사실을 발견하면, 지구가 평평하지 않고 둥글다는 사실을 깨닫는다면, 그 사실을 모르는 사람들에게 알리고 싶어지지 않겠어요? 그거랑 비슷한 기분이었어요. 어쨌든, 가장 가깝고도 먼 차원에 있는 셰클리 박사님이 무사한지 확인하러 가는 김에, 사람들에게 진실을 알리고 싶었어요.

대니얼 핸슨, 철학 교수 & 뇌과학자

안나 한과 엘리 바야르가 우리 세계에 차원 이동 장치를 정식으로 소개했을 때, 다차원의 구조를 알려주었을 때, 뒤통수를 맞은 기분이 들더군. 머리가 꼬리를 무는 뱀인 우로보로스처럼 가장 낮은 차원이 가장 높은 차원을 낳으면서 모든 것이 역전되는 구조라니……. 한편으로는 이런 의문이 들었어. 대체 GSSC는, 신의 소스코드는, 누가 만든 것일까, 하는 그런 의문이 말이야.

신의 소스코드는 '진짜 조물주'가 우리에게 보내준 선물일까? 우로보로스처럼 생긴, 혹은 도넛처럼 생긴, 이 무한한 차원은 하나의 닫힌 세계에 불과하고, 실은 이 모든 것의 바깥에 다른 차원이 존재하는 걸까? 한때 사람들은 지구가 둥글다는 사실도 알지 못했어. 아주 오랜 세월이 흘러서야 그걸 알게 되었지. 그로부터 훨씬 더 오랜 시간이 지나서야 겨우 지구가 숱한 행성 중 하나에 불과하다는 사실을 알게 되었고, 다시 한참이 지나서야 우주를 탐험하기 시작했지. 다시 긴 시간이 지나고 나서, 우주를 포함한 모든 세계가 시뮬레이션 안에 존재한다는 걸 깨달았어. 그리고 이제는 다차원 구조에 관해 알게 되었지만, 여전히 많은 것들이 미지의 영역에 머물러 있지.

안나 한, 프로그래머 & 모험가

저는 쥬시와 함께 미지의 영역을 탐험하기로 작정했습니다. 이미 오래전부터, 모험은 우리에게 익숙한 일이었어요. 무한한 차원을 이동하는 동안, 쥬시도 저도 모험가로 거듭났으니까요. 우리는 신의 소스코드를 뒤져가며, 우로보로스 밖으로, 도넛 밖으로 나가는 방법을 연구했습니다. 그렇게 수십 년이 지난 지금, 우리는 새로운 차원 이동 장치의 개발에 성공했죠. 집채만 한 이 장치를 가동하기 위해서는, 이 세계의 모든 대륙으로부터 전력을 끌어와야만 했어요.

어쩌면 이번에야말로 우리의 모험은 비참한 사고로 끝장이 날는지도 모릅니다. 혹은 이제껏 알려진 모든 차원을 통틀어서, 가장 먼 차원에까지 도달한 위대한 모험가로, 진짜 바깥 세계에 다다른 첫 번째 인간들로 기록될지도 모릅니다.

언젠가 버트런드 러셀이 말한 것처럼, 상위 차원은 무한히 계속될까요? 혹은 언젠가는 진정한 상위 차원에 도달할 수 있을까요? 어느 쪽이든 상관없어요. 쥬시와 함께할 수만 있다면요. 만약, 차원이 무한히 이어진다면 우리의 모험도 무한히 이어질 겁니다.

〈신의 소스코드: 다큐멘터리〉 공개 49주년 기념판 맺음말

본 다큐멘터리의 제작을 처음 시작한 지 250년이 지났다.

처음엔 수현 킴 토마스 추기경을 비롯한 몇몇 사람이 목격한 '승천'과 그와 관련한 신흥 종교에 관해 다루는 내용으로 시작했지만, 안나 한의 귀환과 함께 다큐멘터리의 방향성이 크게 바뀌게 되었음을 밝힌다.

안나 한과 엘리 바야르가 도넛 밖으로 떠난 지 올해로 49년째이다. 그 뒤로도 많은 모험가들이 도넛 밖으로, 우로보로스 바깥으로 모험을 떠났지만 아직까지 귀환한 모험가는 한 명도 없다. 일찍이 상위 차원으로 떠난 안나 한이 우리 세계로 돌아와 세계의 본 모습을 알려준 것처럼, 이번에도 모험가들이 귀환에 성공해 세계의 진정한 모습에 대해서 알려주기를 진심으로 바라 마지않는다.

안나 한, 쿠키 영상1

부탁이 하나 있어요. 혹시라도 제 이야기가 픽션 영화로 만들어진다면, 엘리와의 정사 신은 넣지 말아달라고 전해주세요. 전남편이 레즈비언을 혐오하는 척하지만, 레즈비언 포르노라면 아주 환장하거든요. 극영화의 정사 신이 포르노라는 건 아니지만, 전남편의 성적 판타지를 충족시켜주고 싶지 않아서요. 네? 전남편이 과연 이혼한 아내를 다룬 전기 영화를 보겠냐고요? 전처의 정사 신을 보고 성욕을 느끼겠냐고요? 제 전남편은 그러고도 남을 인간이에요. 금문교를 보면서도

자위를 할 정도로 성벽이 특이한 인간이죠. (웃음)

엘리 바야르, 쿠키 영상2

제가 벌인 사기 행각 때문에, 어떤 종교가 만들어졌다고 들었어요. 제 직업을 표시할 땐 진짜 직업 대신 '가짜 메시아'라고 표시해주셨으면 합니다. 늦었지만 반성하는 의미에서라도 제가 사기꾼이었다는 점을 분명히 밝혀두고 싶거든요.

안나 한, 쿠키 영상3

전남편도 다큐멘터리에 등장한다구요? 음…… 미안하지만, 부탁이 하나 더 있어요. 전남편이 등장할 때 자막으로 큼직하게 '무직'이라고 적어주세요. 아니, 그것보단 셀러브리티라고 표시하고 괄호 안에 무직이라고 기입하는 게 나을 것 같네요. 아무튼, 꼭 그렇게 부탁드립니다.

콧수염 배관공을 위한 찬가

From: yujin.han@union.space.exp

To: yoonbin.ahn@union.space.exp

Cc: kris.a.bernard@union.space.exp

Subject: Re: 우르수스 행성 대족장 취임 46주년 기념 선물에 대해서

안윤빈 항해사에게

예정보다 답장이 늦었네, 선장일세.

우선 자네가 조달해준 물건은 잘 받았네. 용케도 세상에 단 세 개만 남았다는 오리지널 밀봉팩을 두 개나 확보했더군. 패키지의 색이 좀 바랜 것만 빼곤 상태가 꽤 괜찮아 보여. 지난주에 전송한 NES의 설계도면도 문제없어 보이고 말이

야. 부선장을 통해 전달했듯이 밀봉팩 하나는 개인적인 의뢰였다네. 사적인 부탁임을 미리 알리지 못해서 미안하다는 말을 전하고 싶군. 여러 가지 일을 동시에 진행하다 보니 깜빡하고 말았지 뭔가. 밀봉팩 구매 비용의 절반은 이미 자네에게 이체되었을 거라고 생각하네. 나머지 한 개에 관해서는 cc에 추가한 크리스 비서관에게 영수증을 보내면, 빠르게 비용을 환급받을 수 있게 손써두겠네.

그나저나 이런 양호한 상태의 밀봉팩을 개당 겨우 20만 크레딧에 사들이다니 참 운이 좋았어. 그 골동품상은 이 물건의 가치를 완전히 잊은 모양이야. 하긴, 낡디낡은 물건이다 보니 대부분의 항성계에서는 이게 무슨 물건인지조차 잊었을 테지.

'우르수스의 대족장에게 왜 하필 이런 고물 따위를 선물하냐'는 자네의 질문에는 짧게 대답하기가 힘들 것 같군. 부선장을 통해 자네의 통렬한 지적을 전해 들었네. 그래, 현세대는 물론 차세대 초공간 도약 기술의 선두 주자인 우르수스 행성의 지도자에게, 이런 낡은 유물을 보내는 건 실례가 아니겠느냐는 자네의 지적에도 일리가 있어. 상식적으로 생각해서 실례되는 선물이라는 지적은 타당하고말고. 자네 말대로 우르수스의 지도자에겐, 임페리얼급 범용선을 수천 대 보낸다 해도 부족할 지경이니까.

이번 계약이 우리 연맹에 있어 최대의 과제이자 가장 시급한 과제임을 새삼스럽게 강조할 필요도 없겠지. 웜홀 붕괴 사태의 수습도 중요하지만, 자원 확보 경쟁에서 연합 측에 밀리면 호전적이기 그지없는 그들이 언제 다시 전쟁을 일으킬지 모르니 말이야.

그런 불행을 막기 위해서는 이번 대족장 취임 46주년 기념 선물로 누구보다 압도적인 물건을 준비해야 한다는 자네의 주장은, 바로 나의 생각과도 일치하고말고. 특히 46이라는 숫자가 그들에게 있어 고귀한 행운의 숫자로 여겨지는 만큼, 선물은 더 신중히 골라야 하겠지.

늘 솔직한 태도로 동료는 물론 상관을 대하는 자네의 자세는 높이 사겠네. 자네의 날카로운 지적이 도움이 될 때가 한두 번이 아니었지. 몇 번인가 언급했듯이 자네는 참 '감'이 좋은 친구야. 자네의 솔직하고도 냉철한 태도와 특유의 직감 덕분에 우리의 집이나 다름없는 어드벤텀호가 가까스로 대파를 면했고 말이지. 그런데 말이야, 이번에는 자네의 감이 빗나갔다네. 내 장담하건대 우르수스의 대족장은 다른 어떤 선물보다 이 구시대의 유물을 기꺼워할 걸세. 어째서 그런지를 설명하자면, 긴 이야기가 될 것 같지만 최대한 짧게 풀어 보겠네.

구시대 이야기를 꺼내면 옛날이야기에 학을 떼는 세대인 자네가 질색할 테지. 하지만 어쩔 수 없이 자네보다 젊었을 때의 일부터 시작해야 할 것 같군. 미안하지만 우리 어머니 이야기도 등장한다네. 상관의 젊은 시절 이야기라니, 그것도 상관의 어머니가 등장하는 이야기라니……. 자네에게 미리 사과하겠네.

막 사관학교를 졸업하고 소위로 임관했을 때의 일이야. 나는 당시 그 존재가 막 알려진 우르수스 행성에 제3차 조사단의 일원으로 파견되었지. 안전하고도 풍요로운 행성에서의 꿀 빠는 임무가 아니었냐고? 전혀. 당시 기준으로 우르수스 행성은 개발도상성(開發途上星)도 아닌 후진성(後進星)에 속했어. 지금으로선 상상하기 힘들지만, 그 시절 우르수스는 '솔루스 영역의 무역 거점'이나 '차세대 기술의 리더'라는 수식어와는 아무런 상관이 없는 곳이었다네. 당시 우르수스인들이 은하연맹에 가입하겠다는 의사를 밝힌 것도 아니었지. 사실, 적지 않은 부족들이 연맹을 경계하고 있었으니 우리 조사단의 안전이 보장된 것도 아니었다네.

지금도 우르수스에 첫발을 디뎠던 날이 눈에 선하게 떠오르곤 해. 초록과 파랑으로 뒤덮인 거대한 수해(樹海)에 여명이 떠오르는 순간, 가슴속 깊은 곳에서부터 벅찬 감동이 용솟음쳤지. 밤마다 나타나는 모기를 닮은 기묘한 곤충의 습격 때문에 수면 부족에 시달리는 날이 많았지만, 나는 그 행성이 참 마음에 들었어. 오래전부터 마음속에서 그리던 이상향에 발을 들여놓은 기분이었지.

나는 경호 장교 중 하나로서 외교관들과 학자들의 안전을 교대로 담당하는 동시에 우르수스인들의 생태를 관찰하고 연구했네. 내 자랑을 하려는 건 아니지만, 입대 이전에 취득했던 외계인류학 박사학위를 써먹을 좋은 기회였으니까. 우르수스인들은 스스로를 현지어로 꿈꾸는 자 혹은 털북숭이라는 이중적인 의미를 가진 '푸르푸린'이라 지칭했지만, 그때 우리들은 그들을 '곰둥이 친구들'이라고 불렀어. 작은 체구에 토실토실한 몸통, 그리고 부드러운 갈색 털로 뒤덮인 모습이 마치 아기 곰을 연상케 했으니까. 지금은 차별적인 용어라는 말도 있지만, 사실 우르수스인들도 그 표현을 싫어하지 않았지. 아니, 오히려 자신들과 쏙 빼닮은 외계 동물이 있다는 말에 자신들을 직접 곰둥이라고 부르기까지 했네. 뭐, 정확히 말하자면 곰보다는 곰둥이 인형을 더 닮았지만 말이야.

자극적인 기사로 선동하길 좋아하는 몇몇 미디어의 주장과는 달리, 당시 우리는 우르수스인들을 향한 애정을 담아 곰둥이 친구들이라는 표현을 사용했다네. 아무튼, 내가 전해 듣기로는 요즘도 현지에서는 그 호칭이 널리 쓰인다더군.

한편, 그들은 우리 인간들을 벌거숭이 혹은 대머리라는 뜻이 담긴 현지어로 지칭하곤 했어. 우리 입장에서 보면 그들은 우리 은하계에선 보기 드문 털북숭이 지성체였지만, 그들 입장에서 보면 우리 인간들은 겨우 머리 위쪽에만 털이 난 가련한 지성체였으니까. 덧붙이자면 우르수스인들 사이에서 벌거숭이(혹은 대머리)라는 말은 흉을 보는 표현이 아니라, 가져야 할 것을 갖지 못한 자들에게 연민을 표하는 정중한 표현이라네.

호칭에 대한 이야긴 이쯤에서 끝내고, 우리가 우르수스 행성으로 파견된 이유로 넘어가는 게 좋겠군. 초공간 도약이 꽤나 정밀해지고 안전해진 지금은 거의 가치가 없지만, 당시엔 아광속 연료의 연소 촉진제로 쓰이는 플레마라는 화합물의 수요가 엄청났지. 그런데 우르수스 행성에서 채집되는 거대한 열매가 순도 높은 천연 플레마를 엄청나게 함유하고 있었어. 그야말로 노다지의 발견이나 마찬가지였지. 우리가 파견된 이유는 바로 그 노다지 때문이었어.

하지만 이들과 정식으로 행성 단위의 교역을 하려면, 은하 헌법 제17조에 따라 이들의 통일된 '의견 일치'가 있어야 했다네. 외부 세력이 소수의 권력층과 결탁해 행성을 착취하는 일을 막기 위한 장치였지. 그뿐만 아니라 플레마의 외부 반출이 현지인들의 안녕과 복지는 물론 행성의 생태를 위협하지 않는다는 철저한 조사가 필요했지. 그런데 제2차 조사단의 연구 결과에 의하면 과도한 플레마의 누적이 우르수스 행성의 기후에 악영향을 미치는 게 확실해 보였어. 우리 제3차 조사단은 제2차 조사단의 연구를 검증하는 과정에서, 그들이 옳았다는 점을 확인할 수 있었지. 아니, 정확히 말하자면 그들의 예측은 약과에 불과했어. 당시 해당 구역의 항성에서 발생 중이던 이상 플레어 현상을 비롯한 최신 데이터를 시뮬레이션에 반영한 결과, 이대로 고작 사반세기만 지나면 우르수스 행성에 어느 때보다 매섭고도 혹독한 겨울이 들이닥쳐 곰둥이 친구들 대부분이 목숨을 잃을 거란 예측이 도출되었던 거야(겨울은 최소 10년 이상 이어질 예정인 데 비해, 우르수스인들은 최대 5년 정도의 동면만을 취할 수 있었어. 용케 일부가 살아남는다 해도 반복적으로 찾아올 긴 겨울이 그들을 기다릴 예정이었고). 원인을 짧게 요약하자면, 이례적인 플레어 현상이 우르수스 행성에 과도한 에너지를 공급해 플레마 화합물이 폭발적으로 늘어나면, 결과적으로 항성에서 들어오는 빛이 대기 중에서 대부분 차단되어버리기 때문이었지. 여러 번 검증해보았지만, 매번 같은 예측값이 출력되었어. 알려진 모든 행성에서 유효성과 정확도가 검증된 시뮬레이션 모델이 내린 결론이니, 더 이상의 검증 작업은 무의미해 보였지. 우리는 교역을 위해 그들을 방문했지만, 이제는 사랑스럽기 그지없는 지성체의 멸종을 막는 일이 우리의 주된 목표가 되었던 거야.

우리 제3차 조사단은 우르수스인들의 안녕을 위해, 그들의 의사와는 관계없이 강제 조치를 발동해 플레마를 행성 밖으로 반출해야 한다는 보고서를 상부에 제출했어. 하지만 상부에서는 그런 방안에 회의적이었지. 사실, 상부의 말대로 위원회에 강제 조치의 발동을 요구해도 반려될 게 분명해 보였고. 이례적인 겨울이 빠른 주기로 찾아오면 우르수스인들은 멸종하겠지만, 변화된 자연환경에 의해 더욱더 번성할 생물체들도 많았으니까. 끝내 겨울을 견뎌낼 생물 중에는 머지않아 지성체로 진화될 가능성이 높은 종들도 섞여 있었어. 한마디로 정답이 없는 문제였지. 우르수스인들이 연맹에 가입한다면 우리가 어떤 식으로든 개입할 여지가 있을 테지만, 그러려면 그들의 통일된 의견을 반영하는 정치 기구의 설립이 필수적이었어. 무역을 위한 전제 조건과 마찬가지로 말이야.

우리는 어떻게든 우르수스인들의 합일된 의견을 얻어내길 바랐지만, 이들은 내전을 겪고 있었어. 그 내전은 벌써 2세기도 넘게 지속되고 있었고. 게다가 이들이 아직 우리 같은 외계인들에게 우호적이지 않다 보니, 외교적 채널을 뚫는 것도 쉽지 않은 일이었지. 우리는 어떻게든 우르수스인들에게 그들이 처한 상황을 설명하려 했지만, 그런 자리를 마련하는 것부터가 문제였어. 제1차 조사단이 문전박대에 더해 우르수스 행성의 토산물인 각진 계란 세례를 받았던 일을 비롯한 실패기는 워낙 유명하니 굳이 언급할 필요도 없겠지.

우리 제3차 조사단이라고 해서 뭔가 뾰족한 수가 있는 건 아니었어. 우리가 파견된 배경을 짧게 요약하자면, 은하 최대 규모의 플레마 광산이 위치한 레굴루스 행성에서 대규모 분화가 일어나, 아광속 연료 공급에 엄청난 차질이 발생하고 있었지. 상황이 그렇다 보니 제대로 된 준비도 없이, 바꿔 말해 현지 경험자의 복귀를 기다릴 틈도 없이 윗선에 억지로 등이 떠밀려 서둘러 우르수스 행성에 보내졌던 거야. 그놈의 관료주의 부작용은 예나 지금이나 다를 바가 없지.

우리는 급하게 준비해 간 이런저런 선물을 여러 부족장에게 건네려 했지만, 애초에 부족장과 면담을 성사시키는 것부터가 문제였어. 좀처럼 우리의 선물이 먹히질 않았던 거지. 그들이 곰과 닮았다는 편견에 기인해 꿀 중의 꿀이라는 가니메데산 꿀을, 그것도 최상급으로 준비해 갔지만 아무런 소용이 없었어. 프록시마산 양털 융단에도 알데바란산 석류와 카펠라산 향신료를 비롯한 다른 선물도 죄다 무용지물이었지.

체면을 중시하는 그들에게 있어, 외교적 선물은 명예는 물론 권위의 크기를 상징하는 것으로 여겨진다네. 그들 취향에 맞지 않는 가치 없는 선물은 크나큰 외교적 결례로 간주되는 셈이지. 결과적으로 우리는 수차례에 걸쳐 이런저런 부족에게 결례를 범해버렸고 말이야.

슬슬 철수를 준비해야 한다는 목소리가 나올 즈음, 우리는 곰둥이 친구들이 개척행성 B319산 유채꿀을 굉장히 좋아한다는, 바꿔 말해 환장한다는 사실을 알게 되었어. 자네도 잘 알다시피 B319산 유채꿀은 떨떠름한 맛이 강해 유로파산 민트초코와 함께 호불호가 갈리기로 유명하지. 원래 유채꿀을 원주민들에게 선물하려던 건 아니었어. 단지 저렴하다는 이유로 보급물자에 대량으로 섞여 있었는데, 하사관 하나가 떨떠름한 맛을 참지 못하고 캠프 밖에 단지 하나를 통째로 내다 버린 걸, 바로 인근에 살던 원주민 아이 하나가 주워 먹은 일로 우르수스인들의 미각적 취향을 알게 된 거야.

그 일 덕분에, 외교적인 채널이 단번에 뚫렸다는 점은 말할 것도 없겠지. 그 뒤론 이런저런 부족들이 앞다투어 조사단을 찾아와 물물교환을 요구했어. 우리에겐 아무짝에도 쓸모없어 보이는 담요와 목제 도구를 들고 줄을 서서 유채꿀로 바꿔 가려고 했지.

그 뒤로는 임무가 조금 편해진 것도 사실이라네. 그토록 원하던 부족장들과의 면담도 줄줄이 성사되었음은 물론이지. 하지만 꿀 빠는 임무와는 여전히 거리가 멀었어. 가끔 우르수스인들과 함께 꿀을 빨아 먹는 시간을 갖긴 했지만, 어디까지나 외교적인 자리였다네.

우리는 그런 외교적인 자리를 빌려, 우르수스 행성에 들이닥칠 기후 위기에 대해 경고했어. 하지만 이 순박한 친구들은 플레마를 합성하는 나무를 대규모 벌채해야 한다는 경고에 귀를 기울이지 않더군. 매서운 겨울이 들이닥쳐도 동면하면 그만이라는 반응이 전부였어. 이상 플레어 현상으로 이번 겨울은 다를 거라고 강조했지만, 그러면 더 길게 동면하면 그만이라고 대꾸하더군. 결과적으로 곰둥이 친구들이 생존할 가능성은 희박해 보였어. 우르수스인들은 언제 끝날지 모를 기나긴 내전을 겪고 있었고, 연맹에 가입하지 않은 행성에 대한 확고한 중립성을 요구하는 은하헌법 제2조에 따라 우리는 어느 쪽도 편들어줄 수 없었지. 멋대로 플레마를 제거하는 것 또한 허용되지 않는 건 마찬가지였고. 한마디로 말하자면 우리는 내전이 끝나기만을 마냥 기다려야 하는 처지였어. 인도적인 차원에서 평화에 간접적으로 기여할 수 있다는 선택지가 있었지만, 대체 어떻게 해야 그럴 수 있을는지 막막하기만 했지. 우리는 궁리 끝에 유채꿀을 대량으로 살포하기로 결정했어. 그들이 꿀에 취해 전쟁에 소홀해지기를 바랐던 거야. 일단 내전이 잠잠해지면 부족장 회의를 통해 연맹 가입을 유도해볼 작정이었어. 우르수스인들은 유채꿀이라면 사족을 못 썼으니 가능성이 아주 없는 것도 아니었지.

대량의 유채꿀 공급이 처음엔 내전의 속도를 조금 늦췄지만, 나중엔 역효과를 낳게 되었어. 조금이라도 더 많은 꿀을 차지하기 위한 다툼이 커지더니, 급기야 동서로 나뉜 대결 구도에서 각 부족 간의 내전으로 상황이 악화되고 말았다네. 우리가 우르수스인들의 문화를 충분히 이해했다고 자만했던 탓이지. 이 곰둥이 친구들은 다른 부족과의 정당한 싸움에서 빼앗은 물건을, 교역으로 얻은 물건보다 더 중요시하며 숭배하는 관습이 있었던 거야. 어떻게 그런 중요한 사실을 간과할 수 있었느냐고 따지는 건 쉽지만, 그건 결과론에 불과하고 시행착오를 겪지 않고서는 외계 문명의 전체상을 파악한다는 건 매우 힘들다는 점을 밝혀두겠네.

유채꿀의 대량 공급이 상부의 승인하에 이루어진 일이라곤 해도, 우리 조사단의 책임도 적지 않았지. 다행히 유채꿀 공급을 대폭 줄이자, 상황이 조금 개선되었어. 처음엔 희소가치가 생긴 꿀을 두고 같은 부족원 사이에서마저 혈투가 벌어질 지경이었지만, '비축'하는 습관이 거의 없던 그들은 유채꿀을 빠르게 소비했고, 그 결과 유채꿀이 내전의 양상을 더욱 악화시키는 상황은 피할 수 있었던 거야. 그즈음 유채꿀은 오직 부족장이나 그 측근들만 향유할 수 있는 귀중품으로 자리 잡고 있었지.

그렇다 하더라도 내전은 여전히 지속되고 있었어. 부족 단위의 내전에서 다시 동맹 간의 내전으로 변해가고 있었는데,

이젠 동서 내전이 아니라 10여 개의 크고 작은 동맹이 난립하고 있었지. 최악의 혼란은 피했지만, 내전은 처음에 비하면 여전히 심각하게 격화된 상태였고 그 책임은 조사단에 있었다네.

사정이 그러하다 보니 우리에겐 어떤 돌파구가 필요했어. 조사단에 소속된 기자 하나가 우리가 일으켰던 내전 악화라는 문제를 원래보다 훨씬 더 크게 부풀려서 은하 곳곳에 중계하고 있었던 것도 문제였지. 이대로라면 조사단의 멤버들이 어떤 식으로든 징계를 받을 게 뻔했어. 예나 지금이나 여론이 악화되면 가장 힘없는 실무진들을 본보기로 삼는 법이니까.

기자 녀석의 이름은 입에 담고 싶지도 않군. 아무튼 그 녀석은 교묘하게 편집된 일련의 영상과 사진으로 우르수스인들의 내전을 그야말로 피 터지는 싸움으로 묘사했지. 아, 자네가 이 곰둥이 친구들의 싸움 방식에 대해 잘 모를까 봐 덧붙이자면, 그 악랄한 기자의 선동과는 달리 우르수스에서의 내전은 인간들의 전쟁처럼 피와 살이 튀는 그런 전쟁은 아니었다네. 다행히도 말이지. 그들은 경우에 따라 극도로 호전적이기도 하지만, 상대의 육체를 파멸로 이끌 정도로 잔인하지는 않다네. 최대 신장이 80센티미터 정도인 그들이 싸우는 모습은 어떤 면에선 우리에게 아이들 싸움으로 보이기도 했고 말이야. 하지만 종종 꽤 심각한 부상자가 나오기도 했지. 다행인 점은 이 곰둥이 친구들의 자연 회복력이 인간보다 족히 수십 배는 뛰어나다는 것이네. 생명을 중시하는 그들은 회복 가능한 범위에서만 상대에게 피해를 입혔어. 종종 의도치 않은 사고가 일어나곤 했지만, 그들의 놀라운 회복력 덕분에 내전이 참혹한 비극으로 이어지진 않았다네.

아무튼, 우리는 은하헌법 제2조를 위반하지 않으면서도 이 기나긴 내전을 종식시킬 방법을 연구하고 있었지. 그것이 우리가 저지른 과오, 내전의 양상을 더욱 악화시킨 과오를 속죄할 유일한 길이자, 경질을 피하는 길이기도 했으니까. 물론, 우르수스인들을 구할 유일한 길이기도 했고 말이야. 사정이 그러한데 하필 엉덩이가 무겁기로 소문이 자자한 감찰단이 곧 모성에서 출발할 거라는 소식이 들려오더군. 그 기자 녀석이 정말 큰일을 해낸 거지. 우리가 감찰단에 의해 우르수스 행성에서 조기에 철수한다면, 곰둥이 친구들은 꼼짝없이 멸종되는 수밖에 없었어.

나는 학자들과 함께 내전이 종식되지 않는 이유를 두고 토론을 벌이기도 하고, 머리를 쥐어짜가며 궁리에 궁리를 거듭했지만 좀처럼 그 이유를 찾지 못하고 있었어. 이들이 충분히 잔혹하지 않았기 때문에 행성을 통합할 수 없었던 걸까? 혹은 이들이 태생적으로 명예로운 싸움을 선호하기 때문에,

전쟁이 지속되는 상태를 바라는 걸까? 어떤 가설도 그저 가설에 불과할 뿐이었어. 인간처럼 잔혹하지 않아도 통합된 정치 기구를 설립하는 행성은 수도 없이 많지. 우르수스인들이 명예로운 싸움을 중시한다고 해도, 평화에 무지한 것은 아니었고 말이야.

그러던 어느 날이었어. 나는 어떤 부족장이 주최한 유채꿀차 티 파티에 참석했지. 파티는 지루했지만, 부족이 위치한 고원의 정상에서 주위를 내려다보니 정말 경치 한번 끝내주더군. 전쟁으로 파괴되기 전, 옛 지구의 북미 대륙 서쪽에 존재했다던 로키산맥의 웅장함, 아시아 대륙 깊숙한 곳에 자리 잡고 있던 장가계의 신비함을 고스란히 담고 있는 듯한 절경이었어. 나는 고원의 자연경관에 매료되어 겁도 없이 혼자서 주변을 산책하다가 길을 잃고 말았지. 통신기는 파티장에 두고 온 상태였다네. 다시 고원의 정상으로 돌아가려고 했지만, 이리저리 얽히고설킨 복잡한 갈림길은 나를 고원 중턱에 있는 깊은 숲으로 이끌고 말았지. 부족에서 쫓겨난 자들과 조우한 것은 바로 그 숲에서였어. 기나긴 내전을 벌일 정도로 호전적인 면이 있다고 해도, 우리 같은 외계인들을 경계한대도, 이들은 천성적으로 선량한 종족이라고 할 수 있지.

그들에게 사정을 설명하고 도움을 청하자마자, 원로들이

머리를 맞대고 잠시 회의를 열더니, 그들 기준으로는 아직 어린 축인 곰둥이 친구 하나를 내게 붙여주더군. 어릴 적 품고 자곤 했던 수제 곰둥이 인형을 꼭 닮은 친구였어.

그렇게 나는 젊은 곰둥이 친구와 고원 정상으로 돌아가게 되었어. 그 친구는 유독 우울한 인상을 한 곰둥이였지. 표정 짓는 기능이 고장 났던 내 인형과는 바로 그런 점에서 절묘하게 닮아 있었어.

나는 그 파릇파릇하게 젊은 곰둥이 친구에게 악수를 청했지만, 외계인을 처음 보는 그는 내 악수를 거절하더군. 아니, 악수가 뭔지도 몰랐을 거야. 그는 내 손을 툭 쳐내고는 자기 등에서 짧고 부드러운 털을 몇 가닥 뽑아 토실토실한 뺨에 문질러댔어. 그 행위는 불운을 몰아내는 그들 종족의 의식이었다네. 어쨌든 그게 바로 현 우르수스 대족장 케일나르와 첫 만남이었어.

케일나르, 애칭 '나르'에게 어째서 쫓겨났냐고 묻자, 그는 성인식에서 탈락했다고 했어. 쫓겨난 자들의 절반 정도는 성인식에서 탈락한 자들이라더군. 우리 조사단은 이때까지 이 소외된 자들을 제대로 인지하지 못하고 있었어. 그 이유는 간단해. 이들은 '치욕스러운 자들' 혹은 '명예롭지 못한 자들'로 치부되어, '자격을 갖춘 자들' 사이에선 존재 자체를 입에 올리는 게 금지되었으니까.

쫓겨난 자들의 무리는 성인식뿐만 아니라 이런저런 임무에 실패한 자들로 가득했어. 전투에서 패배한 장군, 새로운 건축술을 시도했다가 실패한 건축가, 종교 행사에 새로운 곡을 도입했다가 화음이 괴상하다고 쫓겨난 음악가……. 그에 더해 이형(異形)으로 태어났거나 후천적으로 장애를 입은 이들도 적잖이 섞여 있었지. 그들은 하나같이 침울한 표정을 짓고 있었지만, 나르는 그중에서도 가장 심했어. 나르는…… 축 처진 눈이 꽤 귀엽기도 했지만, 정말 소심하고도 우울하기 짝이 없는 친구였지. 케일나르의 지금 모습을 아는 자네는 믿기 힘들겠지만, 그 당시엔 소심함의 대가라고밖에 표현할 수 없을 정도였다네.

고원으로 돌아가는 길은 커다란 바위로 막혀 있었어. 며칠 전 일어난 산사태 때문에 산 정상에서 떨어진 바위라고 하더군. 나르에게 다른 샛길로 가보자고 말해봤지만, 이 친구는 단칼에 거절했어. 길이 눈앞에 빤히 보이는데도 말이야.

"미안해. 벌거숭이 친구. 하지만 나는 저 길은 한 번도 가본 적이 없어. 다른 누군가가 저 길로 가봤다는 이야길 들어본 적도 없고."

그 샛길은 동물들이 이용하는 길이라고 했어. 그 길이 특별히 위험해 보이지도 않았지만, 자신은 죽어도 그 길로는 못 가겠다는 거야. 그 샛길을 이용하는 동물들이 딱히 위협적인 육식 동물인 것도 아니었는데 말이지. 남들이 한 번도 이용하지 않았다 해도, 이번에 시도해보면 되지 않겠느냐고 재촉했더니, 이 친구는 급기야 눈물을 터뜨리더군.

"이봐, 꺽다리 친구. 나는 다시는 실패하고 싶지 않아. 성인식 때는 누구도 가보지 않은 지름길을 선택했다가 보기 좋게 실패하고 말았어. 나는…… 이제 그런 쓰라린 경험은 하고 싶지 않아. 미안하지만, 우리의 손님이 된 벌거숭이 친구를 혼자 보낼 순 없으니까, 바위가 치워질 때까지 우리랑 같이 있는 게 나을 것 같아."

결국, 나는 실패자들, 바꿔 말하면 추방자들과 함께 며칠간 지내야 했어. 내 인생에서 가장 우울한 시간이었지. 그와 동시에 묘하게 흥미로운 구석이 있는 시간이라고도 할 수 있었고. 그들은 내게 자신들의 전통 놀이를 가르쳐주었는데, 무려 다차원 위상수학과 복잡한 미적분을 빠르게 암산해야지만 참여할 수 있는 놀이였어. 정말로 기가 막힐 노릇이었지. 그래, 이 곰둥이 친구들은, 이 호전적이면서도 선량한 우르수스인들은 하나같이 수학의 천재였던 거야. 나는 그들의 새로운 모습에 깜짝 놀라고 말았지. 그런데 더 경악할 만한 사실은, 그 놀라운 수학 능력을, 전통 놀이와 성인식의 퍼즐 풀이에만 쓴다는 거야. 수학의 발전은 필연적으로 과학적 발전을 낳고, 기술적 진보를 이룬다는 선입견이 있던 나에겐 정말로 기이한 일이었지. 이들은 '전통'의 가치를 굉장히 중시했고, 그 전통을 지키고자 수학을 새로운 일에 적용시키는 대신 겨우 몇 종류의 전통 놀이와 성인식에만 이용하고 있었던 거야. 더욱더 기이한 일은, 그들의 수학이 인류의 모성은 물론 인류가 접촉한 어떤 행성보다도 까마득하게 높은 수준으로 발전되어 있다는 점이었어. 자연과 조화된 삶을 추구하는 원시적인 행성에서는 있을 법하지 않은 일이었지. 아니, 정말로 불가사의한 일이었어. 우리가 내린 잠정적인 결론은, 미지의 문명이 오래전 그들에게 어떤 이유로 인해 높은 수준의 수학을 전수했다는 것이었어. 그것 말고는 도저히 그들의 수학 수준을 설명할 길이 없었으니까.

그 놀이에 대해 덧붙이자면, 그건 우리 기준으로는 참 곤혹스러운 놀이였어. 엄격한 벌칙을 피하는 것이 놀이의 유일한 목적처럼 보였지. 계산에 실패한 곰둥이 친구들은 만 하루 동안 고개를 들지 못했고, 먼 우물에서 물을 떠 오는 벌칙을 받아야 했어. 시험 삼아 물통을 들어봤지만, 보통 무게가 아니더군. 나보다 그리 힘이 셀 것 같지 않은 우르수스인들에겐 더욱 힘들 거라는 생각도 들었지. 나는 벌칙을 소화할 자신이 없어서 놀이에서 빠지려고 했지만, 어느 관대한 원로가 나는 예외로 해주겠다더군. 그래서 그 골치 아픈 놀이를 시도해보았어.

내가 수학 석사학위도 보유하고 있다는 건 자네도 잘 알고 있겠지. 수명이 엿가락처럼 쭉쭉 늘어난 시대가 열린 뒤로, 학위 수집이 유행하던 때가 있었다네. 아무튼 나는 그 유행에 편승했던 사람 중 하나일 뿐이고, 절대 내 자랑을 하려는 건 아니야. 어쨌든, 수학을 부전공한 덕분에 종이와 펜이 있으면 나도 어느 정도 복잡한 미적분은 그럭저럭 소화할 수 있었지만, 암산은 무리였어. 다차원 위상수학을 풀려면 최신식 양자 컴퓨터가 필요할 지경이었고 말이야.

도저히 그들의 놀이를 따라갈 수 없던 나는 그들에게 가위바위보를 가르쳐주었지. 그런데 곰둥이 친구들은 이 단순한 게임을 기피했어. 한 번도 해보지 않았다는 이유로 시도조차 하지 않는 거야. 나이 지긋한 원로들은 손님을 정중히 맞이하는 그들의 관습상, 한두 번 가위바위보를 하는 척이라도 해줬지만, 다른 이들은 완고했어. 특히 나르가 가장 심했지. 그는 정말로…… 실패라면 끔찍이 두려워했어. 실패를 용납하지 않는 그들의 전통이 그를 소심하기 짝이 없는 존재로 만들어놓았던 거야.

며칠 뒤, 바위가 제거되자 나는 무사히 고원의 정상으로 돌아갈 수 있었어. 나를 걱정하던 조사단 멤버들에게 쓴소리를 들었지만, 나는 건성으로 대답하고는 옛 생각에 잠겨 있었지. 나르를 만난 이후로 불쑥불쑥 예전의 내 모습이 떠올랐으니까. 나는 며칠 뒤에, 노트북을 비롯한 몇몇 장비를 챙겨 나르를 찾아갔지. 어떻게든 그를 돕고 싶다는 생각이 들었거든. 나는 나르에게 나의 유년 시절 이야기를 들려줬어. 그래, 그래. 자네가 이 대목에서 인상을 찌푸리는 모습이 눈에 보이는 것 같군. 요즘 꼰대들은 옛 시대에 비해 수명이 대폭 연장된 만큼, 정말 끝도 없는 옛이야기를 반복하고 또 반복하지. 하지만 이번 건 적어도 자네에겐 처음 들려주는 이야기이고, 그렇게 나쁜 이야기는 아니니까 한 번쯤 귀를 기울일 만할지도 모르겠어.

"이봐, 곰둥이 친구. 유채꿀이 참 씁쓸하면서도 달달하지? 이 꿀은 보통 꿀이 아니라 페르세우스 들판에서 채취한 고급 천연 꿀이야."

나르는 지난번에는 길은 잃은 손님이기 때문에 어쩔 수 없이 나와 함께 시간을 보냈지만, 나 같은 이방인과 어울리는 것은 명예롭지 못한 추방자에게는 금기시되는 일이라면서 나와의 대화를 피하려 했어. 그래서 고급 유채꿀을 미끼로 쓰고 나서야, 겨우 나르를 내 '작전'에 끌어들일 수 있었지. 나르는 차에 쉴 새 없이 꿀을 섞어 넣으며 행복한 표정을 지었어. 덧붙이자면, 차에 가라앉은 꿀을 빨대로 빨아 먹는 것이 그들의 전통문화라네.

"꿀은 충분하니까 천천히 마셔. ……나르, 너를 보니까, 딱 내 어린 시절의 일이 떠오르지 뭐야. 너희들은 찻잔을 소중히 여긴다고 들었어. 그건 우리 이모도 마찬가지였지. 이모는 외할머니께 물려받은 다기 세트를 무엇보다 소중히 여겼어."

나르는 유채꿀차를 음미하며 내 이야기에 귀를 기울였어. 이야기를 다 들으면 꿀을 더 주겠다 꼬드겨놓았으니까 말이지.

"내가 아주아주 어릴 때의 일이었어. 그 무렵 나는 집안 사정 때문에 이모네 집에서 한동안 신세를 져야 했지. 나는 정말 못 말리는 말썽꾸러기에 장난꾸러기였어. 한시도 같은 자리에 가만히 앉아 있지 못하고 이런저런 말썽을 부리기 일쑤였지. 이모네 집에서 식객 생활을 시작한 첫 며칠은, 엄격한 성격의 이모 눈치를 보면서 얌전한 척을 했지만 며칠 후에 제 버릇이 튀어나오고 말았어. 그만 이모가 아끼던 다기 세트를 통째로 박살 내버리고 말았던 거야. 나도 그때 추방되었냐고? 아니, 그렇진 않았어. 하지만 차라리 추방되는 게 나을 정도로 혹독한 취급을 받았지. 다기 세트를 깨뜨렸을 때, 나는 혼자서 내가 만든 새로운 놀이를 하던 중이었어. 정확한 규칙은 기억나지 않지만 식탁 위로 뛰어오르고 내려오길 반복하면서 즐기는 놀이였지.

어쨌든 그날부터 새로운 놀이를 만드는 건 완전히 금지당했어. 그날 이후로 이모는 나를 차갑게 대했고 말이야. 그 분위기는 나보다 나이가 많았던 사촌들에게도 그대로 전염되었어. 사촌들과 함께 오락실에서 4인용 비디오 게임을 하다가…… 아, 비디오 게임이라는 건 자네들이 하는 전통 놀이와 비슷해. 어떤 규칙이 있고 자기 순번이 있는 식이지. 순번 없이 동시에 진행되기도 하고."

거기까지 말했을 때, 나는 가방에서 게임 패드를 꺼내 나르에게 보여주었어.

"이건 게임 패드라는 건데, 이런 입력 장치를 이용해서 비디오 게임이란 걸 즐길 수 있어. 오락실에서는 조이스틱이라는 걸 사용하지만 말이야. 아무튼, 사촌들과 게임을 하다가 작은 실수라도 하면 나는 하루 종일 엄청난 비난에 시달려야 했어. 종종 주먹세례가 날아온 적도 있었지. 나는 실수하지 않기 위해 늘 마음을 졸여야 했고, 그러자 게임이 더는 즐겁지 않게 되었지. 점점 게임이 두려워졌어. 게임뿐 아니라 어떤 새로운 시도도 나에겐 두려움으로 다가왔어. 이모와 사촌들은 사소한 실수에도 나를 비난할 태세를 갖추고 있었으니까.

「너는 그것도 못하니? 우리 규연이는 잘만 하던데.」

「내가 네 나이 때는 벌써 네발자전거 졸업했어.」

실패에 대한 두려움이 나를 좀먹어갔어. 사촌들과 비교당하는 것 또한 끔찍이도 두려웠지. 다행히 그런 생활은 6개월 만에 끝이 났어. 하지만 식객 생활이 끝난 뒤로도, 실패에 대한 두려움은 사라지지 않았어. 사라지기는커녕 점점 더 심해져만 갔지. 그래, 그때 나는 딱 너와 같았어. 무언가 새로운 시도를 해야 할 때면 나도 모르게 오줌을 지릴 정도였지. 그때 나를 구원한 것은 바로 어머니와 게임이었어.

「유진아. 너 진짜 이 게임 안 할 거야? 이거 무지 재밌는데?」

「……네. 안 해요.」

우리 어머니는 고전 게임 마니아였지. 이제는 사람들에게 거의 잊혀진 아주 오래된 게임을 '에뮬레이터'라는 소프트웨어를 통해서 즐기곤 하셨어. 어머니가 시연한 게임은 아주아주 오래전에 만들어진 게임이었어. 멜빵바지를 입은 콧수염 난 아저씨가 불을 뿜는 거북 마왕을 물리치러 가는 내용이었지. 그 게임은 최신 게임들과는 달리 8비트의 각진 그래픽에 음악도 어딘가 찌그러진 소리처럼 들렸어. 수염 난 배관공 아저씨가 거의 무조건 왼쪽에서 오른쪽으로 달려가면서 진행하는 무척 촌스러운 방식이었고.

「유진아. 사람은 말이야. 누구나 실수를 하는 거야. 실수해도 괜찮아. 이것 봐, 엄마도 맨날 게임하다 죽잖아. 봐봐, 또 죽었네? 그치? 그래도 괜찮아. 다음번에 조금만 더 잘하면 되잖아.」 어머니가 콧수염이 난 캐릭터를 몇 번이나 죽여가면서 그렇게 말했어.

그래……. 이제 와 돌이켜보면 어머니는 이모를 닦달해 무슨 일이 있었는지 대충 짐작하신 눈치였지. 그래서 나에게 콧수염 난 배관공 아저씨를 소개해주려고 했던 거야.

「다음번에도 못 하면 어떡해요?」

어린 내가 울먹이며 말했어.

「그러면 그다음에 잘하면 돼. 그다음에도 또 그다음에도 기회가 있잖아. 봐봐. 여기 컨티뉴 버튼만 누르면 돼.」

비디오 게임에서는, 너희들의 전통 놀이와는 달리 패배를 해도, 실수를 해도, 괜찮았어. 원한다면 다시 도전하면 그만이었거든. 하지만 나는 실패가 너무 두려워서 게임 또한 멀리하고 있었던 거야.

하지만 어머니가 내게 다시 용기를 심어주셨어. 어머니는…… 그날, 내게 실패의 진정한 의미를 가르쳐주셨어. 바로 게임을 통해서 말이지. 게임은 특별한 공간이었어. 실패의 의미를 깨닫게 해주는 그런 공간이었지. 안전하게 실패하는 공간. 실패를 배우는 공간. 실패를 통해 조금씩 앞으로 나아가는 연습을 하는 공간. 그렇게 세상을 향해 한 발 한 발을 내딛는 연습을 하는 공간. 그것이 게임이라는 이름의 마법의 공간이었어. 그날 나는 눈물과 콧물을 질질 흘리며, 몇 개월 만에 다시 게임 패드를 잡았지. 나는 덧니가 난 걸어 다니는 버섯과 부딪혀 죽고, 거북이 등껍질에 맞아 죽고, 파이프에서 미끄러져 구멍에 빠져 죽고, 시간제한에 걸려 죽었어. 실패하고 또 실패했지. 그럴 때마다 어머니는 내 머리를 쓰다듬으며 괜찮다고, 다음에 조금만 더 잘하면 된다고, 아니 다음에 더 못한다 해도 상관없다고 꾸준히 도전하다 보면 어느새 다 잘 풀릴 거라고 말씀해주셨어."

나르는 실패해도 안전한 공간이 있다는 이야기를 믿으려 하지 않더군. 실패를 연습하는 그런 놀이가 있다는 이야기를 터무니없는 소리라고 일축했지.

나는 노트북을 꺼내 나르의 천막 안 탁자 위에 올려두고는 에뮬레이터를 실행했어. 그러고는 어머니가 내게 소개해줬던 배관공 아저씨가 등장하는 게임을 시작했지. 나르에게 게임 패드를 건넸지만, 내 곰둥이 친구는 패드를 손에 쥐길 거부했어. 내가 시연을 보여줘도 마찬가지였지. 나르가 게임을 시작하게 하는 건 힘든 일이었지만, 나는 실패를 거듭하면서 조금씩 나르를 게임으로, 콧수염 배관공 아저씨가 등장하는 세계로 인도했어. 몇 주가 지나자 마침내 나르가 패드를 손에 쥐고 게임을 플레이하기 시작했지. 거기까지 도달하는 데 대량의 고급 유채꿀이 필요했음은 두말할 필요도 없을 거야. 그 고급 꿀은 보급물자가 아니라 조사단의 셰프 겸 통신장교가 어떤 요리에 쓰기 위해 개인적으로 들여온 물건이었지. 나는 그 통신장교가 요구하는 온갖 기호품을 찾으려 뛰어다녀야 했어. 그런 식으로 꿀을 확보했던 거지.

나르는 느리지만, 조금씩 비디오 게임에 익숙해졌어. 그는 어린 시절의 나처럼 눈물과 콧물을 흘려가면서 조금씩, 안전한 실패를 거듭하며 나아갔지. 그렇게 실패의 진정한 의미를 터득해 나아갔던 거야.

마지막 스테이지에서 마침내 거북 마왕(콧수염 배관공이 등장하는 게임을 개발한 재팬 섹터 출신의 전설적인 낙하산 개발자의 인터뷰에 의하면, 마왕의 이름인 '쿠파'는 코리아 섹터의 옛 음식인 '국밥'에서 따왔다고 하더군)을 물리치고 나서 얼마 후, 나르는 성인식에 다시 도전했어. 부족의 원로들은 성인식 탈락자가 재참가하는 것이 불가능하다고 말하면서 부족의 규정집을 뒤졌지만, 사실 그런 규칙은 없었지. 역대 탈락자들 중 누구도 재참가를 희망하지 않았기에 재참가에 관한 규칙 자체가 없었던 거야. 그래서 나르는 성인식에 다시 참가할 수 있었어. 나르는 숲을 질주하면서 중간중간 정해진 자리에서 고난이도의 수학 퍼즐을 풀며, 골을 향해 나아갔어. 그는 수석으로 성인식을 끝마칠 수 있었지. 콧수염 난 배관공 아저씨가 등장하는 게임으로 단련된 나르는 머릿속에서 수많은 실패를 거듭하며 코스를 반복해서 질주하고 또 질주했거든. 물론, 성인식 코스와 비슷한 환경에서 실제로 몸을 움직여 훈련하는 것도 게을리하지 않았고 말이야.

완고한 원로들은 그를 불합격으로 처리했어. 이제껏 재참가한 전례가 없다는 것과 나르가 누구도 이용하지 않았던 지름길을 선택했다는 것이 그 이유였지. 하지만 나르는 그런 결과에 개의치 않았어. 이미 어른으로 성장해 있었으니까. 나르는 내가 선물한 노트북으로 배관공이 등장하는 게임을 추방자 무리에게 복음처럼 전파하며 세력을 모았어. 우르수스의 완고한 전통, 즉 실패자에게 관용을 베풀지 않는 전통 때문에 여러 부족에서 추방된 자들의 수는, 그렇지 않은 자들의 수를 상회하고도 남았어.

어느새, 젊은 나르는 가장 거대한 부족의 부족장이 되어 있었어. 이는 굉장히 이례적인 일이었지. 추방자들의 무리는 신성한 존재라 여겨지는 부족장을 선출한 전례가 없었기에, 원로들에 의해 가까스로 유지되다시피 하는 형편이었으니까. 추방자에 불과한 자신들은 부족을 이룰 자격이 없다고 여겼던 거지. 다른 부족들은 나르의 부족을 경계하는 걸 넘어, 힘을 합쳐 싸움을 걸어왔어. 치욕스럽고 명예롭지 못한 추방자 무리가 감히 부족을 자처하는 꼴을 그냥 두고 보지 못했던 거야.

나르가 상대하는 적들은, 무패를 자랑하는 명장들이었지. 나르는 몇몇 싸움에서는 승전했지만, 몇몇 싸움에서는 참패하고 말았어. 하지만 패배가 쓰라리면 쓰라릴수록, 나르는 더욱 강해졌어. 패배는, 실패는, 그를 성장하게 만들 뿐이었어. 그가 패배와 실패를 마냥 즐겼다는 건 아니야. 패배와 실패는 숙명적으로 좌절과 고통을 동반하니까. 하지만 어떤 좌절도, 어떤 고통도 결국엔 그의 자양분이 되었어. 결국, 나르는 모든 부족을 제패했어. 끝내 모든 부족을 통합하고 우르수스 역사상 처음으로 대족장으로 등극했지.

그래, 우르수스의 행성이 정치적으로 통합되지 않았던 것은 실패를 용납하지 않는 오래된 관습 때문이었던 거야. 어떤 명장이나 정치가도 단 한 번의 실수만으로 그대로 경질되고 말았으니까. 나르는 그 관습을 깨뜨렸기 때문에, 처음으로 행성을 하나로 통합할 수 있었다네.

나르는 그들의 탁월한 수학 능력을 새로운 분야에 적용하는 일을 두려워하지 않았어. 그 덕분에 우르수스 행성은 엄청난 속도로 선진성(先進星)으로 도약할 수 있었지. 옛 기준을 적용하자면 말이야. 수학은 과학적 기술을 발전케 하는 핵심적인 원동력인데, 그들은 누구보다 높은 수준의 수학을 구사하고 있었으니까.

시대적 조류도 그들 편이었어. 아광속을 대체하는 초광속 기술의 시대가 본격적으로 도래하기 시작했으니까. 사실, 당시엔 우르수스 행성의 자원은 아광속의 연료인 플레마밖에 없다고 여겨지고 있었어. 그래, 그들이 조류를 만들었다고 표현하는 게 맞을 것 같군. 아광속이 뒤처진 기술이 되자 플레마의 가치가 급격히 하락해, 행성이 위기에 처했다는 분위기가 강했지만 나르가 돌파구를 찾아냈던 거지. 바로 그들의 특기인 수학 이론으로 중무장한 인적 자원으로 말이야.

우르수스인들이 차세대 초공간 기술의 선두 주자가 된 건 어찌 보면 당연한 일이야. 그런 기술은 진보된 수학적 기술을 필수로 하는데, 우르수스인들은 누구보다 진보된 수학을 보유하고 있고 또 도전적으로 발전시키고 있었으니까.

이야기를 조금 과거로 되돌려보겠네. 나르가 대족장에 등극한 이후, 우르수스 행성은 정식으로 은하연맹에 가입했지. 우리 제3차 조사단은 앙증맞고 귀여운 털북숭이 지성체를 구해낸 일을 자축했어. 하지만 그건 모두 오만한 착각에 불과했다네. 우르수스인들이 연맹에 가입한 직후, 우리는 곰둥이 친구들을 구하기 위해, 플레마를 대량으로 행성 외부로 반출하길 원했어. 하지만 우르수스인들은 우리의 제안을 거부했지. 플레마의 교역에는 찬성했지만, 연맹이 필요로 하는 만큼의 양만을 행성 밖으로 반출하길 원했던 거야. 연맹 측의 대사들이 파견되어 어떻게든 그들을 설득해보려 했지만, 그들은 요지부동이었어. 결국 연맹은 긴 겨울이 들이닥칠 시기에 맞춰, 대규모의 피난선을 우르수스 행성에 파견하기에 이르렀지. 하지만 유례없는 긴 겨울이 코앞에 들이닥친 이후에도 그들은 피난선에 올라타는 일을 거부했어. 나중에 알게 된 사실이지만, 그들에겐 처음부터 구원이 필요 없었어. 이상 플레어 현상으로 어느 때보다 혹독한 겨울이 찾아왔지만, 우리의 계산과는 달리 겨울은 단 3년 만에 끝이 났다네. 그들은 동면을 통해 그 시기를 견뎌냈고 말이야. 이 역시 시간이 지나고 나서 밝혀진 사실이지만, 그들에게는 이미 그들만의 시뮬레이션 모델이 있었어. 연맹이 만든 것보다 훨씬 더 정교한 수학적 알고리즘이 적용된, 그들 행성에 특화된 모델이었지. 그들이 미지의 지성체로부터 높은 수준의 수학을 전수받았다는 가설 또한 틀린 것으로 드러났어. 알고 보니 그들은 거듭되는 동면을 통해, 그들의 의식 세계에서 정교하고도 거대한 문명을 이루고 있었던 거야. 수학은 바로 그 의식 세계에서 스스로 발전시킨 것이었고. 이는 그들의 동면을 관찰하던 몇몇 학자들이 알아낸 사실이라네. 학자들은 실험에 동의한 우르수스인들의 의식 패턴을 조사하던 중, 그들이 의식 속에 거대한 문명이 도사리고 있음을 눈치챌 수 있었지. 우르수스인들은 겉으로 보기엔 그저 자연과 더불어 살아가는 원시적인 지성체에 가까웠지만, 실상은 독자적인 방식으로 고도의 문명을 일구어 나아가고 있었던 거야. 곰둥이 친구들은 동면

기간엔 의식 속 문명에서 신전을 짓거나 거대한 연산 장치를 제작하는 등의 대규모 공사를 진행하곤 했지. 동면 중이 아닐 땐 매일 밤 꿈을 통해 의식 세계 속에서 수학을 갈고 닦으며, 온갖 형태의 기하학적 문양들로 그들의 또 다른 세계를 장식했고. 우리는 곰둥이 친구들의 사례 덕분에, 겉으로 드러난 물질적인 가치만이 문명을 가늠하는 척도가 아님을 깨닫게 되었어. 후진성과 선진성을 구분하던 종래의 기준이 대대적으로 수정되었음은 물론이고. 나르가 실패를 통해 앞으로 나아갔던 것처럼, 우리 연맹도 실패를 통해 앞으로 나아갈 수 있었던 거야.

여기까지가, 내가 자네에게 콧수염 난 배관공 아저씨가 그려진 밀봉팩의 조달을 요청한 이유일세. 이제 구닥다리 물건에 불과한 밀봉팩이 대족장의 선물로서 최적이라는 나의 생각을 자네도 이해했길 바라네.

이제 슬슬 카트리지를 구동할 NES를 제작하러 가야겠군. 대족장 취임 46주년 기념식까지는 이제 겨우 일주일밖에 남지 않았으니까 말이야. 온갖 능력을 흡수하는 분홍색 생물과 몸을 둥글게 말아 돌진하는 파란 고슴도치, 그리고 왼손잡이 뾰족 귀가 등장하는 구시대의 소프트웨어들이 우르수스인들에게 영감을 줘 새로운 초광속 통신 기술이 탄생하게 된 일화는 다음번 기항지에서 직접 들려줄 수 있을지도 모르겠네.

자네 덕분에 케일나르는 대족장 취임 46주년을 기념하는 최고의 선물을 받게 될 테고, 우리 연맹은 무척이나 유리한 조건으로 새로운 초공간 기술을 빠르게 도입하게 될 걸세. 그리고 웜홀 붕괴 사태로 인해 발생한 수많은 이산가족들이 그리 머지않은 미래에 다시 재회하게 될 테지. 남은 밀봉팩 한 개는 바로 은하 반대편에 고립되어 있는 우리 어머니를 위한 거라네. 그래, 앞서 언급한 것처럼 자네에게 부탁한 이번 일은 공적이면서도 지극히 사적인 일이었지. 그러니 자네에겐 공적으로도 사적으로도 깊이 감사하고 있다네.

다시 자네에게 또 다른 옛날이야기를 건넬 기회를 기다리며,

선장 한유진이

추신:

우르수스인들의 의식 속 문명에 대해 자세히 알고 싶다면, 래빗홀에서 출판된 《곰둥이 친구들의 또 다른 세계》와 《우르수스인들의 이중생활》이 도움이 될 거라 믿네.

발문

'존 프럼 월드'라는 행복한 미로

박상준

이 책에 실린 작품 중에서 두 편을 각각 다른 공모전에서 접해볼 기회가 있었다. 작가의 이름이 뇌리에 각인된 것은 그 때의 일이다. 당시 한 작품은 수상작이 되기도 했을 뿐 아니라, 수상 여부와는 상관없이 그의 작품을 읽자마자 바로 직감할 수 있었다. '또 한 명의 능란한 작가가 등장했구나.'

SF 작가에게 요구되는 세련미는 따지고 보면 문단 문학의 그것과는 성격이 좀 다르다. 설정의 아이디어가 서사와 결합하여 전개되는 과정에서 독자를 설복시켜야만 하는데, 까다로운 SF 팬들을 만족시키기가 만만치 않다. 서사의 설득력은 기본이고 과학적 정합성이라는 잣대까지 넘으려면 아슬아슬한 줄타기를 극복해야 한다. 독자로서 나의 반응은 대체로 두 가지이다. 핍진성이 부족해 이내 흥미를 잃거나, 아니면 문장마다 줄을 치는 마음가짐으로 작가의 상상력을 좇아서 지적 유희에 동참하거나. 후자의 경우를 만나는 건 썩 잦은 일이 아니다. 더구나 존 프럼처럼 오래 두고 곱씹어봐야 할 만큼 무궁무진한 아이디어들의 향연은 꽤 오랜만에 접하는 독서 경험이었다.

사실 정돈되지 않은 아이디어들이 범람하여 오히려 독자를 지치게 하는 경우도 심심찮다. 이야기의 밀도가 너무 높으면 피로도도 올라가기 마련이니까. 이 점에서 작가가 완급을 조절하는 호흡도 상당한 경지에 올라 있음을 알 수 있었다. 쏟아지는 아이디어 원석들을 서둘지 않고 매끄럽게 꿰는 솜씨가 일품이다. 거기에 더해 타고난 스토리텔러의 면모까지 갖추어 작품마다 기복이 없는 편이다.

〈영원의 모양으로 찻잔을 돌리면〉은 로버트 A. 하인라인의 〈너희 모든 좀비는〉을 연상시키는 수작이다. 하나의 제재를 끝까지 밀고 나가 결말에서 독자에게 희열을 느끼게 하려면 서사의 힘만으로는 부족하고 세계관의 지평이 흔들리는 통찰적 영감이 수반되어야 한다. 그런데 이걸 성공하는 작가는 생각보다 드문 편이다. 대개는 독자의 예상을 벗어나지 못해 감동이 미적지근하기 일쑤이다. 하지만 이 작품은 통속적 차원에서 시작하여 현란한 아이디어들을 통한 빌드업을 거쳐 결말부에서 독자를 강타하는 증폭된 성찰의 위력이 상당하다. 당신이라면 나르시시즘도 자기혐오도 아닌 태도로 자신의 분신을 대할 수 있을까? SF는 다양한 접근 방법으로 자기 회귀의 존재론적 화두를 던지곤 하는데 이 작품은 꽤 높은 수준에서 그런 성취를 이룬 선례들의 리스트에 추가될 자격이 있다.

〈영원의 모양으로 찻잔을 돌리면〉의 확장된 버전으로 다가온 〈회귀〉는 레트로SF의 흥취를 불러일으키는 노스탤지어가 충만하여 반가웠다. 이른바 '마이크로월드의 관찰'이라는 설정 자체는 올드SF 팬에겐 낯설지 않지만 이 작품은 결정론적 우주관의 연쇄라는 한 발자국을 더 내디뎠다.

입양아가 자신의 친모를 찾는 과정을 다룬 〈노아의 어머니들〉에서 주인공이 취한 결론은 존 프럼의 작품들에 일관되게 나타나는 열린 듯 닫힌 세계관의 색다른 변주로 읽힌다. 근미래를 배경으로 삼은 이 드라마는 SF 장르라는 필터가 옅은 만큼 더 많은 독자에게 낮은 문턱으로 다가갈 수 있을 것이다. 지금 시대에는 일상적이라고밖에 표현할 수 없는, 그래서 특별하게 의식조차 되지 않는 현대의 테크놀로지들이 사실은 인간의 정서를 더 세련되게 벼리도록 조력해온 것은 아닐까 하는 생각이 든다. 결국 인간은 과학기술을 낳고, 그 과학기술은 다시 새로운 인간을 낳는 것이다.

〈로그아웃하시겠습니까?〉와 〈나의 디지털 호스피스〉는 식상할 수도 있는 가상현실 제재를 작가 특유의 재귀적 상승(相乘) 서술 기법으로 매조진 작품들인데 둘 다 여운이 짙다. 21세기 과학기술 문명 사회에서 살아가는 소시민의 일상에 공감하는 독자라면 누구든지 작품 속 주인공에 자신을 대입해보게 될 터이다. 가상현실의 해상도가 실제 현실과 구분되지 않을 정도로 발전하면 메타버스에서 삶의 진정성을 찾아 안식을 느낄 이들이 많아지리라는 것은 어쩌면 필연적으로 보인다.

'창조주'라는 제재를 다룬 〈신의 소스코드〉는 이 작품집에서 가장 묵직한 중량감을 지닌 것으로 읽혔다. 작가와 독자가 윤리적 상상력이라는 일종의 게임에 임하는 형국으로 이 작품을 수용하는 것도 좋은 독해법이 되리라 생각한다.

〈콧수염 배관공을 위한 찬가〉는 능수능란함이라는 '존 프럼 스타일'이 잘 드러난 소품이다. 이른바 웰메이드라고 할 수 있는, 어떤 소재나 주제가 부여되든 능숙하게 요리해낼 수 있는 작가의 역량이 꿈틀대는 이야기이다.

신인의 첫 작품집의 경우 상차림은 풍성한 반면 뚜렷한 스타일은 도드라지지 않는 '퓨전'인 경우가 종종 있다. 특히 세련됨을 잃은 설익은 퓨전인 경우 그 작가는 꾸준히 정진하지 않으면 이내 잊힐 위험이 적지 않다. 그런데 작가의 이번 책에서 일관성 있게 드러나는 작가 특유의 주제의식은 독자의 뇌리에 깊이 새겨질 잠재력을 충분히 보여준다. 글자 그대로 '준비된 SF 작가'의 원숙미가 느껴진다. 나는 앞으로 가상과 실재, 그리고 세계와 우주의 본성에 대한 화두를 떠올릴 때마다 존 프럼의 재귀적 혹은 순환론적 아이디어들을 상기하게 될 듯하다.

이 책에 실린 이야기들을 읽는 도중 밖으로 나가 새벽의 거리를, 혹은 깊은 밤의 거리를 걷곤 했다. 높은 건물들과 흐린 하늘은 어쩌면 게임 속의 세상일지도 모른다. 아니면 영겁의 회귀에 갇힌 소우주의 행성 표면이거나. 사실 이런 감상에 빠지는 것은 내가 깊은 인상을 받은 이야기를 접할 때마다 치르는 의식 비슷한 것이기도 하다. 이 책을 읽는 독자라면 이처럼 한 번쯤 이 작품 속 주인공들의 시선으로 세상과 우주를 바라보면 어떨까. 아마 작가는 틀림없이 뿌듯한 기쁨을 만끽할 것이다. 그것은 또한 SF를 쓰는 모든 작가가, 그리고 SF를 읽는 모든 독자가 공유하는 미덕이기도 하다.

'존 프럼'이라는 존재와 처음 조우한 것은, 어느 오래된 글을 통해서였다. 그 글은 현존하는 소수의 화물 신앙 중 하나인 존 프럼 신앙 소개하면서, 인간의 어리석음에 방점을 찍었다. 이 사례를 보라. 인간이란 이렇게나 어리석을 수 있다. 얼마나 미개한가. 성조기를 게양하고 대나무로 만든 모형 총을 들고 활주로를 모방한 조잡한 길 위에서 미군을 흉내 내 행진하면, 존 프럼이 돌아와 하늘에서 화물이 떨어질 거라고 기대하는 원주민들의 모습이. 그 글은 그러한 논조로 존 프럼을 둘러싼 신앙을 신랄하게 까 내렸다.

시간이 흘러 그 섬을 직접 취재한 몇몇 기사들을 접하고 나서, 실상은 그보다 더 복잡하다는 걸 알게 되었다. 일찍이 서양의 제국주의는 세계 곳곳에 피부가 밝은 이들을 위한 식민지를 건설했고, 존 프럼을 낳은 작은 섬도 예외는 아니었다. 서양인들은 원주민들의 문화를 지극히 미개한 것으로 여겼고, 자신들의 문화를 강제적으로 이식하며 현지 문화를 말살하려 했다. 존 프럼은 그런 절박한 상황에서 탄생한 저항 운동이었다. 《스미스소니언 매거진》의 2006년도 기사에 의하면, 프럼은 빗자루를 뜻하는 영 단어 'broom'의 현지어 발음이라고 한다. 또한 《가디언》지의 2021년도 기사에 의하면 존 프럼은 원래 'John Frum'이 아니라 'John Broom'이었다고 한다. 즉, 현지인들에게 있어 존 프럼은 서양인들의 침략을 쓸어버릴 빗자루 같은 존재로, 그 이야기의 방점은 어리석음이 아니라 저항에 찍혀 있었던 것이다.

안타깝게도 존 프럼 운동은 해가 갈수록 쇠퇴하고 있다고 한다(한때 수천에 달하던 회원들은 이제 겨우 수백여 명만이 남아 있다고 한다). 이러한 추세라면 머지않아 이 운동은 종말을 고해, 섬의 주민들은 모두 서양의 문화를 제 것으로 여기게 될지도 모른다. 심지어 운동을 이끌던 지도자의 두 아들 중 하나가 배교자가 되었을 정도이다.

존 프럼 운동과 섬의 고유문화가 완전무결하며 절대적인 선이라고 말하고 싶은 것은 아니다. 마치 그리스도교가 신교와 구교로 갈라진 것처럼, 혹은 이슬람교가 시아파와 수니파처럼 분열한 것처럼, 존 프럼 운동에서도 내분이 일어났다고 한다(그 과정에서 집들이 불타고 적지 않은 사람들이 다쳤다고 한다).

나에게 있어 존 프럼이란 이름은 세상에는 늘 우리가 아는 것보다 훨씬 더 복잡한 이면이 있다는 걸 상기하게 한다. 하지만 여전히, 존 프럼이 멋진 저항의 상징이라는 건 두말할 것도 없다. 오늘날까지 존 프럼을 믿는 소수의 현지인들은 살아생전 화물[topic.com의 〈존 프럼은 누구인가?(Who Is John Frum?)〉이라는 기사에 소개된 내용에 의하면, 그들에게 있어 화물은 단순히 물건이 아니라 학교이자 교회이며 교육이라고 한다. 또한, 존 프럼은 그저 가만히 앉아서 외부의 도움을 기다리는 화물 숭배의 서사와는 아무 관련이 없으며, 어떤 외적 변화의 상징이 아닌 보다 자신답게 되는 것(becoming more yourself)의 상징이라고 한다. 2021년 작고한 존 프럼 운동의 지도자는 2015년에 발표된 다큐멘터리 〈존을 기다리며(Waiting For John)〉에서, 존은 흑인도 백인도 아닌 정령으로서 처음 모습을 드러냈다고 언급한 바 있다]이 이들에게 오지 않을지도 모른다고 의심을 하면서도, 아니 어쩌면 믿음이 실패로 이어질 거라는 걸 알면서도, 매일같이 성조기를 게양한다. 나 역시, (완벽한 소설을 써내는 일에) 실패할 걸 알면서도 (사정이 허락되는 한) 매일같이 책상 혹은 어딘가에 앉아 자판을 두들긴다.

존 프럼은 돌아올 것이다. 머지않은 미래에 가득한 화물, 그리고 더 멋진 이야기와 함께.

2023년 6월

존 프럼

분열의 미학: 존 프럼 작가의 포스트모더니즘 SF

존 프럼의 작품들은 명확한 과학적 이론이나 가설을 바탕으로 정교하고 섬세하게 소설적 구성을 쌓아 올린 뒤, 빠르고 추진력 있는 서사로 독자를 사로잡는다. 가히 SF 소설에 있어서 이상적인 특성들의 삼위일체라 할 수 있다.

장 보드리야르가 1981년 발표한《시뮬라시옹》의 핵심은 현대 문화가 원본 없는 복제와 대체를 특징으로 한다는 것이다. 존 프럼 작가의 세계관이 기본적으로 이러하다. 존 프럼은 현실을 과거에서 현재, 미래로 이루어지는 일직선 위 단 하나의 사건이 아니라 수많은 가능성의 집합체라는 복합적 관점에서 이해한다. 무한한 가능성과 변형과 변주의 세계 안에서는 나의 자아와 정체성도 수많은 버전으로 갈라질 수 있다. 그 사실을 스스로 인식하고 받아들인다면 나의 삶과 정체성을 내가 선택하는 것도 가능해진다. 이런 측면에서 존 프럼 작가의 작품들은 양자물리학적이면서 동시에 철학적이다. 원자와 우주, 미시 세계와 거시 세계, 아프간 내전부터 곰둥이 외계인의 정신문명까지, 탄탄한 현실감각에 기반한 상상력으로 거침없이 질주하는 독특한 액션누아르하드SF를 즐겨 보시기 바란다.

정보라(소설가)

수록 작품 발표 지면

노아의 어머니들
《리디 우주라이크》 2022년 12월

영원의 모양으로 찻잔을 돌리면
제4회 한국과학문학상 중·단편 부문 우수상 수상작(발표시 제목은 "테세우스의 배")

로그아웃하시겠습니까?
《리디 우주라이크》 2021년 10월

회귀
《리디 우주라이크》 2021년 8월

나의 디지털 호스피스
《리디 우주라이크》 2021년 12월(발표시 제목은 "트루 화이트")

신의 소스코드
제2회 문윤성SF문학상 중·단편 부문 가작 수상작

콧수염 배관공을 위한 찬가
미발표

영원의 모양으로 찻잔을 돌리면

존 프럼 소설집

초판 1쇄 2023년 6월 22일

지은이 | 존 프럼

발행인 | 문태진
본부장 | 서금선
책임편집 | 장서원 래빗홀 | 최지인

기획편집팀 | 한성수 임은선 임선아 허문선 이준환 이보람 송현경 이은지 유진영 원지연
마케팅팀 | 김동준 이재성 박병국 문무현 김윤희 김은지 김혜민 이지현 조용환
디자인팀 | 김현철 손성규 저작권팀 | 정선주
경영지원팀 | 노강희 윤현성 정헌준 조샘 조희연 김기현 이하늘
강연팀 | 장진항 조은빛 강유정 신유리 김수연 서민지

펴낸곳 | ㈜인플루엔셜
출판신고 | 2012년 5월 18일 제300-2012-1043호
주소 | (06619) 서울특별시 서초구 서초대로 398 BnK디지털타워 11층
전화 | 02)720-1034(기획편집) 02)720-1024(마케팅) 02)720-1042(강연섭외)
팩스 | 02)720-1043 전자우편 | books@influential.co.kr
홈페이지 | www.influential.co.kr

ISBN 979-11-6834-109-8 (03810)